快樂的金子

東瑞　著

獲益出版事業有限公司

快樂的金子

著　　者：東　瑞

封面設計：西　波

主　　編：東　瑞（黃東濤）

督 印 人：蔡瑞芬

出　　版：獲益出版事業有限公司
九龍土瓜灣道94號美華工業中心A座8樓11室
HOLDERY PUBLISHING ENTERPRISES LTD.
Unit 11, 8/F Block A, Merit Industrial Centre,
94 To Kwa Wan Road, Kowloon, H.K.
Tel: 2368 0632　　　Fax: 3914 6917

版　　次：二零二二年三月初版

國際書號：ISBN 978-962-449-606-2

目錄

情牽兩岸 緣定三生

——序東瑞《快樂的金子》 ……………… 陳興梅 8

模範街外的風波 …………………………………… 16

夜住古厝民宿 ……………………………………… 24

美食地圖32號：蚵嗲之家 ………………………… 31

得月樓下話從前 …………………………………… 43

飛越十八間 ………………………………………… 57

同安渡頭看日落 …………………………………… 67

不醉無歸金門酒 …………………………………… 78

思路在翟山坑道穿梭 ……………………………… 90

慈湖三角堡的鸕鶿 ………………………………… 99

幻象，在中山紀念林飄蕩 ………………………… 110

砲彈飛，鋼刀舞 …………………………………… 120

烈嶼，夢中的世外桃源 131
文化局大樓演藝廳的驚喜 142
漫步太武山 154
八二三砲戰的迴響 166
浯島美食小館及其他 177
惜別水頭碼頭 188
「金夏假期」 195
從明遺老街到陽翟老街 205
單車暢遊美麗故園 220
路短情長夜後浦 233
緣結兩岸有情人 240
尾聲 249
後記 253
附錄：東瑞簡歷、著作目錄及得獎項目 254

主要人物列表

金　子——金門一旅行社女導遊，約二十六歲

夏　遜——廈門一琴行創立人、遊客，約三十四歲

金不換——金子之父

金　贏——金子之弟

夏　鋒——夏遜之父

夏芬芳——夏遜之妹

情牽兩岸 緣定三生

——序東瑞《快樂的金子》

陳興梅

金門，與我所在的小城漳州直線距離70公里多一點，但由於兩岸關係的特殊性，在很長一段時間內，它只是做為我記憶裡的一個符號存在。

也許冥冥之中自有安排，註定我與金門要結一段緣。

這段緣源于我所敬重的香港著名作家東瑞老師及其夫人瑞芬。東瑞老師及其夫人祖籍都在金門，他們的父輩年輕時離開金門到南洋討生活，東瑞老師及夫人就出生于印尼。自從2004年東瑞夫婦第一次攜手回到故鄉後，就一往情深地愛上了這片土地。此後每年，東瑞老師和夫人都要回故鄉走一走，甚而一年不止一次回故鄉，迄今為止他們回金門老家已有20次。在這期間東瑞老師陸陸續續寫下了幾十篇有關金門的散文，這便有了2019年8月他的散文集《金門老家回不厭》的出版。

第一次踏上金門老家時已經是人生歲月經過了半個世紀。那麼，是什麼原因讓他們終於踏上了故鄉的土地？又是什麼原因讓他們對故鄉一見難忘，戀戀不忘？也許在東瑞老師散文集《金門老家回不厭》中的《我不知道故鄉原來這樣美》一文中可以找到答案。文中說，那是緣於故鄉出版的《浯島跫音》一書中收錄了東瑞老師的一篇文章，原來“故鄉的人居然知道我，故鄉出版的書內居然也收有我的作品”，同時故鄉對東瑞老師發出邀請，請他赴一個文學的盛會，“回鄉的腳步，於是加緊和加快。是文學在召喚！”“此番回金門，真真正正是‘文學回原鄉’。”

癡情于寫作的東瑞老師，第一次回金門，是因為“文學的召喚”，這一點兒也不令人感到意外，一再聲稱“不寫最累”的東瑞老師，似乎是為文學而生，誰又能阻止他踏上這樣富有魅力的“文學之旅”呢？

哪知從此一發而不可收，故鄉的文學魅力吸引著老師，故鄉的人情美更是讓老師激動萬分，“我真的不知道人與人可以這樣親切 ，人與人之間的心可以這樣接近。”在金門，濃濃的同鄉感情和文情，讓老師徹底“淪陷”於故鄉的“情海”之中，“我不知道故鄉原來這樣美”，這是老師發自肺腑的心聲。

除了故鄉的文情、人情，故鄉的歷史、建築，故鄉的特產、美食，故鄉的整潔、寧靜、自然、質樸、溫暖、美麗……同樣吸引著東瑞老師，文中對此反復詠歎：“我不知道故鄉原來這樣美。”真可謂一讚三歎！東瑞老師伉儷的這第一次返鄉，就註定了還有無數的下一次。

同時，也註定了我對金門的一“見”鍾情。因為，在東瑞老師的筆下，那是一個令現代人夢寐以求的“世外桃源”啊。

所以，當東瑞老師讓我為他的以金門為背景的長篇小說《快樂的金子》寫序的時候，雖知自己才學有限，但在閱讀了這部小說後，我卻竟難以抗拒其誘惑力了。

《快樂的金子》是一部旅遊小說，看到“旅遊”二字，也許聰明的讀者們已經猜到了，文中主人公所“旅”之地便是作者情根深種的故鄉——金門。為故鄉寫了幾十篇文章的東瑞老師，意猶未盡，非要再借助一部小說來描摹故鄉之美不可。也許他認為，只有這樣，才足以把對故鄉的情感抒發得更加濃郁一些，只有這樣，他才覺得，做為一個遊子，他沒有辜負故鄉的美麗以及故鄉對自己的厚愛。

於是我們看到，小說富有濃郁的金門地域色彩。隨著游程的推進，戰地文化，建築文化，僑鄉文化，在旅途中一一展示；歷史、建築、特產、美食……在遊覽中細細道來：第八章及第九章"思路在翟山坑道穿梭"和"慈湖三角堡的鸕鷀"，坑道、坦克、碉堡等，是戰地文化的典型代表；第十九章"從明遺老街到陽翟老街"，老街成為金門的悠久歷史的見證；第二章"夜住古厝民宿"，讓人宛然看到金門著名民宿——"慢漫民宿"的影子；第五章"飛躍十八間"，展現閩南建築文化的精華；第七章"不醉無歸金門酒"，代表金門最大特色的金門酒在小說中佔據了不少篇幅；第三章"美食地圖32號：蚵嗲之家"，蚵嗲之香，端的是原汁原味；還有同安渡頭的落日，"世外桃源"小金門，海邊的美麗單車道……小說將金門的美一一描繪，似有唯恐不能道其萬一之感。

總之，20次故鄉遊，故鄉的草木磚瓦、風物人情，已經深深鐫刻在作者的腦海裡，夢魂牽繞中，忍不住要將之訴諸筆端，一再抒寫。於是，在小說中，作者化身為一個出色的導遊，帶領讀者閱盡金門的邊邊角角，飽覽金門的溫暖美好。就這樣，做為一個金門的遊子，東瑞老師把對故鄉的深厚感情，用他那支善於描繪的筆，淋漓盡致地表達了出來。

《快樂的金子》又是一部愛情小說，作者為我們敘述了一個非常美好浪漫的愛情故事。女主人公金子（意為"金門的女兒"）是金門人，擔任旅行團的導遊。男主人公夏遜，家住廈門，祖籍金門，借金門之旅前來尋根。旅遊本身是令人愉快的，更何況所游之地金門及年輕的導遊金子又都是那麼美麗。年輕小夥夏遜帥氣大方，第一次見到金子，就已經被她的美麗熱情所征服，開始了一場含蓄的“追愛之旅”。不過，與其說他們的愛源於外表的吸引，毋寧說是各自被對方的人品所打動，他和她都真誠、善良，樂於幫助別人，熱愛自己的故鄉，為故鄉而驕傲自豪。他們心有靈犀，志趣相投，面對美景，他們一同欣賞、讚歎；面對由於戰爭而造成的一個個被破壞的場景，他們都感受到快要窒息的痛苦及對戰爭的深深反思。在短短的幾天旅程中，他們的心靠得越來越近，不知何時，男女主人公心間已悄悄種下了愛的種子。而一路上，他們的感情又是那樣含蓄，愛的萌芽被他們小心翼翼地保護著，實在美妙動人。直到第二次游金門時，雙方衝破了兩岸不同意識形態所造成的束縛，愛的萌芽不斷生長壯大，最後，終於綻放出了最美的愛情之花。

就這樣，一部旅遊愛情小說誕生了！作者精心構思，將旅遊與愛情巧妙結合起來，故事情節徐徐展開，在參觀金門景觀的同時，男女主人公的感情悄悄地萌芽、發展，景中有情，情中有景，二者相得益彰，相映成趣。而在優美豐富的景觀描寫以及浪漫動人的愛情故事中，我們可以感受到的是，作者顯然不僅僅是在描繪一個輕鬆愉快的旅遊愛情故事，也不僅僅是借這樣一個故事來展示金門的文化、歷史、風土人情，而且還借這樣一個故事來表達自己對半個多世紀以來兩岸關係、歷史人文、時代變遷等的思考。比如，小說中作者花費筆墨最多的當是描寫戰地文化的內容：翟山坑道，慈湖三角堡，“八二三”炮戰，戰爭時期遺留下來的炮彈殼，成為了金門著名的鋼刀產品取之不盡的原料……金門的戰地文化如此豐富生動，又是如此驚心動魄。讀至此處，讀者的思緒不知不覺被帶入了七十年前的兩岸對峙時期，深切感受到戰爭的殘酷及和平的可貴，自然引發對兩岸關係及其歷史變遷的深切反思。不忘歷史，是為了更好走向未來，由此可見作者的良苦用心啊。而小說大團圓的結局，則是向讀者展示了進入二十一世紀後，兩岸人民的情感美，人性美，以及對未來生活的無限憧憬。所有這些，當是作者創作這部小說的初衷之所在，也是這部小說的創作意義之所在吧。

這部小說還有一個較為突出的特點，即通過富有藝術性的筆觸把讀者帶進了一個個美妙的藝術境界之中。

作者用細緻生動的筆墨描繪金門的一磚一瓦，一草一木，好山好水，美景美食。如寫金門的民宿：“看看窗櫺外高遠的黑色夜空，一輪月亮好圓，灑下一些月華在地板上。月色這麼好，如有神引，她不由得打開門，穿過天井，本想將栓著的門打開，到外面的院子看看天空、月亮和附近的村落，但在欲拉開栓子的一剎那，偶然回頭看，客廳裡一室的暖，仍有一盞燈亮著，兩邊長沙發後面就是長形的兩層設計的矮矮書架，堆滿了大大小小厚厚薄薄的圖書……”；又如寫慈湖落日：“此刻，但見落日餘輝，西天紅彤彤一片，幾抹紅色燃燒雲塗抹了天空，一輪大如紅圓盤的落日正在徐徐西沉，天空沒有任何阻擋物，夏遜連忙用相機拍攝了幾張，更令人興奮的是就在夕陽沉下西邊海洋的那一剎那間，天空慢慢掠過了最大規模的鸕鷀‘人’字族群，由於剩下黑黑的身影在飛翔，遠遠看去就像飛得很遠很高的小飛機在列陣演習，非常壯觀。”——這些場景描繪，以如散文詩一般的語言，恰如其分地寫出了民宿的安寧與溫暖，落日的靜穆與壯美，畫面感極強。此外，十八間，中山紀念林，小金門，太武山……處處皆留下作者細膩動人的描寫，令人有身臨其境之感。

在表達人物內心波瀾時，作者擅于運用帶有意識流及魔幻色彩的現代派手法，如夏遜在參觀上戰爭遺留的遺址翟山坑道時，眼前出現的幻象：“他久久凝視著，兩耳最初感覺有呼呼的寒風掠過，慢慢地聽到由小至大、自遠到近的聲音，那麼低沉傷悲，又是那樣整齊……，彷彿是來自遙遠的地獄，而那個地獄就在這個水道的水底深處；不久，他在朦朧中依稀看到有一群沒有五官面目的半鬼半人的人群排著隊走過去了；一陣哀婉的歌聲，伴隨著聲聲歎息，飄過去了，好似在訴說一個偉大民族的悲情故事和冤情。……”

金子在翟山坑道也常常有類似的幻象出現：“那被燈光照映得青綠或灰黑的水，會慢慢變色，變成血紅……最終變成了濃稠的猩紅了，整個水道就成了恐怖的血漿，有窒息的魚兒在血漿內掙扎，最後如雨一樣，紛紛從血之河蹦跳而出，渾身血地躺在鐵欄內的廊道上。……”

這些超現實的幻象描寫如此悲淒恐怖，折射的是男女主人公內心因戰爭帶來的慘絕人寰的現象而感受到的痛苦，以及對戰爭的完全否定的態度。這樣的描寫不需要對戰爭進行正面的譴責與批判，就已經足夠震撼人心。

作者還用他那支善於描摹的筆為我們塑造了兩個生動立體的人物——男主人公夏遜，女人公金子。特別是金子，更是讓人印象深刻。從中也讓我們看到了作者塑造人物的多種手法及嫺熟技巧。

首先，作者善於細緻入微地刻畫人物的內心世界。比如上文提到的運用現代派手法對男女兩位主人公參觀戰爭遺跡時的內心感受的刻畫；就是作者要有所評述與議論，也常常是化作了人物的內心獨白，如小說第一章“模範街外的風波”，第二章“夜住古厝民宿”，就寫了女主人公金子大量的內心獨白，比如：“她知道，也看到了金門家園正在起大變化，而她的工作正好是將金門的好、金門的美行銷到全臺灣、大陸和全世界，她感到值得光榮和驕傲。”“雖然她生於斯、長於斯，中小學都在金門完成，只有大學在臺北讀，金門島上的人事、歷史、景點她都熟稔，但一個團的團員來自大陸和海外的四面八方，各種人物都有，她雖然還只是二十六，也得像一位保姆為大家誠心地服務，帶好這個團，為金門家鄉服務，給金門島旅遊業帶來更多的生機。”……通過這些人物獨白，一個熱愛家鄉，樸實真誠，聰明善良，對工作盡心盡責的感人的年輕女子的形象已經突出地展現在讀者的面前了。此外，男女主人公之間互生愛意，相互試探的過程，也同樣有許多細緻的人物心理描寫，這樣，就能把他們感情的發展變化展示得細膩動人，淋漓盡致了。

其次，人物的外貌、語言、動作神態的描寫也十分精彩。金子是美麗的，但並沒恃美而驕。作者抓住她的一對深深的酒窩，白皙的皮膚，柔軟的秀髮，刻畫出一個活生生的富有特色的美女形象，同時也注重側面描寫，如多次通過夏遜為她拍照時對她的讚美來突出人物的美麗。金子對遊客服務周到熱情，在遊客腳受傷時，毫不猶豫地將她背起，奔向旅行車，贏得了旅客的一致讚美；她多才多藝，能歌善舞，猶如一個美的精靈；她對待感情既含蓄矜持，又直爽不做作，她勇敢地衝破種種束縛，大膽地追求自己想要的愛情。而男主人公夏遜雖然話不多，但“該出手時就出手”，每句話都說到金子的心坎上，他總是默默地用行動（比如為金子拍照）來表達對金子的愛意，又往往在關健時刻對金子施以援手，這麼一個善解人意，熱情大方，真誠帥氣的小夥子，贏得了金子這個美麗少女的芳心就不足為奇了。兩個如此豐滿的人物形象，又是作者通過對人物語言動作神態的簡潔生動的刻畫得以體現出來的。

可以感受到，作者對金子這個人物形象是有偏愛的，也許金子正是作者心目中美好女性的象徵，同時，作為金門的女兒，金子在某種意義上代表著金門的形象，所以作者自然要把人物塑造得完美一些，這就是所謂的愛屋及烏吧。但不可否任，作者花費心力刻畫的女主人公金子，立體生動，呼之欲出，為作品增添了不少魅力。

東瑞賢伉儷與故鄉金門緣深情重，東瑞老師把這種情感深深融入到《快樂的金子》這部小說裡（甚至男女主人公身上都烙上了東瑞老師及其夫人瑞芬的印記，呵呵），也正因為東瑞老師的苦心經營，使得這部小說思想性、知識性與情感性、藝術性兼具，給人以一種獨特而愉悅的審美體驗。

讀了《快樂的金子》，再一次被文中所描繪的美景所深深吸引，有一種想要馬上到金門旅遊的衝動，可惜旅行社告知我，由於疫情還未完全結束，暫不開放出境遊。看來，金門遊，只能等待來日。不過，我與金門的這段緣，卻已深深地結下了。

【本文作者簡介】

陳興梅，筆名也思梅，中學語文教師。喜歡文字，文章有散文、小小說和讀書隨筆等，多篇作品在臺北《文創達人志》、印尼棉蘭《好報》、雅加達《國際日報》及泗水《千島日報》、香港《文學評論》等發表。

模範街外的風波

一對美麗的大眼睛，對著一對帥氣的大眼睛，幾乎相觸。

她的鼻子幾乎觸著了他的鼻子，她還不知道究竟發生了什麼事，這個時候竟然渾身倒在他身上。只覺得剛才一個狼狽的踉蹌，她的身體重心剎那間失去了平衡。那一刻，全車的遊客幾乎失聲驚叫尖喊起來，只感覺到大旅遊巴猛烈地跳躍了一下，全車的人以為車要倒了，或撞到了什麼人。到了車子安定下來，幾乎所有人都站起來看兩車窗之外究竟發生什麼事？金門那樣好的交通、柏油馬路，多年來屢次被選為全台灣最快樂的縣城，多少年來就沒發生什麼交通事故，怎麼會有事？這時開車的司機大聲喊，沒事沒事，大家坐好！坐下來！

金子因為車子一晃一跳又麻痺大意，身體差不多飛一般離地飛出去，如果車窗沒玻璃她早就飛出窗外，如果有玻璃而沒有人擋住，她的頭早就撞個鮮血淋漓，幸虧有人坐在那個靠車門的位置，擋住了那慣性的離心力，此人就是被她導遊的團友之一夏遜。夏遜當然也覺得萬分突然，他本來已經懨懨欲睡，就在迷迷糊糊地與周公交纏的時候，下意識裡有個聲音告訴他，你第一次來金門不多看看風景、光睡覺會給人笑話的，於是眼睛半閉半開，就在這刻，眼縫裡看到有一個紅影迅速飛來，他一時大驚，連忙睜開眼，簡直嚇壞了，導遊金子整個上半身就撲向他，一股軟綿綿的身軀壓向他的胸部，她的臉貼向他的臉，眼眼相對，四目交投，夏遜害怕她跌下去，趕緊大力地緊緊地將她抱住，一股女性的香氣直衝他的鼻端，她那濕潤潤的小嘴唇就離他的嘴不足十釐米，他的心撲撲亂跳，感覺特別舒服，恨不得時間在這一刻就凝止啊。他望著她那對美麗的大眼睛，她看著他直直望著她的眼睛，意識到此刻自己三分之二的身體都撲在他身上了，豐滿的胸脯正壓著他寬廣的胸膛，還被他緊緊抱住，他的雙手一隻摟過她的細腰，還一手按著她的豐臀，一時氣急敗壞，掙扎著起來，放手！放手！你還不放手啊！她看到下面那張男臉，似乎有點笑嘻嘻的，彷彿幸災樂禍，又好像挺享受的，但他在辯解著：

不是我這樣抱住，妳早就摔下去了，那可不得了！

那你還笑？你邪邪地笑，就不正經，就不懷好意！

哈哈，金小姐，妳不識好人心，我英雄救美，妳不獎賞我都不計較，還要把我當壞人！

金子終於紅著臉從他身上狼狽地爬起來，一條腿膝蓋頂著他的座位，一條腿站在地上。她感覺害臊，一邊說，夏先生，你讓我出盡醜態了，一邊舉起手，就往還半躺在座位上的夏遜的臉頰打去，夏遜竟然也沒有躲避，把臉頰故意擺正，等著她打，還用眼睛與她調情似的一會使眼睛，一會翻白眼假裝昏死過去，金子的手本來十分的使力，這時只是變成了四分，劈！啪！兩記，打在夏遜左右臉頰上。本來勁道十足的來勢，落下來的時候，突然力量減弱了很多。兩人都驚愕了片刻。

整個車廂的人，聽到前面發出聲音，好奇心起，紛紛站起來看個究竟，有個團友還走上前來觀察，也許感到奇怪，怎麼導遊金小姐和一位團友抱在一起？好在這個時候金子已經迅速爬起來了，拉拉衣服，整整頭髮，站在她帶團一向站立的位置。她向大家大喊：

沒事沒事！大家先坐下！先坐好！

金子說話了，我們的旅遊車停泊在金城鎮著名的模範街附近了，剛才車子急轉彎時不小心輪子陷進一個凹處，令大家虛驚一場，我也小跌了一下，不好意思，不好意思，耽誤了大家！

金子恢復了她燦爛的笑容，拿著麥克風對著車上的三十幾位團友說，也不時狠狠地瞪了坐在車子右側最前座的夏遜。但這年輕人，也不好惹，當金子的目光投過來時，他回以一個吐舌頭的鬼臉，而夏遜這個鬼臉，只有金子看見，她真是又急又氣，然對著那麼多團友，她不便使刁蠻性子，只能間中放低小咪，悄悄也是狠狠地飛去一句，等有空我再慢慢收拾你！夏遜說，啊呀，有那麼嚴重啊？接著掩著嘴笑。這一來金子只好強忍住，暫時不理他了，何況想到團裡大大小小三十九位團友需要她帶好，不能因小失大，暫時就將那無禮的夏遜當透明人吧。

金子帶領大家走到那塊刻著介紹模範街歷史的石版前，滔滔不絕地解說起來。

團友們，注意聽了，您們沒來過金門這麼著名的街就很難說到過金門！在東南亞，你很難找到和它一模一樣的街喔！它原先是明朝末年，鄭成功訓練陸軍的內校場，1924年金門商會會長傅錫琪先生，為了金門有一條最美的街道，集資興建，包含了直街和橫街，雖然前後不長，但包括了四十間店屋，前面是洋樓，後面是閩南建築，從外面走進去，經過那個走廊，就叫著“五腳基”……

說到這三個字，金子提高了聲調，問，你們誰知道什麼是閩南人說的“五腳基”嗎？團友裡雖然大部分都是來自各地的金門人，但要準確給“五腳基”下定義，那就沒那麼容易表達了，有一個五十開外的中年人對著她說，屋子前的空地，就叫五腳基！

金子馬上說，聰明！

金子又說下去，你們從這裡往下看，有什麼感覺和發現嗎？

金子發現，那個剛才差一點吻著她、被她輕輕摔耳光的夏遜小夥子在人叢中，以為她不知道地、不斷偷偷地用手機拍攝她。

這個帳我也要慢慢和他算。金子心裡想。

周圍已經有人離隊拍照了，可是那二十來位跟在她身後的團友遙望著短短的模範街，說不出什麼來。

哈哈，也許你們有感覺就是說不出來，是嗎？你們從這裡往下看，很整齊吧？你們看，不但整齊、規則，而且那些拱門的線條，多麼的美觀漂亮呀！還有，外觀的牆身，都用紅褐色的磚頭砌成，在金門其他地方很難見到，可以說獨一無二！金子一邊說，一邊留意到，夏遜又在偷偷拍她。

這個傢夥不怕死，想氣死我呀？金子又在嘀咕。

金子看到幾個團友不太注意她的講解，迫不及待地跑到坡下拍照，喊道，你們這樣亂拍是不行的！不行的！所謂看得高，望得遠，拍攝的人一定要站在模範街兩端比較高的地方，被拍的人就站在模範街中央，由高處拍下去，就可以拍到模範街全景，將模範街的特色全部都拍出來。來來，我給你們示範示範！

金子讓一對夫妻和他們的一位十一、二歲的女兒站在模範街中央，她走到街端地勢比較高的地方，用他們的手機拍了幾張。果然，構圖很美，不但將人拍得清晰、身體比例適當，還將整個模範街的全景拍攝進照片的方框中。那對夫妻看了很滿意，金子也開心地大叫，你們拍照聽我的話就對了，你們看，你們看，都不錯！幾個團友聞風而來，看了樣板，都要求金子給他們拍攝幾張。金子一一拍過，就向他們交代集合時間，大夥散開，走下模範街了。

模範街已經和舊日的安靜不同，開了好幾家情調餐廳和個性酒吧，到處都是賣金門特產的商店。金子勞累了大半天，獨個兒走進一家賣各色珍珠奶茶的情調餐廳，裡面大概只有三五對年輕情侶在細酌慢飲，她找了一個僻靜的角落坐下來，將包包擱在另一張椅子上，要了一杯草莓味珍珠奶茶。

她打開手機，看團友名單，其中一行映入她的眼簾:夏遜，來自廈門，從出生年齡推算，比自己大了八歲，安排房間是自己一個人住。

這個夏小子！金子嘴巴自個兒念念有詞，又搖搖頭，哼。

剛才在模範街外停車場發生的那一幕又出現在她眼前。

男人的眼睛對著女人的眼睛，男人的鼻子對著女人的鼻子。

那麼近，近到可以嗅聞到彼此的氣味和呼吸。

她覺得臉上發著微熱。她感到臉上好像就被一個骯髒的東西接觸到，令她到現在還是感覺不舒服。她下意識地取出小手帕，往臉上五官各個部位擦抹了一下，彷彿那個小夥子的味道還遺留在她臉部，她一會又不禁笑起自己來了！又不是什麼假正經的老姑婆，怕什麼男人味，許多少女喜歡的就是男人那種雄性荷爾蒙味，不是嗎？她才不是那種有潔癖的女孩，只是剛才見面、認識不到一天的團友半真半假地“非禮”，她覺得很無奈及晦氣罷了。

在掏背包裡的東西的時候，一張證件掉了出來。那是她還嶄新的導遊證，裝在一個透明的膠套裡。才領了一年多的證件，令她又油然回憶起畢業後，兩年多來做導遊助手的實習歲月。日子過得真快，到了自己夠資格帶團的時候，歲月不饒人，自己也到了這般的年齡。同班的女生有大半已嫁為人婦，自己猶在顛簸的歲月奔奔波波、頻頻僕僕。

有人說，何必那樣辛苦呢？找個金龜婿嫁，一輩子金銀珠寶吃甜喝辣用不完，給他生個一男半女不就無憂了嗎？但金子她不是此類女子，能帶各地各國的遊客來遊覽金門、認識金門就是她最大的興趣、最大的志願！金家幾代都在金門休養生息，故園備受戰害，能為家鄉出力，那是很美的事情，何況家鄉好不容易從戰地轉身為旅遊勝地，多讓家鄉有收入，不是挺好的事業嗎？這也是她在台灣讀觀光學系的原因和終極目標。

父母為她著急，但她自有定數。找就要找一個彼此喜歡的啊！否則，像很多人那樣，到最後變成了怨偶，那就沒多大意思了。

志願真的很重要，憑她的努力爭取，她心想事成，入讀大學旅遊學院的觀光學系。大學的生涯很快飛逝，大學生活裡那些通過手機寫了不少情書追求她、而她又看不上的男生，面影漸漸模糊下去，從不在她心版上留痕。

她飲了一口珍珠奶茶，看看腕錶，集合的時間還沒到。她再看一眼她的團員名單，還有一張旅遊行程表，浮想聯翩。連這一團算在內，這已是她所帶的第九團了。團員是從廈門五通碼頭乘船過來的，但成分比較複雜，不是全部都是廈門人，也有一部分來自大陸其他城市、還有境外的香港來的，其他國家來的，祖籍大都是金門籍，但大都是出生海外或者小時候在金門出生、早期跟父輩出洋的。既然是落番了，金門話會講，但都很生疏了，講得流利的沒有幾個。

那張嬉皮笑臉的面孔就來自廈門。

一大杯珍珠奶茶差不多喝完的時候，正好有一兩位團員有事進餐廳來找她，她說，你們在外面等等我，我就來。她收拾好帽子、小背包等等雜物，就走到收銀處要付錢，收銀小姐說，有人給妳付錢了。

啊?誰？金子無論如何都想不出到底是哪位團友給她付珍珠奶茶的錢的？這麼慷慨好心？

她無法不尋根究底地追問下去。

收銀小姐說，剛才妳進來後不久，有位帥哥一看是妳，也進來喝咖啡，坐在門口一個座位上……

收銀小姐說到這裡，突然發現什麼說，啊，就是這位帥哥給你付款！

金子一看，不是夏遜是誰？

夏遜笑嘻嘻地望著她。

金子內心有點不悅，但忍住，臉上還是笑笑說，這怎麼可以？

夏遜說，小意思、小意思而已！

金子心裡想的是，也許你心裡打什麼鬼主意，本小姐又哪裡是那種一杯珍珠奶茶就可以被收買之輩？我這人今天怎麼這樣失魂落魄的，連他什麼時候進來都不知道。

那個團員又來催她了。原來有幾個團友想買一條根，擔心模範街賣的是假貨、不可靠，叫她來鑒別，金子對他們說，我們金門視聲譽比賺錢還重要，許多企業商鋪也很自覺地遵守商業品德，怎麼會賣假貨？商品有品質上的好和差，賣假貨害死人則肯定不會的！放心吧！你們跟我來！

團友們群聚在模範街中央一段，有的在買蛋捲，有的在飲咖啡，聽到金子跟大家在說什麼，都紛紛跑過來，也想看看一條根是什麼，就跟在金子的屁股後面，跟著她往那間賣一條根的小店鋪走去。

金子回頭看自己背後跟了十幾位團友，想起了做大學女生時期非常熱愛旅遊，旅遊時就喜歡購物。她天生愛笑，性格樂觀開朗，尤其是兩邊臉頰上的明顯迷人酒窩，深深旋進去，彷彿可以盛酒，笑起來時富有傳染性似的，周圍的靜寂、尷尬氣氛，常常就因為她的甜蜜笑容而一掃而光。也許就那樣一種健康美好開朗的形象，所有商店、小攤的大小老闆都很喜歡她，挑選、講價都很順利，愉快成交。最神的是，交易成功的不久，這家商店很快地隨著她的來到，湧進許多這團或那團的遊客，向該店鋪買了不少。這樣的事後來金子自己也發現了，熟悉的朋友從此也給她取了“招財貓”的善意外號。

進到那家賣一條根的小鋪子，老闆見到金子就特別客氣和開心，見到金子臉上綻開的燦爛笑容，一天生意冷清的不爽就全消失了，心情猶如在潮濕的陰鬱天氣下遇見了從烏雲堆裡出現的太陽。幾聲招呼後，小鋪內開始充斥和塞滿了團友問這問那的聲音，交易馬上一下子多了起來。金子忙著用迷你紙杯給大家盛一條根茶水，口渴的大家都開心地喝個暢快，老闆不住地滿意地點點頭，感覺金子想的很周到，就好像是自己小舖的店員一樣。

夏遜站在小店鋪門側，以手機拍攝人頭湧湧的場面，人頭裡的金子笑容可掬地為大家端茶。

今天還有點時間，金子帶大家參觀了莒光樓，還拍攝了大合照。

樓下廣場草叢處，設有以金門兩字做裝飾圖案的模擬電話亭，太別緻了，吸引很多夫妻和結伴而來的團友拍照留念。

夜住古厝民宿

金子進到了自己的房間，沒有除衣，累得就往床上倒下去，好想馬上睡著。但神志還清醒，即使再疲累，也無法睡下。白天的種種，猶如走馬燈在她眼前重演，慢慢地旋轉。

這個團的行程，今天剛開始，還有好幾天哩。沒有把旅行團帶好，她是永遠無法放下心的。她掏出行程表，將水頭碼頭、模範街、莒光樓等景點勾掉，表示過去式或已經完成。然後她將行程路線上的景點一個一個讀下去，嘆了一聲，不容易啊。雖然她生於斯、長於斯，中小學都在金門完成，只有大學在臺北讀，金門島上的人事、歷史、景點她都熟稔，但一個團的團員來自大陸和海外的四面八方，各種人物都有，她雖然還只是二十六，也得像一位保姆為大家誠心地服務，帶好這個團，為金門家鄉服務，給金門島旅遊業帶來更多的生機。等所有行程結束，大團回去，她才可以大大地鬆一口氣。

想到此，她又一躍而起，把還沒退還給團友的各種證件對著表格上的名字一一核對了一遍，看看有沒有漏的。將證件翻著翻著，一個女的照片下的出生年月引起了她的驚嘆，按照推算，她已經有80歲了。她最初由公司安排她接下這個團，是曾經留意過這個出生年的，但從碼頭接了這個團，第一眼似乎就沒發現有年齡這麼大的，可見這位老太太的保養相當好。又翻到一張證件，上面的照片是個小夥子，愣頭愣腦的，非常青澀，感覺好像某種澀嘴的棗子，令人失笑。一看名字，居然是真人現在看上去還算英俊的夏遜。此人怎麼搞的？看來是幾年前的照片吧？拍得那麼差，看上去就倒了人胃口。

看完證件，忽然想到應該和爸媽說一下，他們到台灣旅行兩個星期不在家，雖然也快回來了，但也該匯報匯報一下吧。她取出手機，雙手指頭左右開弓，好快打好了字：

爸媽，家裡沒人，我們住的民宿也離家不近，我就不回家了，跟團員他們一起住在珠山的民宿。爸媽玩得愉快！金子。

坐在床旁的小檯邊，看看牆上的時鐘，才晚上八點多，時間還早哩。看看窗櫺外高遠的黑色夜空，一輪月亮好圓，灑下一些月華在地板上。月色這麼好，如有神引，她不由得打開門，穿過天井，本想將栓著的門打開，到外面的院子看看天空、月亮和附近的村落，但在欲拉開栓子的一刹那，偶然回頭看，客廳裡一室的暖，仍有一盞燈亮著，兩邊長沙發後面就是長形的兩層設計的矮矮書架，堆滿了大大小小厚厚薄薄的圖書，有介紹金門的畫冊，有文學性的散文和小說，也有充滿童趣的、介紹金門島繪本。在茶几上還有一本十分別緻的《留言簿》，她好奇地翻看，上面寫滿了一些住客的住宿感觸，充滿了對這家古厝改裝成現代民宿的讚美。她在台灣讀書時期，雖然金門有家，但為了陪外省籍的同學來金門體驗民宿文化，來過這家民宿體驗生活，認識了這家民宿的老闆──一位長得很秀氣的才女。她佩服她啊，真不簡單，協助先生在台灣做生意，還在金門經營了這一家民宿，屢次被評上優良民宿金獎。這一次的金門行，為了介紹金門的特殊風情，特意撇開大酒店，安排團友住宿民宿。大部分都住在這家民宿老闆經營的民宿。迎客廳牆上的仿古典水彩畫、客房裏那橙色的造成一種溫暖感覺的牆、某些洗手間裏有溫度調節設備的馬桶，等等，都體現了“古厝裝新酒”—古厝現代化的風格。她不會忘記第一次來到這家民宿，老闆的助手對她說，凡是民宿內可以吃的東西，你們都可以拿來取用。最令她喜歡的是，雖然這裏距離市中心比較遠，但這兒的網絡竟然是那麼強，那麼穩定，遠勝她到過的一些大城市的大酒店……

金子這裏看看，那裏看看，古厝內安靜一片，不見助手和老闆，她將栓著的木門拉開了，大院裡，月光像是一大片銀水瀉了一地，一股清涼的風徐徐拂入。依然很炎熱，但應該是立秋了，半夜的金門好涼快。金子站在院子裡，仰望著黑如濃墨、高深得不可測的夜天，慢慢走到了民宿前方的一泓平靜無波的湖水邊，水內也有一輪月亮一動不動。她沒見過那樣平靜、那樣美的倒影，簡直是天上人間兩幅畫，而水中那一幅居然更美。

金子掏出手機拍攝了幾張《水中月》。站了好一會，轉頭，就往小石路兩旁的古厝群落走去。九時多光景，村子已經沉沉地睡了。古厝群落裡，大部分古厝都黑暗一片，個別幾家則從窗子透出燈光，也許還有愛書人在燈光下閱讀吧！

金子沒有目的地在村落的小徑上走，覺得那路面在朦朧的月光照映下十分乾淨，石頭還微微發白，像在白天被雨水洗過，仔細尋找，竟也找不到一張廢紙屑、一截煙屁股，不禁為自己的家鄉驕傲起來。人說金門清潔乾淨，稱譽為農村裡的城市、城市裡的農村，可以說一點都不假啊。夜晚的金門農村多麼溫馨美麗，許多的古厝前院都不需要有門，可以任人進出。金子走啊走，一些從矮矮圍牆伸出的無法叫出名字的植物，引起了她的好奇，青綠的新枝給了古厝新鮮感和潤濕感。一會，她也不知道怎麼走，就走到了民宿的另一個大後院。看到了月光下，一架鞦韆，一動不動地立在那裡，她一時看得癡了，彷彿看到兩個坐板上坐著自己和童年的玩伴。

思憶飄得很遠，她想到從小，自己的童年、小學、中學都是在金門度過的，在學校，最喜歡的娛樂就是蕩鞦韆，從小學就開始蕩，到了中學還參加蕩鞦韆大賽，屢獲金牌。而在金門老家的院子裡，也有一架鞦韆，陪伴了她快樂的童年。

金子浮想聯翩，坐上其中一個鞦韆板，下意識地輕輕晃動。

中學時期，整個金門還處在戒嚴期，不對外開放，很少有進到島嶼的外地人，更不像現在成批成批的大陸遊客來到。

社會在悄悄地變化，她知道，也看到了金門家園正在起大變化，而她的工作正好是將金門的好、金門的美行銷到全台灣、大陸和全世界，她感到值得光榮和驕傲。記得，這也是爸媽對她的希望。爸爸在她高中讀書時期，經常對她說，我們的老家金門處在前線地理位置，一個世紀以來，飽受戰爭之害，能為金門的和平、金門老百姓的安居樂業出一己之力，那我們身為金門人，也就當之無愧了！他這一番話，對她影響很大。老爸又說，你看你祖父金勝昔，一輩子在槍林彈雨裡討生活，年老時想到大陸看望昔日的老朋友都不可得。將來家鄉開放就好了，海外的金門人都可以回到自己的家園看看。金子，妳說妳想讀旅遊學院的觀光系，妳老爸阿母是一百個贊成啊！想想也是天意，金子的一生志願就是希望與旅遊有關，與行銷金門有關啊！當年，她在台灣讀旅遊學院的觀光學系以優秀成績畢業時，父母非常高興，特地從金門飛到寶島，參加她的畢業典禮。

金子從鞦韆板挪起屁股，就要回民宿去，也許民宿的經理助理陳姐聽到院子裡有人聲，特地從屋裡走出來。問，誰呀？

這麼夜了還沒睡？

是我呀，陳姐。才九點呢。

陳姐說，我們金門沒有夜生活，九點不算早了。

金子問，老闆不在金門嗎？

陳姐說，她先生在臺北生意特別忙，她需要經常過去幫忙。

金子問：民宿客多嗎？

陳姐說，最近幾個月都客滿，如果你們不是提早預訂，怕也住不到呢。金子，你真本事，旅行團妳帶得很密呀。我看妳還是早點休息吧，忙累了一天了，明天還要起早哩。

好的，晚安，陳姐。

金子，晚安。

金子回房間，沖涼後，換上睡衣，就往大床上躺下。正想把手機關閉，突然又想到帶一個團，怕夜裡團友有什麼緊急的事找她，那就很麻煩了，決定不關機了。手機就擱在床旁的小枱上。

剛剛要好好進入夢鄉，突然手機叮咚一聲，又一聲，連續十幾聲，她一時好奇心大起，是誰？晚上還發信息過來？一連十幾聲。

一看，還有誰？是夏遜沒錯，一口氣發來十幾張照片！

有在模範街中段金子和團友在講話的，有在一條根店鋪金子端茶服侍團友的，有在餐廳角落金子一個人在飲珍珠奶茶的，總共有十來張之多，其中將在餐廳喝珍珠奶茶的金子拍得最好看。金子一張一張地看，想到此人這麼大膽，汽車上發生戲劇性的一幕，又膽大包天地來拍攝她，還無所顧忌地發給她，想到此，真是又好氣又好笑；不過，照片將她拍得很好看，笑得那樣陽光，旋進臉頰的酒窩又是那樣青春迷人。想到

他在乘她不注意的時候，能那樣神速地捕捉她的神態，又令她驚喜。他的攝影技術一定是非常好的吧！想看看在發照片之後，夏遜還寫什麼字，片言只語都沒有，這又令金子有點疑惑不解。

謝不謝他呢？禮貌上還是要說一聲謝的。何況照片的確拍攝得很好，她很滿意。金子發了三個表情，一個是大拇指和“讚”字；一個是一顆心附有雙翼，寫有“開心”兩個字，最後一個是一個九十度鞠躬的女子，寫有“謝謝”兩個字。三個表情，除了最後一個外，其他都是能動的圖。

金子發了表情後，本來想寫幾個字，但表情已經足夠表示，何況夏遜也不發一字，何必多此一舉呢，也就沒寫什麼。他們這個團，金子搞了一個群組，方便聯絡和發照片分享，一旦行程結束，群組也相應地解散。金子也與約一半的團友加了微信，其中就有夏遜在內。別人都是一家人或夫妻出遊的，唯獨夏遜一個人參團，這又是他的奇怪和神秘之處。

他夏遜只發照片，一句話都沒有，那是什麼意思？難道是無聲勝有聲？

他怎麼只是一個人出遊？現在年輕人大都是三五成群，已經很少單槍匹馬走天涯了。除非女的是單身女貴族，男的是性格有點乖張的藝術家，哈哈，難道他是屬於後者？

他行李很少，卻有一個套著的大傢夥，體型很像吉他，他的身份究竟……

美食地圖32號：蚵嗲之家

接近中午的時分，車子在林蔭大道行駛，沒有顛簸，沒有噪音，金門的柏油路竟然是這樣的平坦，夏遜坐在沒有阻擋的右邊第一排，興致勃勃地看窗外和前方的風景，不時抓起照相機拍攝。他的照相機看來一般，長鏡頭沒有別人的大，也沒有別人的長，卻也喜歡拍攝。兩旁的樹木一列一列地向後倒去，馬路上看不到沙土飛揚、廢紙滿地，太乾淨了。夏遜首次見識金門，對它的乾淨有無限的驚喜。這足以和廈門的環島路媲美；當然，情調是不同的，廈門的環島路是沿著海邊，將一個廈門島環起來，金門的綠化是樹木將長長的公路兩邊鑲起來；廈門給人印象像是一座現代的海濱城市；金門給人印象像是大森林裡的美麗縣鎮。夏遜對金門的印象以前都是從父輩、從書報那裡獲知的，他們都說金門是戰地，是前線，可是，從踏足金門的土地第一刻起，他就嗅不到一絲一毫的硝煙味，卻是金門的酒香啊、貢糖的香啊、蚵嗲的香啊，蚵仔煎的蛋香啊……夏遜真的沒想到金門“華麗轉身”成了這樣一個美麗乾淨的旅遊好地方！

尤其是令他意想不到的是他所參加的旅行團所聯繫的金門這家旅行社，派出來帶團的導遊，竟然是這樣一位美少女金子。這樣的女性，才是真美女啊！如今“美女”的稱呼有取代“小姐”之勢，連一般美的、比較醜的，都一律稱呼“美女”，真假難分，因此需要加以區分開來。金子是真美女！

金子的導遊位置就在左邊第一座位，也就是司機的後面。她不講解的時候，就坐在哪裡。夏遜此刻只能看到她的背面，有時最多也只是側面，除非她回過頭來，才能看到她的大正面。當她站起來滔滔不絕地介紹金門島的風土人情或說些注意事項時，他就可以正正式式、大大方方地全神貫注地欣賞她了。不過，縱然只是背面，也是那樣悅目，令人有一種強烈的、想看她的長相的願望。她頭上，一頂米黃色的鴨舌帽戴得很整齊，一束好漂亮的柔軟的略顯黑褐色的馬尾就從帽子後面圓形窟窿伸將出來。她的膚色真白皙，彷彿再強烈的陽光也永遠曬不黑似的。然後是臉上雙頰上那深邃得不可測的酒窩，笑起來時真他媽的太迷死人了。她的五官，每一樣分解後單獨來研究，都不是頂好看，但神就神在配搭起來後都是那樣恰到好處，很是悅目，典雅大方，還有幾分高貴。當然，她也是百變女神，當她穿上導遊喜歡穿的牛仔便裝時，就顯現出她特有的青春開朗陽光的風格和魅力來，這確實立馬就和那些太普通的庸脂俗粉的導遊區別開來。

這就是令夏遜感到最驚喜之處。

他努力地將她的面孔“歸類”，癡癡地將目光的聚焦點集中在她的漂亮馬尾時，不意此時金子突然回過頭來，兩條視線在半空中撞擊，電光火石一般，發出驚人巨響似的，將兩人驚愕得一時尷尬。

我臉上有蒼蠅屎？金子也以一雙大眼睛回瞪他，問。

沒有啊。夏遜回答。

那你一直觀察我？金子半嬌嗔半認真地。

好看啊。夏遜說，妳厲害呀，知道我在看妳。

我背部也長眼睛的。

啊，那妳更厲害了，知道背後有沒有人在偷看妳。

你常常偷拍我，昨晚就一口氣發那麼多照片給我。你真敢啊。沒有被拍人的准許，偷拍，那是犯法的，侵犯了人權。

金子嚇唬他。想看看他如何解釋。

我看妳給不少團友拍，自己沒人拍，反正我有的是時間，就為妳拍了。

可惜都是偷偷的，你可以告訴我，我也擺好一點姿勢。

妳那麼忙，那裡有空？乘你不知道，拍起來也自然一點。

哈哈，原來如此，好像也蠻有道理似的。

當然呀，妳是什麼姿勢都好看的。

金子再次強調，沒有準備，哪裡好？起碼我可以整整衣裳，弄好頭髮。

夏遜小聲地說，妳不用打扮，隨便怎麼站，穿什麼都好，就比很多人強。人美就是沒辦法的事。

這樣的讚美，金子不知聽過多少次，早就習慣了，不過，說的大都是女性，也大多數是一些與她打交道的商店老闆娘、餐廳女服務員等等，男的，也有，不過都是讚她的服飾打扮，沒有直接讚她長得美；像夏遜那樣的讚，倒是第一次聽到。不過，他說得那樣自然，那樣誠意，話語和口氣當中，竟然沒有絲毫討好她、拍她馬屁的意味，這也很令她驚奇和歡喜。

昨晚那十幾張怎樣？滿意吧？

夏遜知道金子的生氣全是假的時候，放心了，單刀直入地問。本來大半天就忙，又不知對方是否喜歡給人隨便拍，因此彼此見面誰都沒有提及照片的事，一直到現在才有機會。

都好，就是一兩張不滿意而已，其他都OK的。

那有八十分，我已經很滿意了。

此時，金子看看腕錶，約十一點，想到中午這一餐是旅行社應旅行團要求安排的金門道地特色餐，自己的講話興頭也來勁了，這是她最驕傲的事，介紹金門，推薦金門的美食，讓更多的遊客來金門遊覽、享受金門美食，那是她身為金門人最高興的事啊！

你吃過蚵仔煎嗎？親眼見過生的蚵仔嗎？蚵仔煎有故事和傳說，你們知道嗎？香噴噴的蚵仔煎又是怎樣製作的呢？

金子一口氣說下去，團友馬上精神一振，打瞌睡的不打了，專心致志地聽她講解。金子出題後，稍微頓了頓，等著哪個團友出聲解答。但等了五分鐘，車內始終都靜悄無聲，沒人可以作答。正要自己做詳細的介紹時，突然，見到近旁的夏遜竟然舉起手來。

啊，這帥哥真不可貌相，以為他只會照照相、撩女孩，以為他四肢不勤，五穀不分，竟然能將蚵仔煎說得頭頭是道，從明朝有關的傳說，說到它的種植和生長環境，最精彩的還是那詳細的製作過程，說時配合以手勢，比喻、誇張得恰到好處的口才，都令其他團友豎起耳朵，聽出耳油，滿口生津，恨不得馬上到了午餐時間，衝進餐廳大快朵頤。

夏遜說完，坐了下來，看金子一眼，笑著問，如何？可以嗎？

給你一百分。

啊，這麼高啊？

懷疑你到過金門，向蚵仔煎大師學過。

夏遜大笑，我就不能找美食譜、找資料研究？

……如此這般小聲對白後，金子向團友們讚夏遜，這位夏先生說得全對了，說得內行，我們給他掌聲吧。

有一半的團友鼓起掌。

夏遜被金子讚得心花怒放，一臉都寫著滿意。

金子又開始介紹中午的特色菜餚：軟殼蟹、麵線、麥芽糖芋頭、宴菜、牛肉麵、燒餅、鍋貼等等……

有團友問，早上在民宿吃的早餐中，有一樣"廣東粥"，為什麼叫廣東粥？而且被封為金門的特色早餐呢？

這個問題，一時把我考倒了。金子歉意地說，我金子雖然是導遊，也不是萬能的，也還有一些知識上的盲點，請大家包涵包涵。誰可以說說？

金子的目光在車廂內掃描了一遍，最後視線落在夏遜身上，用打詢的口氣問他，可以說一下嗎？

夏遜道，我沒查過資料，只是說說我的分析，可能不對，廣東粥是否廣東傳來，就要請教專家了。我去過香港和廣州，那裡的粥，用慢火將米粒煲得很爛很稀，與其說吃粥，不如說喝粥了。我想這就是名稱的出處吧！就是這一點相同而已。香港我去過，那裡的粥有魚片粥、肉丸粥、皮蛋瘦肉粥等等好幾樣，我們這兒的粥，放了牛肉片、雞蛋，內容是不同的。我只知道這麼多了，沒有了，不一定對。

好的，夏先生的看法就給大家參考參考吧。

時間過得真快，中午吃飯的餐廳到了。每張枱坐了十個人，果然，今天特別的安排，金門的幾種著名的代表性的菜餚都上枱了，大家看了，都"磨拳擦掌"，胃口大開，金子特地從家裡帶了兩瓶金門酒，請大家品嚐。各枱幾乎在同一時間舉杯互相敬酒。

金子給大家端茶端酒外，有的要辣椒，有的枱缺碗筷，有的枱要加飯，她跑來跑去，幾乎成了餐廳的一員，餐廳的老闆、服務員小姐都對她伸出了大拇指。等到大家吃到三分一，她才在餐廳的一角坐下來，與旅遊車司機一起開小枱吃。

上車了。

金子以快速的步伐從車子中間通道走一遍，馬上知道誰還沒上車，我們等一會，她說，有一位團友還沒上來。

夏遜在一旁暗暗欽佩她，不到一天，她就記住了全車三十九人的面孔和名字。這除了記性要好，秉性還得聰明。

最後一位團友上車後，金子告訴大家接下來的行程是參觀貢糖店鋪，有需要的可以購買，購買得多的，他們還有在團最後一日直接送到碼頭的服務。還說明，貢糖有很多種口味，可以試吃，合適和喜歡了才購買。

還有一些時間，金子提議大家唱唱歌、自願說說笑話或者介紹自己，反正說什麼都隨意，目的是打發時間，不至於老打瞌睡、氣氛過於沉悶。

一個女團友站出來唱歌。

又一個男的唱了另外一首。

廈門來的一位男的，唱了閩南歌《愛拼才會贏》；香港來的一位女團友，用粵語唱了《上海灘》。

有一位年紀六十開外的廈門團友說了有關方言的笑話。

之後，是一段冷場。

金子看了夏遜一眼，說，你說幾句話？

說什麼？

隨便。

隨便？真的？

夏遜嘻嘻笑。

你笑什麼？

開開妳玩笑都行？

金子愣了一下，很快回答，行！只要不太過分！

金子心想，在那麼多人面前，你開玩笑也不會弄我難堪吧。不過，他葫蘆裡賣甚麼藥也真是很難猜得透，於是她望望他，悄聲問，你究竟想說什麼？

夏遜張嘴一笑，你放心啦！幫你呀。

幫我？金子看他神秘的樣子，就沒再多問，臉兒轉向大家，說，好！大家注意聽了，有話一會再說，我們請大帥哥夏先生說幾句吧。

夏遜從座位站起來。

不要叫我先生，我還沒那麼老啊，就叫我名字，或者叫小夏吧。

這時車上有位十二、三歲的小女生叫起來，那叫“夏哥哥”好不好？

夏遜聽了大喜，這個好！這個好！親切！像一家人！

金子這時也站起來，道，還是小姑娘聰明可愛，樂得我們的夏哥忘記自己的年齡，嘿嘿，好！那我們一起來叫他夏哥哥吧，一、二、三！

夏哥哥！

再來一次！

夏哥哥！

夏遜笑得合不攏嘴，手抓著麥克風，清清嗓子，問大家：我們這個團的大美女是誰？一起說！

金子！金子！金子！全車的團友不約而同叫喊起來。

夏遜見氣氛搞起來了，又再一次問大家：

金子小姐美不美？

美！團友們異口同聲。

夏遜第二句煽動性的問句是：金子小姐皮膚白不白？

大家喊得很整齊：白！

此時，金子坐在她自己的位置，望著夏遜，不知他要搞什麼鬼？她一臉的哭笑不得，有點不好意思，而她一顆心也有點不安，她再聰明，也猜不透夏遜接下來要說什麼。

只見到夏遜繼續他要說的話：大美女金子來做導遊，可能有人會說太浪費！我的看法恰恰相反，這恰恰是金門的光榮和驕傲！金子是在金門土生土長的。喝這裡水和酒、吃這裡的米和吃這裡的零食長大的！大家注意聽呀，你們在金門的這幾天，除了三餐要吃飽外，金子小姐帶你們購物，都可以考慮買喔！一會，金子會帶我們到賣貢糖的店買貢糖，金子從小就喜歡吃貢糖，才長得這樣美，皮膚那樣白皙和細膩！金子，你說是不是？

輪到金子說話，夏哥哥說笑了！我知道他的好意，希望大家多買金門的特產帶回去！不過，他也有幾句說對了，我是金門土生土長的，是這裡的水土養了我長大的！一會，我們就到貢糖店！大家先試吃。喜歡了哪種口味，才決定買下來。

如果不買呢？不知哪個團友問。

不買也沒關係的。金子答。

車子到了一家賣貢糖的老牌店鋪，服務員很熱情地請團友們試吃，試到滿意，才決定買哪幾樣口味，下訂單。一位服務員在門口端著茶盤。上面排滿了幾十杯盛滿茶水的小紙杯，讓團友解渴。金子幫忙接待，似乎和這家店的所有服務員都很熟悉。

團友們一擁而上，到試吃的櫃檯面上一一試。什麼紫菜味啦，綠茶味啦，原味啦，鹹味的啦……金門店鋪的服務員態度就是好，團友們問這問那，從不會感到厭煩，一定耐心向你解釋，更不用說，從來沒看過她們惡聲惡氣，旅行團裡大部分是閩南人，多少都會講家鄉話，交易起來，感到非常親切。

這家貢糖店，也兼賣各色牛肉乾、甜鹹小魚、腐乳、辣椒等等，服務員的態度都和善而老實，完全沒有大力推銷、強迫購物那種強人所難的態度，猶如一家人一樣，團員紛紛下單，買興很大。

全店很快就陷入一片大忙碌中。

夏遜試了幾味貢糖，大約買了四包，拎在手裡，金子看到，問，買給誰？

夏遜笑道，支持妳啊，讓團員滿載而歸，知道金門有這麼好的特產！

金子笑道，買不買很自由的！

夏遜說，貢糖是金門的真正特產之一，和別的一些城市推銷一些亂七八糟的東西完全不同呢。你們是有誠意的。

金子點點頭道，你這是說到點子上了！

夏遜這時取出一張地圖，在手上攤開，金子走過來翻到後面，看到那是一張《金門美食地圖》，自己以前很少見的，就問他，你哪裡取的？

夏遜道，我在我們住的民宿翻看書架上的圖書時，發現有十幾份，我就取了一份。我覺得編得很好。

金子說，這種《金門美食地圖》印過幾次，後來不知為何，就不再印了。我自己收集了很多旅遊宣傳單張，就沒收集到這一種。

夏遜說，我最欣賞的是圖繪畫得很精緻，美食地點也標識得很清楚，而且太人性化了！

金子不解地問，人性化？什麼意思？

夏遜指著地圖上的第32號，讓金子看，手指處，標識著"蚵嗲之家"。夏遜豎起大拇指，點讚道，連那麼小的店鋪，美食地圖上也有，真是太棒了！

金子吃了一驚，問，你怎麼知道啊？

夏遜道，我還沒跟你說，其實，昨天逛模範街的時候，在自由活動時段，我就胡亂地走走看看，就走到邱良功母節孝坊，看到對面一個油炸蚵嗲的鋪子，有兩個婦女在油炸蚵嗲，鋪子外面就有十幾個人在排隊購買。我注意看店鋪名稱，寫著“蚵嗲之家”四個字。我也買了一個試試，還真不錯！今天在車上偶然看地圖，發現地圖上那麼小的美食點都有，標著第32號。心裡一時萬分感動。

金子笑道，夏哥哥，你樣子看來不文弱，身材算魁梧的，心一點兒都不粗。連那麼小小的事都注意到了。

夏遜第一次被金子稱呼“夏哥哥”，有一種莫名其妙的滿足，望了她一眼說，妳這樣叫我，哈哈，那我該怎麼喚你呀？

呵呵，金子笑了，說，叫名字，金子！

金子！名字好棒呀！如果有妹妹或姐姐，一定叫銀子了吧？

你的思路真庸俗！金子嗔了他一口，那才不是！我老爸的名字比我更有趣，叫金不換。我只有一個弟弟，名字也特別，叫金贏。

夏遜好像聽故事一樣，聽得專注，覺得起名字真是一門大學問，金子一家實在太有故事了。

金子說，我老爸喜歡《愛拼才會贏》那閩南歌，就取了那個“贏”字。

她接下去正要說自己名字意思的時候，購物時間到了，大半團員都上車了，十幾位團員，拎著大包小包的“戰利品”從貢糖店走出來，陸續上車。

看到那麼多人買金門島特產，她知道自己會獲得比較豐厚的傭金，但這還不是主要的，最開心的是家鄉的生產品獲得外地來客的認同和喜歡，這才是最重要的，她老家的東西如此受到歡迎，她的臉上也有光啊！一個人的收入不高，傭金多，不管內情如何，在外人看來，那是導遊有本事，有口才，有辦法，才可能辦到，但，她要為金門爭氣，用大家樂於接受的方式推銷，正是她幾年來所不斷努力的。不要讓遊客有壓力，有負擔，要盡量做到她們是主動購買，那才是最成功。這一次，不知是不是夏遜開的玩笑產生了效應？買貢糖的團友特別多。

車開了，她對坐在她左手邊的夏遜說，夏哥哥，你的玩笑看來是產生效應了，買貢糖的是我帶過的團裡最多的！

那好呀。

不過我擔心你的玩笑會不會有人當真了？

不會吧？

團友們！剛才我是說笑而已，跟我們的美女導遊開開玩笑，哄她開心，實際上她的美和貢糖究竟有什麼關係我就沒有做過什麼研究，我相信是沒有關係的。說到此，車上爆發了一陣大笑。

有好幾個人堅持，發表了關於“水土”的偉論，他們相信金子小姐的美和金門的水土有關，也跟她喜歡吃的食物絕對有關！這樣一來，金子懸著的心才落了地。

夏遜突然想到了他的小計劃，就跟金子說，我今天看了《金門美食地圖》，萬分感動，那麼小的門面如果說是固定的食攤也一點都不誇張。真的太人性化了，我嚐過了，製作得真好！我想這很值得向大家推薦！我想請大家嚐嚐這金門的小吃，妳認為如何？

好啊！

那妳打電話跟蚵嗲之家老闆訂四十五個，然後叫她們派人送去我們下一個景點，好不好?這樣就不會影響我們下一個行程。

金子想了一會，說，不用啊，我們的行程是可以靈活調動的，我們直接把車開到附近，在蚵嗲之家那裡的空地吃，才有點情調，正好邱良功母節孝坊在它的對面，也可以讓大家走走老街。

夏遜大喜，道，太好了！

金子和夏遜商量好，就向大家宣佈了好消息，一會車開到金城鎮的蚵嗲之家，夏哥哥要請大家嚐嚐金門島著名小食蚵嗲！每個人一個！大家鼓掌謝謝他！

掌聲熱烈響了一陣，大家今天的情緒被推向最高昂！

夏遜意猶未盡，站起來繼續向大家介紹，這個蚵嗲太好吃了！所以非請大家分享不可！蚵嗲是什麼做成的呢？那是一種用麵粉漿包餡料下油鍋炸的點心，它的餡用了豆芽、蘿蔔絲、芹菜、蔥、蒜和蚵仔。一個賣台幣三十二元。我看過一篇文章，說的是蚵嗲這美點也傳到了印尼第二大城市泗水了，名稱的發音叫OTE OTE ,只是餡料稍有變化，主要是豆芽、四季豆、紅蘿蔔、蝦、豬肉碎，蚵仔。這也算是金門美食蚵嗲的印尼親戚了！金門的蚵嗲現在由兩位女的在現場邊做邊賣，非常受到金門鄉親的歡迎，她們每天都要做很多！

最後，他再次強調，蚵嗲，趁熱吃最好，香噴噴的吃幾個都不夠！

夏遜這麼一吹，哇，好幾個團友的口水都流下來了！

蚵嗲之家的金門著名小吃之“旅”非常成功，大家都吃得嘖嘖讚賞，伸出大拇指，還與兩位現場現炸現賣的蚵嗲好手拍了一張大合照，幾乎所有人都牢記了─金門美食地圖32號。

金子對夏遜的幫忙心存感激，他如此欣賞金門的美食文化，如此喜歡蚵嗲，讓她好感動，執意這一餐小小請客，由她付款；金子的理由，是夏遜只是普通遊客，也與大家不熟悉，不該這樣沒來頭地破費，而她金子，是全團的導遊，大家支持她的工作，購物踴躍，應該由她做東請大家，夏遜當然爭不過土生土長的金子，只好讓步。

夏遜對蚵嗲、對金門的美食那樣感興趣，也在金子的腦海中留下了一個大大的問號：為什麼？

得月樓下話從前

老爸和阿母從台灣旅遊回來，金子安頓好團友晚餐和回民宿後，趕緊從民宿趕回家。她的一輛摩托車放在民宿的天井，有事時就可以派上用場。老爸剛剛退休，退休前當了教官十幾年，退休的第一年就和金子阿母到台灣做環島遊，每個喜歡的小縣城，他們都會住下來，度幾天假。

金子騎著摩托車在平坦的馬路上飛馳。海風在耳畔呼呼作響。不由得想起了從金門讀小學到高中的歲月。讀中學，她就騎單車上課。在台灣讀大學時期，雖然她寄宿在學校，但擁有一部摩托車，供她出校園辦事或逛市區大商場時騎。自從入了行做導遊後，她乘最多的就是大型旅遊車了。她乘慣了旅遊巴士，練就了在旅遊巴上站得非常穩的本領，這一次司機沒有來得及避開那個窟窿，讓她撲倒在夏遜的懷中，實在是一次非常意外的意外。

夏遜在這個旅行團裡的出現實在是一個異數。

她大半個身體倒在他身上時，他那種欲拒還迎、似笑非笑的表情非常古怪；

他拎著那個大吉他到島嶼做什麼呢？

他對金門的小吃為什麼那樣感興趣呢？

他那樣熱心為她拍照，難道沒有企圖？如果是喜歡她，為什麼沒有特別的舉動？他不斷地為她拍照，單純是作為攝影者的義務嗎？

金子在大學唸書階段，去旅行什麼的，周圍總是圍著一群男生，主動地為她拍照，大獻殷勤，那也不是個個都在追求她，因此這個也不能做準。

辦理手續時，她知道他祖籍是金門，出生地卻是在廈門。

這個受到團內大小團友歡迎的夏哥哥為什麼會單槍匹馬參加金門遊呢？

討厭，想這些做什麼呢？……

老爸、阿母見到女兒很是高興，看到她一身的導遊服裝，知道這幾天帶著團，一定非常累。他們帶了一大堆手信，擺在飯枱上，隨便女兒要吃什麼，可以拿去。

帶團一定累死了！阿母說。

才不，我喜歡啊。

不累才假，妳呀，在家就做小女孩，什麼都要媽媽做給妳吃。在外妳就做大保姆，服侍幾十個人，還說不累？

沒有啊，阿母。這個團還不錯，團員蠻乖的。

哈哈！乖！那裡有妳乖？媽媽被女兒逗樂了。

哇，買了那麼多東西呀？

妳老爸知道妳愛吃零食，買了很多零食，都是妳平時最愛吃的。看來老爸太偏心妳了。

金子反駁，金贏弟不愛吃零食嘛，你們也知道。

飯枱上的特產堆得如小山高，添高的手是阿母的手，老爸從皮箱、環保袋不斷掏東西出來，阿母就接力般接過來，堆疊到飯枱上。有高雄的鳳梨酥、宜蘭的韭菜餅、臺北的牛肉乾、豆沙餅，還有阿里山的茶……金子一樣一樣地看、翻，伴隨著她帶點誇張的哇哇聲……

有送人的嗎？金子問。

阿母說，東西那麼多，金子優先，喜歡就打開來吃。阿母說。

金子打開了其中一盒高雄名牌店的鳳梨酥。那是十隻包裝的，她取出兩塊，將包裝紙都撕開了。她將其中一塊留給自己，知道老爸阿母怕太甜的東西，就將另一塊掰成兩半，一塊塞在老爸嘴內，一塊要塞進阿母口中時，阿母不斷躲避， 最後還是逃不過女兒的熱情和孝心。

阿母說，我怕甜，以後還是我自己來！

金子道，啊呀，多久才吃一次，也不過半塊而已。

妳老爸妳也少給他。他血糖很高，不偷吃已經很好了。阿母說。

金子道，啊。阿母，妳也別說得那麼難聽。爸爸也沒有那麼嚴重吧！

是的，妳阿母虐待妳老爸呀。

阿母哈哈笑，一點也沒有，我都是為他好。

忙了一陣，老爸阿母坐在沙發上，金子沖了兩杯咖啡出來。將一小包代糖遞給老爸。

台灣好玩嗎？金子問。

老爸說，如果不是這一次退休後慢慢玩，一邊度假一邊遊覽，都不知道我們的寶島這麼好玩，那麼多古街，那麼多特色民宿，還有，那麼多好吃的美食。

阿母說，妳如果在台灣帶團，那就好了！

金子說，好是好，哪裡都一樣，我覺得在金門帶好團也很好，我也不後悔的！我們金門島旅遊資源很豐富，迄今還沒有開發完！

老爸說，我女兒能為家鄉爭光，老爸臉上也有光！金門解嚴後，不斷在變化中。今年臺北一位外省籍的老戰友來金門遊覽幾天後，很滿意，發微信給我說，金不換啊，想不到沒有了十萬阿兵哥的戰地金門，今天變得這樣美！到處是樹林，綠化頂呱呱！到處是高粱，金門酒已經走出金門，名聞海內外！最不可思議的是，再也聽不到兩岸的炮聲、嗅不到硝煙味後的金門，還成為候鳥的棲息地、中轉站！

金子說，老爸，您也知道了吧？有一份雜誌對我們台灣本島和外島二十五個縣市進行評選，我們金門縣被評選為“最快樂城市”！

老爸說，我正要問妳啊！

金子說，那是真的！

老爸說，我們的家園長期籠罩在戰爭的氣氛中，金門鄉親一個多世紀以來一直生活在炮火的威脅下，如今生活安定，福利又好，感到十分滿足。這也是有原因的。

金子說，世事總是那麼公平！戰爭給我們金門人帶來災難，那些戰爭的遺跡如今倒成了金門旅遊業的重要資源！

對，戰地文化嘛！老爸說，還有閩南文化、僑鄉文化！

金子得意地，哈哈，我們有三大文化，天下無敵！

老爸說，不要說得遠，我們的這個水頭聚落，建築物、洋樓就保護得很完整也很完美，不要忘了帶你們團來看看。

會的，老爸，我而且會自豪地跟大家說，我家就在水頭！

老爸看到女兒如此得意，很為有這樣一個女兒高興。是的，全台灣當中，像金門這樣的地理條件，堪稱獨一無二，有哪一個城市、島嶼距離大陸那麼近？又有哪一個城市，擁有那麼多的特色和優勢？單單中國大陸和台灣本島兩大部分的遊客，就接也接不完了啊！女兒金子為行銷金門出力，不是什麼地方主義，是為中華民族打造一個美好的旅遊勝地、一個快樂的現代的世外桃源出力啊！

好好幹！老爸站起來，坐到女兒身邊，用大手掌往她肩上用力一拍後，就坐在她身邊道，行行出狀元，妳做得那麼投入，有什麼業務大賽，也試試參加吧！

金子說，老爸，我什麼都要求做到最好，評選什麼的，有機會就試試，得沒得都不要緊。沒有也問題不大，好好把工作做好，就很開心了。

輪到阿母出聲了，金子，妳今年也不小了，大學期間多少男生追，妳都看不上，說要等工作以後再說，現在工作都過去了快三年呢。

老爸說，眼光不要那麼高了。

阿母配合道，我們不希望女兒做老姑婆啊。

金子大笑起來，看你們都急得像什麼？好像我嫁不出去。

阿母和老爸不約而同地將金子端詳，先後點點頭，內心的想法都想到一處來了，阿母說，我們的女兒才貌兼優，誰娶了她都是一種福氣啊。

金子看到雙親都瞪大眼望著她，覺得奇怪，問，你們看著我做什麼呀？都是你們的產品呀，呵呵。

那當然，優質產品嘛，優質產品！老爸說。

哈哈，金子也咯咯開心大笑。

不害臊，表揚自己喔，阿母笑老爸。

妳阿母也是很優質，優質老爸和優質阿母結合，才可能生出像我們家金子那樣美、人品又那樣優秀的女孩，不是嗎？

金子想到母親剛才說的大學男生，就說，阿母，剛才您提到大學的追求者，確有好幾個，有的寫情書，有的天天微信糾纏著，他們都比較俗氣，我不喜歡。

阿母說，即使錯過，也就過去了，千萬不要後悔……

金子說，阿母，我從來不後悔的！

說著，金子從包包裏取出手機，點開相簿，選擇一張，打橫，遞給母親看說：

這是這次我帶的旅行團——

母親說，哇，人還不少哇。

三十九人。

最大那位八十了，女的，由她的外甥女陪著。最小的只有十幾歲。

阿母喜歡看相片，而且喜歡研究一番。她習慣將相片放到最大，看看哪一個順她的眼。她看了很久，突然自言自語道，這個男的好看！

老爸聽到阿母在驚歎，趕緊也湊過來要看，哪位哪位？

阿母指著其中一位，這位。

金子問，你們說誰呀？

她趨上來看，一看，果然不出她剛剛心中所料，被他們點讚的正是夏遜。

阿母問，他哪裡的？

廈門。

自己一個人來玩？

是的。

多少歲了？

他有三十好幾了，我記得他比我大八歲。

大八歲算什麼大？

現代的人，大幾十歲的都有，大八歲其實正合適。

啊呀，阿母，你說到哪裡了？我對他一點都不瞭解。男人與女人結婚是一輩子的事，又不是動物交配那樣簡單。

老爸這時插嘴道，夏先生哪裡的？

金子說，廈門來的。

金門人嗎？

金子答，是的，這一團，大部分都是金門人。

不是金門人又如何？金子問。

妳嫁外省人也沒問題，能嫁閩南人當然最好。老爸說。

金子說，他出生在廈門。

老爸說，喔，最重要的是，他父母親是幹什麼的？

金子道，這我就不知道了，他沒提起，我也沒問過。看他這般年紀，父母親應該也到了退休年齡了吧！

阿母聽到這兒，笑道，夠了，夠了，金子看來快要受不了啦，八字還沒一撇，你就那樣急地進行戶口調查了！

老爸說，哪有，現在戀愛自由，我們尊重阿女的選擇，我最怕的是夏先生不是普通人家，家庭背景與政治有關。

阿母說，現在有誰與政治無關？我看說穿了，你擔心他父母親都是共產黨！

老爸沒有出聲，看來是默認。在他看來，政治立場不同，如何才能為親家？

金子大笑道，你們想得太多太複雜啦！萬一國共兩黨結為親家，是他們的兒女結婚，又不是雙方父母結婚，另築愛巢，不會有事的。

那這位夏先生真的有個共產黨父親嗎？

金子搖搖頭，阿母老爸，我剛剛接觸不久，什麼都不瞭解啊。何況我未必看得上，當然，看來人品還是可以的，長得雖然不是特別帥，但絕不是獐頭鼠目就是了。

阿母說，他已經長得夠帥了！

阿母、老爸，我有點困了，想早點睡。你們今天回來，也折騰了一天，也一定很累吧，也早點睡。

阿母問，今天可以不回去嗎？那好啊。明早我托人給你買早餐，廣東粥還是燒餅？

不了，阿母，明早我要早點回，他們住珠山民宿，早點我的份也準備好了。今晚我是“偷偷回家”呢。

金子回自己的房間，沖涼過後就躺在床上，看一會手機。只是沖涼一會沒看手機，進來的信息就幾十個了。她一一翻過，都沒有什麼重要的，天下文章一大抄，都是轉來轉去的東西，假新聞、心靈雞湯，突然，叮噹響了幾下，早不早，晚不晚，又是夏遜發來白天大家吃蚵嗲時拍的大合影。其中居然有幾張金子在吃蚵嗲時拍的大特寫，姿勢、神態都不會太難看。

金子滿意，將他發來的照片都儲存起來。

翻來覆去，不知怎的，都無法入睡。夏遜總是在夜晚她要入夢時發來照片，卻又一句話都沒有。

父母之間的對白、與她的對話，又讓她忍俊不禁。

這個時間不長的旅遊團，如果覺得負擔，可以說猶如三年四年那樣漫長；如果喜歡上這個團，那麼會覺得時間消逝得過於神速，幾乎是一瞬間就過去了。

＊ ＊ ＊ ＊ ＊

我家就在這水頭聚落。

金子帶團友到此遊覽參觀前，在車上把該說的、該介紹的，都說了。水頭既然是她的老家，金家好幾代人修養生息的地方，如今被公認為是金門閩南建築保留最完整的地方，她怎能不自豪？

所有金門最典型、最完美、最有代表性的建築，都可以在這裡看到，整個金水村共有四平方公里，水頭聚落大約佔了二點二平方公里了，金水村的歷史至少也有七百年之久了，距離水頭碼頭最近，以前是聯絡海外交通的地區。這裡有個關聖帝君廟和靈濟廟，歷史也很悠久了，還有金水國小，有僑匯建築的得月樓，非常漂亮啊，太有代表性了，也差不多成了這裡的地標。

可以說，最漂亮的洋樓、最典型的閩南式建築，都在這裡了！這座得月樓就是代表作！

我也感到自豪啊，我的家園就在這個村！

哈哈，是不是因為你金子的家在這裡，才說水頭聚落那麼多好話呀？下車的時候，夏遜對著金子說。

金子認真地回答，我哪裡敢亂講？誰讓我家在水頭？水頭本來就美呀！說著，金子將幾張單張，和介紹水頭的宣傳品塞給他。你仔細看看，專家怎麼說的？

好的，我都沒來過金門，我會相信妳說的。

夏遜又說，把老家說得那樣美，看來妳都捨不得出嫁了，是不？都要招女婿了來金門了。可是，金門島那麼小……

金子聽了，心中覺得很不爽，馬上反駁他，誰說的？我們金門島都比你們廈門島大，你們廈門島連接大陸那部分算，才大過我們。

夏遜嚇了一跳，原來金子不是吃乾飯的。她既然做了差不多三年的導遊，什麼都懂也不奇怪。

金子導遊邊帶大家遊覽，邊向大家講解水頭的種種趣事和傳說，夏遜拍各種洋樓，拍水頭地標得月樓，拍金水國小，……水頭聚落的乾淨和美麗，那些老厝保育得那麼好，真是令人意想不到啊。他不由得聯想到閩南農村的髒和亂，不知問題出在哪裡？

團友們一路拍攝，覺得處處都是美景，太妙了，有時，灰色的古牆圍欄突然有一支粉紅色的花伸出，仰著笑臉對著晴朗的天空，都會引起團友的好奇，輪番站在那裏拍照；一些古厝屋頂尖角彩繪色彩的美、左右裝飾的對稱，都會引起大家的好感，又是留影一張。夏遜也覺得有時候，越是簡單的線條，越是有一種單純的美。

團友對水頭聚落的好感，叫金子也感到意外的驚喜。

夏遜看到那得月樓，非常高，向金子打聽有關情況。

金子說，得月樓屬於黃輝煌家族的一部分，是民國二十年的建築，樓高五層，地面四層，地下一層，當時治安不太好，建築它的目的就是為了保護黃氏家族的安全，對付盜賊和外敵，因此又稱為洋樓的槍樓。現在在三、四層高的牆上，還看得出有槍眼。

夏遜問，有多高？

11.26米，當時是金門最高的建築物。

取名是不是來自“近水樓台先得月”？

金子笑道，算你聰明，不過也不算太聰明，這兩個字較容易讓人聯想到那句俗語呀。夏遜聽到她直爽的回應，大笑起來。

洋樓樓上有南洋菜餚和糕點展示，可以上去看看。

夏遜跟好幾個團友上去，果然，他見到那些樣本，太高興了，一碟一盤地猛拍攝，一會金子也慢慢走上來了，看到他在對南洋菜餚猛拍大特寫，感到好生奇怪，不過只是默默地看，沒有問，也沒有驚動他。

下樓後，突然，聽到前面團友不知是誰在叫喊，來這裡拍照啊！來這裡拍照啊！高粱地！高粱地！原來，雖然大家知道金門酒名聲在外，知道金門酒的製作原料主要是金門高粱，可是從來未曾見到金門高粱的人很多！

金子讀大學時期常年在台灣，回到故鄉當起導遊後，也沒有機會特地帶團到高粱地看看，實際上自己去看高粱地的機會也不多，因此團友的發現，也令她大為興奮，迅速趕上去，夏遜也跟在她後面。

那裡有一座小橋，下面是潺潺的流水，橋畔有條小徑，一排花卉開得真鮮豔，再看看天色，藍天白雲下，一切都顯得太美了啊。有些團友在小橋兩邊的矮矮橋欄排排坐，請夏遜和金子為他們拍照，第一張靜靜坐著，第二張伸出勝利手勢，第三張伸出大拇指點讚。

啊，好幾對夫婦都走進高粱地裏了，也有好幾位單身的年輕美女走進去後擺各種各樣的甫士，請夏遜給她們拍。夏遜愛攝影，當然樂意。他注重構圖，一旦恰到好處的構圖形成，抓手機的手非常穩，當然他也夠細心，會注重人物位置不擋住背景的美之外，也會留意女性的臉蛋輪廓的整體線條美，還會留意頭髮絲絕不可以太亂，甚至蓋住眼睛。夏遜拍攝的人物風景照，曾經在團友手中傳，大家都讚賞，因此，高粱地的出現，大家都很開心，夏遜成了最受歡迎的首席攝影師了。

金子看到夏遜那麼熱心，也鼓起勇氣來，鼓勵團內的夫妻團友走進高粱地，為他們拍攝浪漫照片。金子愛戲玩，愛開玩笑，愛成人之美，準備好手機，就喊，來來來，是夫婦檔的，排隊喔，金子給你們拍夫妻靚照啊！

第一對有四十幾了，走進高粱地，兩人站得很開，金子說，靠近一點！靠近一點！不行！還是站得那麼開！

金子用手勢比劃，公婆倆還是蠻生分的，她走進去，把兩人的身體靠攏在一起，然後再抓住那男人的手，搭放在那女人的肩膀上。

嗯，這樣才像話嘛。

笑！男士笑得自然一點！

金子按手機，又多拍了好幾張。

第二對稍微年輕，看來新婚不到五年，帶了一個約四歲的女孩，金子讓她在高粱地外的小路上等，她就乖乖地站在外面看著準備拍照的父母。這一對看來經過不短時間的熱戀，親暱的動作一開始就做得很熟練，似模似樣的。

一流！金子讚美道。不用彩排，太好了！

接著，一對六十開外的老夫老妻走過來，本來各站各的，姿態比較生硬，金子讓男的，牽著他老婆的手，接連按了好幾張。

團友們拗不過金子的熱情，有另一半一起來金門的，金子都替他們拍了照，算算也有七八對吧！

夏遜走過來，哈哈大笑，對金子說，妳都可以開照相館了，專門拍婚紗照。

上車前，還有幾位到小賣部買了非常特別的，精緻的手袋，這手袋拉開可以變成一條拉鍊，引起了團友們的很大興趣，有幾位團友進到關聖帝君廟拜了幾拜，或燒了幾支香。

團友陸陸續續上車了，金子在旅遊車外的地面上數人數，就是少了那位八十歲的、歲數最大的女長者和陪同她來的外甥女，等了好一會，小名叫小麗的外甥女才臉色緊張地陪她的阿姨走來了。

啊，怎麼辦？妳來，金子，妳來，這裡不方便，我給妳看看……小麗表情神秘又驚恐地拉著金子的手，一手扶著阿姨的手臂，來到樹蔭深處，剛才她就是從那裡的洗手間出來的。

小麗掀開阿姨的上衣，但見一條黑色的“蛇”環繞著老人家的腰部，正在向腹部前面伸延開去，大約還有20釐米左右，那條“蛇”就要首尾匯合。看到這樣的情景，金子簡直嚇壞了。她家庭幾代都沒有行醫的，因此對疾病一向都很重視也很警惕，小時候聽過這種病叫帶狀泡疹，俗稱“生蛇”，又稱

“纏腰火龍”，那是身體免疫力減弱的結果，如果不治療，那就很危險。

小麗看到金子臉色有點變，也很擔心。問，怎麼辦？

金子說，我們趕緊送金城鎮的衛生所吧，看看那裡的醫生怎麼說。伯母，您不要擔心，我們會陪著您。

金子為了不影響下來的行程，就和司機如此這般地交代了一番。她估計，金門島衛生所醫療條件有限，可能不好留醫，他們會建議迅速送臺北，但這位阿姨和她的外甥女小麗來自香港，與其飛到人生地疏的臺北，還不如趕回香港。香港小麗熟悉，阿姨的其他親人也都在香港，再說香港的醫療條件也還不錯。

金子借用了水頭一鄰居的車子載了阿姨和小麗到衛生所，果然不出所料，那裡的醫生為了阿姨年事已高安全計，建議最好小麗馬上陪阿姨飛回香港，進香港政府醫院就醫。她又開車趕回民宿，讓小麗收拾好自己和阿姨的行李，馬上又打了水頭碼頭、飛機票代理處等等幾個電話，好不容易一切OK後，才長長鬆了一口氣。

阿姨一直留坐在車上。

不一會，小麗氣喘吁吁地拎著一個大皮箱和一個旅行袋從民宿那裡走來，金子見狀，馬上跳下車去幫忙，將小麗手上的皮箱提過來。

金子說，放心吧！

船票、飛機票都解決了！你五點的船到廈門，乘當晚八點多的飛機，到香港的時間大約十點，馬上先到醫院掛急診給醫生看。要入院就入吧。

金子一邊交代，一邊開車。

車子在公路上飛逝，朝水頭碼頭火速趕。金子也一邊安慰著阿姨，阿姨，沒事的，不要太擔心，給醫生看，吃他開的藥，很快就會好的！金門雖然沒玩完，下次還有機會的！最重要的是身體健康第一！

金子又說，小麗，你們都是金門籍嗎？

不是，小麗說。

怎麼會帶阿姨來呢？

我姨丈是金門人，我爸我媽都不在了，姨丈也早就去世了，我就和我阿姨一起生活。姨丈在世時，交代過，他在金門出生，很早就跟父兄出洋，再也沒有回來過，身體不好再也沒可能出遠門，希望我姨母到金門看看。這一次我就帶姨母回金門看看了，沒想到啊，任務只完成了一半，甚至不到一半。

金子聽後，不無感動，安慰她道，不要太失望啦，伯母會好起來的，到時再帶她來啊，我依然做你們的導遊！

金子的樂觀感染了小麗，她抓著阿姨的手說，我們還會來的！我們還會來的！

一直看到小麗和阿姨的背影在碼頭裡面的長道消失，金子才離去。

飛越十八間

夏遜來到山后民俗文化村，情緒無法平靜。

這是有原因的：父親夏鋒對金門沒什麼深刻的印象，很小就跟著他老爸夏磊離開了家園。山后民俗文化村建於1900年，老爸夏磊離開時就有了。在一百多年前的金門，這真是一組了不起的藝術建築啊。不知是誰，拍了一張黑白照片，送給了祖父夏磊，祖父又傳給了父親夏鋒。祖父死於1995年，這張十八間的照片就是祖父臨終前交給父親夏鋒的。他囑咐父親有機會到金門走走時，去看看這一組建築物是否還在？父親大半生在部隊裡做事，退休前十年上頭才調他到建築設計和研究部門做研究工作，有時還被請到大學的建築學系擔任客座教授，偶然為學生講講課。由於身份的關係，也一直無法獲得准許到金門遊覽參觀。於是，乘兒子夏遜來金門旅遊的機會，把照片交給夏遜。

一定要看一看這山后民俗文化村，俗稱十八間的景點，父親夏鋒說。

這與我們有關係嗎？老爸。

沒什麼關係。

那為什麼要看看？對我們很重要嗎？夏遜繼續問。

爸爸在寫一部有關閩南建築藝術的書，這對爸爸的著作很重要。

哦，原來是這樣。那我多拍點照片發給你。

是的，不用隨拍隨發，回來一起給我也不遲。

夏遜又問，老爸，為什麼阿公會留一張這樣的黑白照片給你？

你阿公其實也沒有什麼特別的意思，他懷念故鄉，老家的一草一木都會觸動他的鄉思啊。

哦，這件事我就覺得很奇怪，反而我們自己的老家沒有留下照片。我們在金門有沒有屋子呢？

老爸說，我完全沒啥印象了，你阿公說早已經轉給別人。不知什麼原因。即使有，那個時候有幾個人會擁有照相機呢？大家都很窮的。

夏遜說，說的也是。哪裡像現在，人手一部手機兼攝影機。

* * * * *

當他走在民俗文化村牌坊下面，激動得又後退了二十幾步遠，一直到足以將整個牌坊攝入畫面，按了八、九張，才又再次走進去。

真美！夏遜驚嘆道。進了牌坊，走了約二十步，徐徐回頭，他看到了綠油油的一片大草坪，靠牆隔不遠就有一株老樹，看來年齡不小了。十八間就在前方，夏遜側面拍，正面拍，用手機拍過，又抓相機拍。他的相機帶子掛在頸脖上，要拍的時候，就取下來。鏡頭瞄準很久才按下一張。突然，他看到前面有幾個遮陽傘，不少食客就在那裡吃東西。那樣的彩色傘，作為點綴，又成了一種很有情趣的風景，於是他又拍了好幾張。

他們都在前面了，金子的聲音在前面響著，他才驚覺僅是在門口，還未深入，他已經被十八間的美深深迷住了，無法自拔。

太精彩了，太美了！夏遜禁不住喜歡，又再次驚嘆。

金子說，你還沒進入，已經這樣讚美，到裡面去看，可能被深深迷住，迷了路無法走出來，哈哈。

我只怕照相機電池給我用完，手機儲存量不足呢。

來，你跟我來，我要跟大團大家講幾句，才解散自由參觀。

好吧！

走到大家在其中一間厝集中的空地，金子簡要地介紹這俗稱“十八間”的山后民俗文化村的來龍去脈。諸如，它是旅日王氏富商匯款回金建築的族居，包括了一座王氏宗祠，一棟三落大宅。整體建築非常劃一整齊，那是金門僑鄉最具代表性、最完美的經典建築。村裡還有一棟學塾“海珠堂”，建得非常美。

金子說完，就帶大家先參觀禮儀展館、喜慶展館，接著又帶大家到海珠堂，請大家仔細觀察屋頂上的裝飾，大家看得癡了，沒有人想到一百年前就有那樣棒的材料和技術，嘖嘖稱讚之聲此起彼落。

主要的看過，夏遜邊迅速走到初進來時那幾棟之間，仰頭拍屋頂與屋頂之間窄窄的天空，遠遠拍一棟屋子與一棟屋子之間長長的小巷，有時，突然看到屋頂頂端的色彩，也狂拍好幾張，總之，紅磚疊成的小窗口，大理石“銜接”而成的牆，在風中顫抖的殘破的紅色對聯，甚至那些已經爬滿苔斑的老牆，都會引起他濃厚的興趣，拍一張特寫；不過，他最感動的還是左看右望都是幾何的直線、斜望正瞄都有藝術美感這一點，他心中的想法是在一百多年前，金門的建築技術就那樣了得，將一組族居設計得那樣富有美感，而且金門歷經戰患，它幾乎沒有受到破壞還那麼重視維修，這實在太經典，也太值得讚美了。

金子一個人走過來，看到夏遜那樣入迷和忙碌，大笑道，買一套模型回去吧！

夏遜說，真有啊？真有，我要。

夏遜說著就要從褲袋裡掏新台幣給她，托她幫買。

金子說，錢不急，最重要的是要有貨。說真的，我還要打聽在哪兒有賣啊。

夏遜說，那好。來來，我給妳在巷中拍幾張。

金子說，我算什麼。我是本地的，機會多的是。我給你拍才有意思。

夏遜推辭，不不，我大男人，醜男，有什麼好拍？拍女性比較好！

金子又咯咯笑起來，你是我們團公認的第一帥哥哦，還那樣謙虛呀？來來，還是我給你拍幾張吧，看你是那樣喜歡這十八間！何況你是遊客，該是我為你拍！

夏遜拗不過她，就在窄巷裡拍了好幾張，這金子拍攝構圖也不賴，全景、近景、全身、半身都各拍了好幾張。拍完，金子將手機遞給夏遜看，你看，你看，把你拍攝得那樣高、腿那麼長，帥上加帥。手機裡大概拍了七、八張，夏遜邊看邊點頭，滿意地讚美，我發給我老爸看，他一定開心、羨慕死了！想不到金子妳那樣厲害，學過的嗎？

金子搖頭，還不是自己摸索？有機會就向一些攝影高手求教。

妳不嫌棄，現在還有大把時間，我也給妳拍幾張。妳人好看，不多拍真是太浪費了。

金子再次聽到這樣真誠、不動聲色的讚美，完全沒有獻殷勤的意味，心中一喜，猶如飲到了一杯清涼的、甜味恰到好處的加蜜糖的柑橘水。

那屋子與屋子之間的窄巷，是遊客拍照的熱門地點，難得一百多年前十八間的建築師們，目光飛越了一百年的時空，也飛越了十八間，彷彿預設了那樣的攝影效果，讓照片上出現了一線藍天、美麗的屋簷飛角，窄窄長長的小巷，而且從一個恰當的視角就可以管窺到全豹似的。單色的大理石、紅磚，配上遊客鮮豔的衣服，又有一種大背景和小道具相配合的和諧效果。這是夏遜腦子裡不斷翻騰的思維……忽然有點明白了，當年祖父夏磊一定感覺到十八間足以代表金門的美，才會把那張黑白照片傳給兒子夏鋒，再由老爸夏鋒傳到他手中吧？

在將手機的鏡頭對準金子的時候，夏遜望著手機的熒光屏，仔細地欣賞眼前七、八米遠的金子。

他不斷地在內心裡呼喊，好美，好美。這一生不要說娶，就是能看到或遇見這樣好看的大美女，已經是三生有幸了。也慶幸自己沒有早婚或早戀，彷彿蒼天暗中在提醒他似的，給他最後的機會博一博。

熒屏裡的金子，除下了導遊們愛戴的鴨舌帽，一頭微褐色的濃密頭髮從頭上瀑布般流瀉下來，她本來要將太長的頭髮往後束綁成馬尾，正進行中，夏遜阻止了她，說，不用，妳就讓頭髮披落下來就可以了，妳稍微梳理就行了，這樣的妳很美，很時尚又優雅……

金子笑嘻嘻的，一笑，兩邊臉頰的酒窩就更明顯地顯露出來。

夏遜說，拍攝的時候要笑。

金子說，照片我沒有一張不笑的。那肯定不是我金子啦。

夏遜再次從熒屏裡欣賞她，雖然五官沒有一官出眾，但五官放在一起就是一種天作之合，將整張臉“安裝”得很好看，配上那笑容，就成了十足的美女；與孤冷的美女不同，金子開朗、熱情，從她任導遊的舉止言談就可以看到；也與那些庸脂俗粉的美女不同，那類八卦型女性穿著緊窄暴露，談吐粗俗無聊；金子洋溢著青春的活力，大大咧咧快人快語中不乏細心、體諒和溫情。那也是給人很明顯的感覺。金子只是比自己矮一點，至少也有169到170釐米之間吧！上面常常穿開領的輕鬆上衣，卻是很少見乳溝，雖然她凸凸得很見豐滿而頗惹男人的遐想；她的腰肢很細，也許是天生的，偶然穿那種六十年代的過膝花裙，也顯出身材之美，但帶團嘛，為方便之故，多數還是穿牛仔褲，她穿起來也頗為飽實豐碩。女性身材好真是沒得說的，穿什麼都好看，將值得勾勒的部分都盡情勾勒和表現出來。幾時，見到導遊有這麼漂亮的，夏遜看著看著，禁不住在內心嘀咕。

這麼久啊，時間差不多了。他們都陸續到外面集合了。

我要把妳拍得最美。

金子笑得燦爛。

人物景物的搭配也要一流。夏遜繼續強調。

按照夏遜的調度安排，他為金子拍了七、八張。

一會我發給妳。

你不必修亮，我自己會。

你對十八間那樣感興趣，那樣喜歡，我會找找有關資料給你。

好！

那我們趕快走。

車子開動，十八間的形影、印象在夏遜腦子裡像烙印一樣，不可磨滅。還有一段和金子的對話令他印象深刻：

在夏遜不斷拍攝十八間的時候，金子見他那樣喜歡，就問他：你讀建築的？

夏遜搖頭，道，我父親搞建築藝術研究的。

金子說，哦，他是建築師？

夏遜道，那也不是。他只是近十年搞這些研究，我本人也有興趣。

金子沒敢多問，遊客的私隱，有的人很介意別人問，多數諱莫如深，金子明白，也不想多問，偏偏夏遜一時心血來潮，剎不住，多講了一句：

他以前是在部隊的。

金子心中一凜。想多問幾句，一時又忍住。聽到“部隊”兩個字，腦海裡馬上出現“共軍”這字眼。自己老爸不就是其對立面“國軍”嗎？政治和歷史，對於從事導遊的人來說，沒有交通和景點熟悉，但所有的景點、文化、美食也離不開歷史，這也是她們的必修課。金子是八十年代末期，父母結婚了好幾年才生的，距離戰爭年代沒感性認識，多麼希望不要再提那些大人們過去的陳年老賬啊。是的，怕氣氛一時變得不好，也就沉默不語了。

夏遜回想到金子的突然沉默，非常奇怪，完全不太正常，百思不得其解，也就不想再提起。現在兩岸老百姓相處和睦，很少為政治激辯，也不多談政治話題。何必去介入它？

＊ ＊ ＊ ＊ ＊

中午的午餐真是熱鬧。

團內有一位團友六十歲生日，六十為大壽，金子是掌握著團友的出生年月資料的，早就有備而來，預訂的蛋糕一個多小時前送到了，由餐廳的老闆收在雪櫃裡。團友們在四圍枱坐好後，乘第一道菜還沒上來，金子向大家宣佈了這一個團友生日的好消息。

金門的旅行社似乎還沒有為在旅途中生日的團友買蛋糕祝賀生日的習慣，但金子到過西歐旅行，就經歷過那樣的安排和場面，覺得很溫馨而富有人情味，她覺得向公司提議的話，如果還沒到水到渠成的時候，可能會白費心機，也就暫時沒提；那麼還是先從自己做起吧！於是自己掏了腰包訂了一個蛋糕，為生日的團友慶祝，也分蛋糕給大家吃。當然，三十九個團友，每人只能分得非常小的一小塊，這也沒什麼的，反正旨不在吃飽，主要還是搞搞氣氛，讓生日的團友和大家高興一下。

金子和生日的團友一起將放置了一個大圓蛋糕的餐用小推車從廚房推出來，在餐廳大堂的舞臺前方停住。

壽星公是一位頭髮半百的男團友，站在舞臺前開心笑得合不攏嘴，也有些怯場，臉上表情不大自然，金子見狀，為壯他的膽，也讓他的另一半上來陪陪他，看來確是好多了。金子帶頭哼起生日歌，下面有人附和，也有的團友有節奏地打起拍子助興，最後全場熱烈地鼓起掌來。

壽星公和他的老婆在金子的吩咐和安排下在蛋糕上切了第一刀，其他由餐廳服務員切成四十幾份。等午餐後分給大家。

還有誰要表演或唱歌，為我們生日的團友李先生祝賀嗎？金子望台下，沒人出聲，這時，餐廳外人影一閃，是夏遜手提著他的吉他進來了。

夏哥哥，請我們的夏哥哥演奏一曲好嗎？他帶了吉他！

台下歡呼，好啊。掌聲如雷。

夏遜直奔舞臺，倒是大方，出乎金子意料之外。

不過有條件，他說，我演奏一曲後，我們也請美女導遊唱一首好不好啊？

台下又一次歡呼，好啊，也再一次掌聲如雷。

金子跳下臺，夏遜跳上了台。

金子說，好好好，我都唱得不好。

夏遜說，我把《愛拼才會贏》處理成現代搖滾樂了，希望大家喜歡！也可能聽得不習慣，沒關係，也請大家原諒，反正都是為了給今天的壽星公李先生一個祝賀！意思意思啊。

夏遜的改編不愧為出色，既保持了原歌曲的原汁原味，又有搖滾樂的現代節奏和特色，大家還是聽得入耳的，李先生更高興，起身雙手作揖。

金子在台側點點頭，暗暗欽佩，心想，這個夏哥哥不簡單呢，建築、音樂、美食，什麼都喜歡，他幹什麼事業的，卻從來沒說起自己。他究竟做什麼的呢？都三十幾了，沒有做事是不可能的吧？只是忠於職守，按不成文的規矩，自己不好隨便問。有時人家還不高興哩。雖然，她已經隱隱約約感覺到了他對她的好感，但他從來也沒有逾越那條界限。

金子嗓子只是一般，但答允了的事就不好食言，她選了鄧麗君的《甜蜜蜜》，正好餐廳有卡拉OK，配樂倒正好為她助興，消解了她唱歌不是很棒的窘態。大概是她的可親的笑臉和優雅的台風，掌聲鼓得依然很熱烈。

在車上，夏遜翻他的背囊的時候，無意中摸到了那張已經非常破爛的十八間的黑白照片。他看了看，遞給金子看，金子看了，也很吃驚，那樣珍貴的圖片連博物館也未必收集得到，他們夏家竟然有，居然還是從廈門那裡傳過來。

你還藏有這樣的照片啊？哪裡來的？

我阿公（祖父）藏的，後來還傳給我老爸。

一定有故事吧。

我們的金門老家，他們都沒有多說，可能情況複雜吧！但我知道十八間一定和我們家族沒任何關係，祖父只是為金門這樣的建築自豪，而我老爸則是為研究建築，希望我多拍點十八間的照片，我說過了的。

金子問，金門解嚴、開放，還是十幾年近期的事，金門和大陸兩岸長期都是死不往來的，聽說你們六十年代大陸搞過文化大革命，很多人遭殃。

那時我還沒出生，我出生時文化大革命也結束了。

我是說你的父親、祖父都還健在，一定遭殃、遭到批鬥。金子說。

妳聰明。

說來一匹布長。夏遜搖搖頭道，這張十八間的老照片，也成為道具。

道具？

就是闖禍的罪證之一。

啊？

說到這，突然車內有一女團友銀蓮向金子招手，金子走過去，彎下腰傾聽她要說什麼。她給金子看了一段手機上的微信。

原來是她的好友小麗從香港發來的，匯報生蛇的八十歲阿姨送院後經過緊急醫治，已經度過危險關頭，非常感謝金子的果斷安排。

銀蓮說，她想告訴大家這消息，好讓大家高興，也順便謝謝和表揚金子。金子想了很久，說，我不好意思，你說說阿姨的狀況就好。

銀蓮走上前說了阿姨的情況後，還是忍不住，按照小麗的意思，大大表揚了金子一番。

全車鼓掌。

金子做的事大家都看到的，大部分團友都喜歡了這位開朗樂觀，總是笑口常開的導遊。

同安渡頭看日落

似乎沒有任何事可以難得倒金子，她的人緣是如此之好，笑口常開，對人彬彬有禮，各行的人都願意幫助她分擔和解決困難；沒有任何心事和不快擱在她肚腹發黴，令她愁容滿面。大家也似乎沒見過她尷尬、傷悲……不過，也有例外，比如，團裡別人家庭成員之間的感情彆扭，以及有關不便問的私隱，畢竟一樣米養百種人，有的人，內心世界就是一個封閉世界，不太歡迎別人闖入的。

比如這快午夜的時分，她已經上床，突然聽到了門鈴聲。

金子一邊下床，一邊問，誰啊？

外面是熟悉的女聲，我呀。

開了門，見是小麗的好友銀蓮。

不過不是說有關小麗阿姨的病情。

金子看到銀蓮手上拿著一張照片，遞給金子。

銀蓮說，不知道是不是夏哥哥，樣子有點像。交給你吧。

金子說，好的。我看看。

你在哪裡拾到的？

在車子停泊的空地上。但是天黑，看不清楚是誰的，我就收在手提袋裡，忘記了，一直到剛才整理背袋，才發現的。

小麗阿姨沒事了吧？

恢復中，已經出院回家了，服藥治療，醫生說快兩星期，慢一個多月就會康復。銀蓮說完就與金子道晚安回去了。

金子拿著照片趨近床旁燈仔細看，但見照片上一男一女：那男的，斜斜地站在一架黑色鋼琴右邊，他面目與現在的夏遜相仿，然長髮蓋耳，估計是一兩年前的他；坐在鋼琴椅子上的少女也是一頭長髮披散下來，明眸皓齒，青春無敵。再看看照片背景，左邊的牆上架子上，擺放著大大小小許多琴譜，右邊的天花板，垂吊著好幾把小提琴。

這分明是他——夏遜。

那位少女是誰？那樣漂亮，是不是他的現任女友？也許結婚了？或者，也可能是他的前度女友？

為什麼會一起拍照呢？

一系列的問題如排著隊的小人從疑問小山走出來。

金子躺下來，可是閉著眼睛數綿羊，久久也未能睡著。她一骨碌又爬起來，拿著擱在床邊小枱上的照片，對著那強烈的燈光又看了，這一次重點不是看那夏哥哥，而是看那位美少女，心裡長長地嘆了一聲，真美！她確實比我美啊！看樣子年齡和我不相上下，只是臉上少了像我一般的笑容。

明天我把照片交給他，看他說什麼？我什麼都不要問。看他會主動說嗎？

金子眼睜睜看天花板，依然無法入睡，她坐了起來，下意識又看了和夏遜一起拍照的那少女一眼，然後起身到洗手間小解。

她在洗手的時候望著那面大鏡子很久，右轉轉，左轉轉，看看自己後面腰肢以下部分，然後梳理了一下頭髮，仔細研究起自己的臉部來了，正面、側面都看了一下，搖一搖頭，又點一點頭，走出洗手間，徑自走回房間的床上躺下。一些不該有的想法，像討厭的春雨，不痛不癢地騷擾著她，彷彿在屋裡下著。她想從腦海裡伸出一隻手來，把那些莫名其妙、突然而來的愁緒一把抓住，丟棄在遠處，可恨的是那些淡淡的愁緒明明被她用大掃把掃清了，又像突然天降大蜘蛛網似的鋪天蓋地網住她，幸虧，一天的奔波也夠累了，勞累和睡意像她的忠實守衛，也就在這時候，很快地來解救她了，將她抓起來，把她慢慢地扔，將她扔進夢鄉。

清晨，未到五時半，金子就醒過來了。懶洋洋地躺在床上，亮了床頭燈，又將那張夏遜和美少女的照片仔細欣賞了一下。她這一次沒有錯過照片畫面上的任何蛛絲馬跡，可以斷定，那是在一家琴行裡拍攝的。

今天我把照片交給他，看他說什麼？我什麼都不要問。看他會主動說嗎？

窗櫺外透進一點亮光。夏季的金門天亮得早，但將亮未亮之際，仍感覺夜之色調還未褪盡。她半躺在床上，大枕頭塞在她的頭部，她檢查了一遍手機，看看有什麼緊急的事沒有，再看一下行程表，在上面做了勾的記號。

時間還早，金子起身，煲水，沖一杯三合一的馬拉西亞怡保產的咖啡。

她將沖好的咖啡杯連碟子搬到沙發旁的小枱上，除下了睡衣睡褲，只剩下內衣胸圍的，翹起腳坐在沙發椅上，繼續看手機。幾十個早安的表情先後發進來。床一側有面落地長鏡，將她整個雪白的胴體照映出來。她看看自己玲瓏有致的體態美、豐滿的臀部和纖細的腰肢，還有從胸圍幾乎突圍而出的的豐滿胸部，禁不住大為滿意，站起來摸胸又摸臀、自戀了一番。看看時間差不多了，就進入洗手間開始化妝。她只是化淡妝，已經足夠美艷動人。她也很奇怪自己究竟為什麼所驅使，昨晚今早都那樣重視起自己的長相、衣著和身材來，到底是什麼刺激了她呢？連她都覺得自己的表現很是奇怪。

發不發這一張他丟失的照片給他呢？金子在內心嘀咕著，不了，她本來要拍攝下來發給夏遜，回想一下覺得不必要，直接交給他就是了；正要收起來，一個念頭一閃，我何不留存一張，做做紀念？她喀嚓拍攝了一張。拍好就將照片收在背囊裡了。

民宿外開始有人聲，天也漸漸打亮了。

＊＊＊＊＊

夏遜進到自己的房間，有一種寂寞的、落落寡歡的感覺。

金門遊雖然沒有如同其他國家城市的旅遊緊張、景點密集，喘不過氣來，但跟節目表、景點安排，都一絲不苟地走完，那也是不輕鬆的。

他習慣上是早早沖涼，然後慢慢消耗夜晚的時間。

他帶了一本攝影的書，沒有讀多少頁。白天人在旅途中，一直走動。這一次最大的收穫是獲知了兩“美”，對他大半生的影響很大。一是金門的美，他以前是不知道的，來金門前所抱的希望不大，只不過是一個廈門對面的小縣城，沒什麼好看，何況大半世紀受炮火嚴重摧殘，必然傷痕累累，哪裡會料到安靜美麗如斯?二是導遊金子的美，他遊覽過一些城市和國家，導遊中盡責的當然也不少，但鑒於旅行社所定下的制度，被利益焚了心的導遊為數也不少，最可怕的表現是，一旦不購物，對團友馬上變臉，所謂形由心生，貪念佔上風的臉哪裡會悅目好看呢？就說女的吧！他就見過五天不更換衣服的女導遊，反正入了行只是混三餐吃，沒有什麼大理想，那種平庸的心理怎能滋潤美麗的臉孔呢？人類這種動物就很奇怪的。心念的善惡都會改變和影響一個人的容顏的美醜。還有，目光短淺，捨不得裝扮自己，整修邊幅，她們又哪裡明白穿得整齊是一種禮儀，是對別人的尊重？唉，活了那麼幾十年，他夏遜都覺得自己白活了！如果沒有與金子相遇，他等於錯過了人生最美的相遇，不管這種相遇，有著怎樣的最後結果。

夏遜看看時間還早，脫下長褲上衣後，本就要進浴室沖涼，見到了豎立在牆角的吉他，突然心血來潮，坐在沙發椅上彈了好一會。抬頭看到了左面有個落地長鏡子，就撥弄了一下頭髮，點點頭，自言自語道，還可以的，嘿嘿。進浴室後，他又對著大鏡子仔細端詳自己，左看看，右望望，自個兒點點頭，內心有個聲音在響，我這個樣子不算帥哥，怎樣的才算？嘿嘿。他想到了自己沒有金子那樣燦爛陽光的笑容，就有點懊惱，哈哈，那我就現在練一練吧。他做了幾種表情，都不滿意，最後張大嘴巴，鬆開兩頰，對自己做了一個怪臉，罵自己道，笑是天生的，就像金子兩頰的酒窩，難道是鑽孔機鑽出來的？他放棄了肌肉訓練，跨進浴缸，開始了淋浴，腦子裡旋轉著一些亂七八糟的東西，覺得很對不起金子。

洗好澡，夏遜半躺在床上，點開了手機上的相簿，先將一些不好的、沒用的照片刪除，然後一張一張進行回顧，尤其是金子的。從前，夏遜一個人旅行，想拍個人照，不敢請團友拍，多數團友的拍攝技術很一般，但一般導遊不同，她們經常為團友拍攝，慢慢也就變成了習慣，累積了一些經驗。但這一次，遇見了金子，他彷彿找到了最佳的拍攝對象，用一個不太恰當的比喻，就好像獵人找到了獵物。他常常感嘆人群中絕色的女性很少，縱然有，也只是五官過分端正的木美人，不是冷得如同一截木頭，就是徒有大眼睛小嘴巴，可是內心俗不可耐、談吐淺薄無味，沒有文化底蘊。

想到這裡，他突然記起了和妹妹的那次對話。

哥，我看，你找對象也不要要求太高了，一年年過，你看今年多大了，小心成為金牌王老五喔。

不是我眼睛高，是人家看不上妳哥。

不是啦，一般女的怕配不上你。

哈哈，是嗎？哥有那麼好啊？

說真的，哥，你到底要找怎麼樣的？

像我小妹這樣的，妳介紹給我，我馬上要的。

哈哈，妹妹大笑，問，我有那麼好嗎？

妳不美女，還有誰是美女？如果你不是我妹，我早就追了。

……世界上的事情就是那麼怪。兄妹都長得不錯，偏偏都還沒有對象。

夏遜想到此，自個兒失笑，怎麼會想到這些問題？

他開始看自己給金子拍攝的照片。模範街眾團友中的她，耐心地為大家解決難題。在餐廳裡喝著珍珠奶茶、深思著的她。最美的是在水頭高粱地中的她，穿紅衣的她非常突出，……看到十分滿意的，他自戀於自己的構圖很美，更驚嘆的是金子的一張素淨的臉，白皙無瑕疵，笑笑地望著他，遇到好看的，他將金子的照片放大幾十倍，然後慢慢移到她的臉，啊，真的，那樣白，那樣滑，他終於明白為什麼《紅樓夢》裡，曹雪芹說的“女人是水做的，男人是泥做的”那句話了，男人女人實在大有區別呢。

夏遜有時也很恨自己的虛偽，在金子面前蠻一本正經的，只是從旁讚美她和謝謝她，卻不敢有一絲半毫的非分之話。他是內斂一族，回想這一次金門之旅，他已經比以前悶葫蘆般的自己開放多了。

他拉著相簿裡的照片，發現替別人拍的只是很少一部分，大部分還是替金子拍攝的。相機裡的還沒有算呢。

翻了幾個身，一直沒能入睡，他又亮了床頭的燈，取了手機看一些拍得最好的金子的照片。她的一些樣子和姿態都跟妹妹有點相似，尤其是那一頭柔軟的瀑布一樣的頭髮，真美！他想到這裡，突然坐起來，起身，到擱在椅子上的長褲往後袋摸出一個小皮包，在裡面摸索一番，卻找不到他和妹妹拍的照片。

奇怪，照片明明插在此處，怎麼會不見？也許是掏東西或掏錢的時候丟失在什麼地方了。

夏遜很掃興，放回長褲，躺在床上，很是懊惱。

* * * * *

那樣的日子不知日後還會有嗎？

他幻想有一天，有人陪他，甚至與他牽著手看日出，或者，看日落也可以。

此刻，金子陪著他，走向同安渡頭。

但沒有牽手。

金子只是聽到他的願望，不想他太失望；她當時聽到他在說，好想看看金門島的日落。有地方看嗎？

怎麼沒有？

金門是海上孤島，四周圍都是海。看落日不難。

一定很美？

是的，一樣的景色，關乎看的人的心情啊。可惜時間、行程……

雖然沒有約定好，但這一天團友們都喊累，天色未暗，大部分人都回民宿了，一些人去超市買東西。

金子與他一起走著，指著天色道，還沒天黑，太陽也還沒落下，我們來得及看日落。

到哪裡看？

同安渡頭。

走到了金子住的民宿，金子說，你現在可以走？

夏遜說，可以，我們怎麼去？

金子說，我騎摩托車，我載你。

夏遜說，那怎麼好意思？

有什麼關係？我熟悉路，你不知道怎麼去呢。

說著，金子回民宿，戴了一個塑膠盔帽出來。然後夏遜看到她從民宿前院拉了一輛摩托車下了幾個石階，下到馬路上。

上！金子命令。

夏遜在後座坐好了，兩腿各垂在一邊。

這樣不行的，雙手要抱緊我的腰！金子騎著摩托車，在前面開得非常快，海風在夏遜兩邊耳朵呼呼地響。

夏遜還是有所顧忌，只是將兩手輕輕地按在她腰部，不敢環抱。

金子說，平時就不行，乘摩托車時例外。你要抱緊一點！跌下來我可擔當不起！

夏遜還是有點膽怯地緊緊地環抱著金子纖細的腰了。鼻子靠近了她的背部，一股女性肉體特有的香氣直衝入他的鼻端，他想屏住呼吸不是，想深深呼吸也不是，於是，鼻子癢癢的，有點不好受，只怪自己想得太多了。

天氣漸漸地涼，夏遜坐在摩托車後座，規規矩矩地按照金子的吩咐，緊緊地環抱著她的腰，內心真是欽佩她，她腹部沒有肚腩，兩邊腰也沒有贅肉，身材確實保養得很好，腰以下是渾圓結實的臀部，一旦坐著就倍顯曲線、弧形的誇張，女性真是美好！身體每一部分都是寶！今天，無論如何都想像不到天賜那麼好的機會，讓他和她一起出遊去看金門島的日落。

如果時光可以控制，他是多麼希望時間凝止在此一刻，擁抱著一顆美好的靈魂一直到地老天荒。遺憾的是，美好的事物總是留不住。在他眼中，金子是他心目中的女神，她永遠在他前面跑著，無論如何追，他都追不到。

古古怪怪的念頭紛紛湧現又退去。

一排排的樹木向後倒去，金門島的綠化真好啊！夏遜想。

戰地轉身變成了旅遊勝地。金子在前面突然冒了一句。

不但臉孔、頭髮，連身材都像我妹呢。夏遜繼續他的遐想。

你聽到我的話沒有？金子問。

什麼？

哈哈，你一定在開小差，在胡思亂想吧？

夏遜心中一驚，好像她的背後多長了一雙眼睛，連他內心任何點滴齷齪都逃不過她的法眼。他連忙否認，沒有啊，你們金門綠化真好啊！

夏哥哥，你不要你們我們的，聽起來很見外，你祖籍也是金門，金門也是你的。

對我來說，老家的一切對我來說都是那樣陌生。

摩托車在空曠處的一片草坪停下來。海風大了起來。夏遜跟在金子後面，往海邊走去。

二十世紀二十年代到四十年代金門人落番，都從這裡坐船到廈門，然後再轉廈門下南洋的大火輪飄洋過海。金子指著海邊，但見海水退潮了，一大片白色沙灘袒露出來。白沙灘上留下一些整齊的細紋，大自然的現象有時不可思議。

這是什麼？

碉堡，廢棄的碉堡，金子說，兩岸戰爭時期蓋的。

夏遜問，那是什麼時候？

1949年後，國軍進駐金門，就在這裡建了好幾處碉堡，一直到1992年金門開放，國軍陸續離開，這兒就荒廢了一段時間。金子說起自己出生前的金門前塵往事，彷彿也很熟悉。

夏遜忽然想起祖父的一位年齡不相上下的世交、也是他的大同鄉李先生，1945年6月30日日本兵已經到了強弩之末，為了垂死掙扎，就強徵馬夫數百人，與騾子一起，負載他們的物質，在同安渡頭下帆船，脅迫他們逃到澄海，然後沿著漳浦一帶逃竄……

金子說，哦，我知道，雙鯉湖那裡豎立著一塊馬夫淚的碣石，2000年就有了，就是他到處鼓與呼的結果。

哦，有機會是要去看一看的，夏遜說。

天色漸漸暗淡下來了。遠處的海浪在風的掀動下非常急，翻動著白浪，西邊天際的雲彩被落日映照得一片紅色，一輪大圓落日慢慢地沉入水中，發出的光芒非常刺眼。

沒有遮擋物，真好啊。金子拿起手機拍攝，你還不拍？

夏遜也趕緊抓起手機。對準那裡拍攝了幾張。

夕陽西下後，天氣涼涼的，海風拂來時帶著微微的寒意。

謝謝妳，金子，想不到，這一次跟著大團遊，我竟然還多出一個節目，就是和金子小姐到同安渡頭一起看落日。

哈哈，金子一聽大笑，金門好幾個地方都可以看日落，你也不必那樣大驚小怪。

可是有大美女陪我呢。

金子說，你說笑了。

金子又說，那倒說得確實，我自己都很少來。來來，你站好，我給你拍幾張。夏遜臉朝西，以海為背景，金子為她拍了幾張。

我也給妳拍幾張。

瞄準金子時，夏遜想到那張遺失的照片，心裡說，對，一會問問她。可能團友交給她呢。

這個同安渡頭，既然是那樣重要的一個碼頭，流傳了那樣多的落番悲情故事，為何不在這裡開發一下，建築一些紀念性的標識，作為景點，再設立一些文字牌，供遊客參觀遊覽呢？

金子說，我想遲早會的。這是專家們的責任啊。

從海邊走到空曠的草坪時，夏遜問，金子，我丟失了一張照片，有沒有團友拾到交給你呢？

你沒提起，我也差點忘記了呢。金子打開背囊，伸手往裡面摸索，照片夾在她的一本筆記本裡，很快就掏了出來，她遞給他，說，是這一張嗎？

夏遜接過，看一下，說，是呀。

金子想聽聽他會說什麼，等了很久，夏遜很快將照片收起來，沒有言語。

夏遜想聽聽她會問什麼，可是等了很久，金子彷彿若無其事，一聲不響。

照片上的美少女，是他的什麼人？前度女友，現任女友？未婚妻？太太？這不關我的事，他想說就說，不想說就不說。也許，正故意在吊我的興趣呢？

金子當沒事一般，腿一跨，就喊道，上！

夏遜也是腿一跨，說，好！

跟剛才一樣，抱緊我的腰！要緊一點！不然我緊急刹車，你非飛出去不可！

摩托車開動後，夏遜就恭敬不如從命，將金子的腰緊緊環抱住。

你也不必太緊了，我呼吸都受阻呢！

呵呵，好的，好的，對不起啊。

不醉無歸金門酒

瓶子裡的液體如靜止的冰塊、有時也覺得好像大塊的水晶，一看，就覺得大自然的神奇，栽種的不過是高粱，卻能奉獻出那樣美的精品，當然，也得佩服人類的聰慧，用種種東西配合摻和，調製出喝的藝術品來。很多東西有保鮮期，一過了時間，東西就變質了，唯獨很少東西，越久越好，越顯得有價值，就像金門酒。

早就聽說過金門酒，香氣四溢，品質醇厚，名聲在外。

夏遜的父親夏鋒嗜好杯中物，每餐飯無酒不歡，夏遜這次來金門遊覽的時候，父親就希望他帶一兩瓶金門酒回來。

夏遜也對金門酒很感好奇，小小瓶的酒，不但成為金門鄉親大宴會、小聚餐的友情紐帶、迎賓禮儀的最佳工具，而且還成為太夠資格的、可以見見大世面的最高規格的送禮佳品，而且聽說還犀利得很，是金門福利的一隻“金雞母”！令金門縣的福利大有來源，如，縣民乘車不要錢、學生從小學到中學讀書不需要交學費，還有營養午餐供應；為了照顧雙職工，孩子均採取全日教育制；母親每生一胎，都有補助，專職媽媽也有補貼；還有老人的生活津貼……金門酒廠創造一百億上下的財富，都會上繳數十億給縣政府……

這樣厲害的機構，怎能不去見識呢？

吃飯的時候，夏遜說，金子，金門酒廠看來要安排。

金子說，當然會去，行程表上有啊。

夏遜說，我看漏眼了，對不起。

中午是在一間新開的餐廳吃午餐，老闆為感謝大家的光臨，特地開了一瓶金門酒酬賓。大部分團友都沒飲過金門酒，當老闆將蓋子打開，金門酒的特殊氣味就蔓延了整個飯廳，好幾個酒鬼團友已經禁不住那濃郁芳香味道的猛烈刺激了，舌頭伸出，往乾裂的嘴唇上下四周圍舔了舔。四張枱有的人沒有喝酒習慣，因此一支金門酒剛剛好斟完，老闆還再加了一支。酒杯是透明的，非常小，金子替餐廳老闆給大家斟酒，一邊高喊：

各位團友們！今天大家的光臨，老闆十分高興，這是開張後的第八十八餐午餐，兩個八非常好意頭，因此老闆請大家嚐嚐金門酒，如果不夠，答應再為大家開一支！大家開懷飲，不過，大白天的，控制一下，不要不醉無歸啊！

金子顯得很興奮，說完一段，又一邊為團友斟酒，一邊說，大家自己掌握了，58度的酒，有的團友喝了沒問題，有的就會慢慢地有反應，說話有點不清醒了，我們的司機酒是海量，但開著車，他就很自律，滴酒不沾！

金子為團友倒酒。自己卻不喝，好心的團友也要她喝，她推辭了幾次，說她還要工作，但最後拗不過大家的好意，也就沾了幾口。她不想掃大家的興，但一會還要遊覽，還要參觀酒廠，擔心自己控制不住，那就不好了。

團友們多數只是淺嚐，已經領教了金門酒的極度芬芳，不斷嘖嘖大讚。好幾個在協商著一會在酒廠參觀時要買幾瓶，又可以帶幾瓶回去？

金子在一旁耐心地解答。

上車的時候，有幾位團友臉色發紅，也許酒意發作，閉目小寐。

金子見夏遜也是雙頰泛紅，眼睛出現一些紅絲，呆呆的靠在自己的座位上。

哈哈，你臉好紅呀。沒事吧？

沒事、沒事。

喝了很多杯吧？

我以前沒嚐過，喝了兩小杯而已，沒想到那樣有後勁。

感覺怎樣？

真不錯。老爸要我帶，他是以前和朋友吃飯時喝過，非常喜歡。

金子說，我們金門還將酒當藝術品，在包裝上搞了很多花樣呢。

夏遜聽著聽著，眼皮一直要塌下來，腦子裡好似有東西在旋轉，不過，他還是強忍住，不想在金子面前出洋相。他七八年前喝酒抽煙，前者影響工作，後者空間越來越小，痛下一番決心，很快戒掉了。他是屬於肉體被刺激很快就有敏感反應的人，雖然沒醉，但反應都體現在外觀的皮膚上，難怪引起金子的關注。

酒廠外面的大片草坪上樹立著巨型的金門酒模型。

可惜時間不足，沒能安排團友參觀酒廠職工的操作和有關的程序。不過，迎賓室的節目，還是令夏遜感受到了金門人對遊客的細心。對於在海外和大陸出生的金門人來說，他們祖籍、原鄉的一切，包括景物、特產、氣候、地位變化等等都是他們所感興趣的。

最感動的是那位代表金門酒廠歡迎他們的年輕男經理，並非道地金門人，只是娶了金門姑娘，也熱愛上老婆的故鄉金門，在台灣學的是工商管理，來到這兒當上了經理。他請大家先看一段介紹金門酒製作程序的短片，前後不過十分鐘，然無論是解說詞的文采，還是攝影的精緻畫面，都是那樣美，夏遜暗暗欽佩那幕後的導演和監製人，完全找對了人，將本來也可以製作得馬馬虎虎的宣傳電影製作的那樣精彩，每一個鏡頭都是沙龍，每一段說辭都是散文詩啊。

一邊剝那乳香花生，送進嘴裡，一邊沾一點酒，不知今夕何夕？

短片放映完，團友都情不自禁地鼓起掌來。

年輕經理開始示範，讓大家如何舉杯，如何將酒送進嘴裡，姿勢怎樣才算最好看最優雅……夏遜以前旅遊時，雖然也經歷過類似的場面，但感覺是完全不同的。聽經理介紹，金門文人歷來和酒結下了不解之緣，因此金門也舉辦了幾次詩酒節，請了不少詩人來金門，一面品嚐芳香的金門酒，一面吟詩作詞，配合以展覽、朗誦等等文化交流活動，他的琴行，以後如果也有一些活動配合，那就熱鬧得多，一定會比現在更好了。

下來是隨便參觀，可以在樣板展示室參觀金門酒各個不同時期的包裝，從紙盒到酒瓶的設計，都五花八門，七彩繽紛，令人嘆為觀止。

金子讓團友們自由活動，大部分都到展銷部看酒選酒去了。

夏遜要金子陪同他去選一瓶，他想帶給父親。

金子說，如果不講究，不指定哪一種，就不必買了，說她家裡有好幾瓶，不過都沒有特別包裝，都是普通的。

哪裡好意思？夏遜說。

金子說，你還對我客氣什麼？都幫了我那麼多。反正我們一家都不怎麼沾酒，也都是別人送的。

夏遜哈哈笑，萬分高興，再三感謝。

這個時段金子沒什麼事，主動地要為夏遜拍照，背景就取那個草坡上豎立的大酒瓶；酒瓶再看上去就是美得令人幾乎窒息的藍天白雲。夏遜趕緊走去站好自己認為適中的位置。

金子看了他僵硬的站姿，搖搖頭道，你站得不要那樣生硬，臉上要笑！笑！自然一點！你為我拍的就非常好，自己甫士就沒有擺好。真的很奇怪。

夏遜又尷尬地、不好意思地笑，說，我醜男一個，怎樣拍都不好看啦！

金子道，不是啦！你是醜男，還有誰是靚男、帥哥？

金子又從幾個不同的角度給夏遜拍攝了好幾張。

輪到夏遜給金子拍，真的不同，金子笑時，無論怎樣拍攝，無論什麼姿勢，什麼角度，都顯得好看。金子就有這樣的魅力。這使夏遜越發感覺金子的不同凡響，如果她不當導遊，按照她的第二志願去做模特兒，那一定會是大紅特紅吧！

那快一點吧！

好了，就再拍這一張就行了！

拍好最後一張，夏遜問，我想與妳合影一張，OK？

金子點點頭道，OK！但你要快一點，時間差不多了！

一個團友用夏遜的手機拍攝了一張。

一會，團友們拎著、抱著大包小包從展銷部陸陸續續走出來，到集中點集合，有的直接上車去了。

給你的酒我已經帶到車上，一會就拿給你。

那麼快啊。

我一向都有準備一兩瓶金門酒在身邊的習慣，以備急用，當禮物送特別的貴賓。

啊，我哪裡是什麼貴賓。

你別表錯情了。因為這次沒有特別的貴賓要送，就送夏哥哥了。

夏遜做了一個怪臉，睜大一眼，閉上一眼，表示很失望。

呵呵，別太失望了，話還沒說完哩，因為沒有特別要送的貴賓，夏哥哥就變成貴賓了。

啊，這就好了！

不過是候補貴賓。

哈哈哈……夏遜哭笑不得。覺得自己簡直被愛開玩笑的快樂的金子玩於鼓掌之間了。

車上，人坐齊了。

金子見行李架上、座位底下可以放東西的的空間都塞滿了大包小包，眉開眼笑。

在車上，夏遜整理和欣賞手機裡的照片。

金子遞給他那瓶答應送他的金門酒，雖然沒什麼特別包裝，但夏遜還是覺得很是感動。望著酒瓶裡亮晶晶的液體，他一時覺得這就是玉液瓊漿啊。

他把那酒擱在兩大腿上，然後拍攝了一張照片。看了看，覺得清晰度可以，就給廈門的老爸夏鋒發出去了。

＊　＊　＊　＊　＊

咯噔一聲，廈門的一個手機上有訊息進來了。

那是夏遜老爸夏鋒的手機。

這是廈門的一個平凡的下午。

夏鋒和老伴出家門，往廈門的海邊走。

廈門的環海馬路修得真好，廈門小島就像一顆寶石，環島馬路猶如小島周圍鑲滿的金銀花邊。

平時老伴不太走動，夏鋒也只是從小巷裡走出去，在附近的公園轉圈圈。

此刻夏鋒和老伴沿著海邊的小徑散步，藍天白雲，天氣晴朗，夏鋒的心情猶如天高氣爽的初秋天氣那樣舒適。也許昨日及上午下了雨，夏季的悶熱一掃而光，夏鋒就約了老伴到海邊走走。走了約莫二十分鐘，快到一株大樹底下的長木排椅了。

就在這時，袋裡的手機咯噔了一下。

夏鋒煞住腳步，說，可能是遜兒發來的，我看一下。

他從褲帶掏出手機看，果然是兒子夏遜發了照片過來。

一瓶悅目的金門酒，商標上印著58度。

夏鋒對老伴說，遜兒今天才給我們訊息，害得我們擔心他，怕他出了什麼事。

老伴說，好發不發，發金門酒做什麼？

哈哈，夏鋒說，他知道我喜喝幾杯，投我所好嘛。

夏鋒看到照片上那瓶金門酒，禁不住舔了舔嘴唇。

接著，夏鋒的手機咯噔咯噔響個不停，又有不少照片發進來了。

又有東西進來了！還是照片嗎？老伴問。

遜兒發來的。夏鋒說。

什麼東西，我看看。老伴也很急。

我先看看。夏鋒一邊看一邊說，啊！金門真漂亮，遜兒真會拍。那一定是把他拍得最滿意的都選發給我們了。

夏鋒說完，老伴迫不及待地搶過手機，也給我看一下嘛！

夏鋒將手機讓給老伴看，老伴對兒子發來的金門風景照看得入迷，啊！那麼漂亮！好安靜！好乾淨啊！你看那些老厝還保留得那麼好！那麼完整！

啊呀，跟我搶。看你自己的手機呀。

都跟你說了，我手機沒帶，留在家裡充電。老伴看完照片，就把手機遞給夏鋒。這時候又是一連串咯噔咯噔的聲音，約有近二十張照片傳進來。夏鋒看到了夏遜所參加的旅行團的團體照，那是在不同背景前拍攝的。真熱鬧，男女老少都有。他看完，又輪到老伴看。

最後一批是好幾張單人照，但都是同一位年輕女性。

夏鋒看得迷了。半自言自語道，這女的不知是誰，長得真美！

誰？老伴問。

夏鋒把手機遞給老伴。

老伴看了驚叫：啊！這位是哪裡來的女孩呀？難道是他們團裡的團員嗎？太出色了！

發這個給我們不知什麼意思？夏鋒說，我發訊問問他吧！

老伴說，好啊！

這時有一對中年夫婦走過他們身邊，好奇地看他們，走過去了。

男人說，不知在看什麼，六十幾了，好像一對小孩在搶糖果！

女人說，真好笑！

他們走遠，又不約而同地回頭看了坐在樹蔭下的夏鋒夫婦。

老伴說，講話小聲點，人家會聽！

夏鋒說，都是你，還是回家吧！要看遜兒發來的照片，我們現在就回家。哈哈，你也有一部手機！

公婆倆沿著海濱牽著手回家。一邊走一邊談心。

夏鋒道，那女孩好看，要是遜兒交上這樣的女孩就好了！

老伴說，那是！不過也要看看人品！現在不少美女，只是空殼，找對象看錢，錢多第一。

夏鋒說，那當然！人品之外，也要看看家庭背景！

老伴說，最好不要有政治背景的！

夏鋒說，就看看是不是台灣或金門的姑娘了。如果是，沒有政治背景的很少啊！

……兩人談著話不覺就走到家了。

在家裡老伴的手機已經充滿電。她迅速取來看，而這時夏鋒不知忙什麼去了。老伴聽到咯噔咯噔一連串聲音，又有圖文發進來。她靜靜地看了很久，表情瞬間萬變，肌肉微微顫抖，一會激動地喊叫：老夏！老夏！有兩人合照啊！快看！

老夏沖涼去了，耳朵聽力欠好，從浴室出來才聽到老伴在喊叫。

什麼事？夏鋒大聲問。

遜兒發來兩人合照了。不知是不是這次交上的女朋友？老伴說。

夏鋒只穿著背心，迫不及待看手機的新收照片。

照片背景是金門酒廠前院大草坪上豎立的巨型大酒瓶模型，再上面就是漂亮的藍天麗日，最前面站著的就是那位漂亮的女孩，不同的是她的右側多了遜兒。兩人都笑嘻嘻的，顯得十分開心。

夏鋒穿好衣服，又再次將照片仔細看、放大研究一番：兩人手那麼規矩，未必就是女朋友！而且哪有那麼快去一趟金門就交到女朋友！

老伴說：還是發訊問問他吧！一個字都不說明，怎麼搞的？我們的遜兒也不小了！

夏鋒說：妳寫吧？問問他。

老伴想了想，也好吧！

夏鋒夫婦除了一家四口有「夏氏一家人」群組外，還有只是與夏遜共三人的群組。老兩口認為兒子是把照片發到三人組，就該先在此聯絡。

老伴寫了幾個字，就給丈夫看：

照片都收到，好美！

夏鋒說：OK，開了個好頭，還說不會寫？

兩人坐著，焦急地等著兒子回覆。

一會，夏芬芳唱著歡快小曲一蹦一跳、有節奏地從屋外進來了，一進來就大聲嚷嚷：

好消息！好消息！哥哥去金門大有收穫！大有收穫！

老爸夏鋒故意問，什麼好消息呀？

夏芬芳說：哥哥從金門發來一個女孩的照片，好漂亮！

老兩口假裝沒有發生任何事，趨近女兒，想聽聽她怎麼說？

夏芬芳見到老爸阿母坐在沙發上，也就湊過去，坐在老爸阿母之間，分享她手機上的照片。她和哥哥有兩人私聊。他們一看，女兒手機上的照片和他們的基本上一樣，就是多了幾張那女孩的照片。

他們也把手機上的照片與女兒分享。

阿母說，奇怪，遜兒不一起發來！

夏鋒道：阿芳那裡多了好幾張那女孩的照片！你哥有說什麼嗎？

芬芳道，沒有呀！只有幾行！

阿母說，那剛才妳又說什麼“好消息”？

芬芳說，我與你們開玩笑呀！

老爸說，你哥給我們的也都是照片，任何文字都無。你說哥給你幾行字，寫什麼？

芬芳說，我問他是新交的女朋友嗎？他說，什麼女朋友！

是導遊！說這位導遊送了老爸一瓶金門酒！

阿母說，可能他不好意思說！

女兒沒回答。

芬芳說完，忙她的事去了。

老爸說，嗯！我也這麼想，遜兒的性格就是那樣，沒落實沒把握的事就不喜歡先說！

阿母說，來，還是我發訊去問他吧！

阿母正在寫中，手機上那麼巧出現了兒子發來的兩行文字：

是的，好美！金門好美！

老母回覆：玩得開心？！

夏遜回：爸媽也爭取回來看看一次！

老爸寫：看看有沒機會吧！

夏遜回：現在方便，不必搭飛機了喔，搭船半個多小時而已！

阿母寫：你拍的照片都不錯！

夏遜回，特地為爸爸拍攝的十八間我還沒有修飾整理，拍了不少，回家才傳吧。

老爸回：謝謝遜兒。

阿母寫：照片裡的景物美！古厝美！團體照也美！那位小姐更美！

老爸寫：那位小姐是誰？

夏遜回：爸，就是導遊金子呀！忘記跟您說，就是送您金門酒的導遊！

阿母寫：多少歲，知道嗎？

夏遜回：我哪敢問。

阿母寫：結婚了嗎？

夏遜回：媽，我大男人的，不好意思查她戶口呀！

忙完事的夏芬芳這時又走過來，笑道，看我老爸阿母急哥哥的婚事急成這樣子！

老母說，你哥年齡不小了。他比你大得多！搞半天以為是他女朋友，原來空歡喜一場！原來要給老爸看看送他金門酒的女的！

老爸舉起手機裡的金門酒照片。

夏芬芳問，爸這是什麼呀？

老爸說，就是金小姐送的金門酒！

思路在翟山坑道穿梭

第一次在戰爭時期的坑道裡參觀，夏遜心兒有點沉重。幸虧一切都成了明日黃花。夏遜出生於七十年代末，兩岸已經沒有戰爭，所有的知識都是從書本或網絡來的；書本網絡上沒有的，則是從報刊、領導做報告那裡得知的。金門有那麼多的坑道，那是為什麼？誰和誰作戰？小時候在大陸讀書，正好文化大革命進行了好幾年，快要結束了。那些年來不斷提及的"我們一定要解放台灣" "台灣同胞生活在水深火熱當中"等等說法也漸漸說得少了，聽得少了，慢慢地他也不太關心兩岸的事了。一直到這次腳踏金門島，才驚覺自己的故園在戰爭的陰影下實在是太沉重了，這半個多世紀裡，竟然承擔起了那樣大的歷史責任。不知金門鄉親是怎樣度過那些砲戰不息的日子呢？一直感到自己的父輩愧對這一塊土地，何況還是從自己的家鄉走出去的呢。

金子在車上介紹翟山坑道時，那種熟悉程度，彷彿她是從那年代走過來的人。實際是，她比自己遲生了八年，翟山坑道在她出生前二十幾年就存在了。完全沒有什麼實際經驗，但她介紹其歷史、概況，卻是像說家常哩。雖然知道她也是讀了資料，甚至加以背誦才可能如此熟悉，但資料一到她的口中，再硬再冷，也變得柔軟和溫暖起來。

你聽，金子怎麼和遊客對話，又是如何介紹翟山坑道的：

好，午安，各位團友！不是說來金門主要是領略三大文化嗎？其中最重要的是什麼呢？

這時有遊客喊，戰地文化！

對了，這位鄉親真聰明，把我的介紹牢牢記在腦海裡，不是記在頭頂上，哈哈，記在頭頂上，會很快被風一吹，就吹得不見了！金門三大文化之一就是戰地文化啊！雖然現在嗅不到硝煙味道了，看不到阿兵哥了，現在你們嗅到的已經是貢糖的味道、蚵仔煎的味道、金門燒餅和廣東粥的味道，還有金門酒的香味了！但半個多世紀前的戰時遺跡還是存在的，我們金門都保護得很好，目的是什麼呢？

賺錢！有一團友在車後座喊。

哈哈哈！賺錢？怎麼賺啊？金子問。

作為景點，賣門票，賺遊客的錢，增加金門旅遊業的收入呀！

錯！這位團友忘記了！我一開始介紹金門概況的時候，就曾經說過，金門所有景點都不需要售門票的。不像大陸，很多公園不怎麼樣，都售門票——當然大陸其他方面已經發展得很快很好——就這方面不夠好！而且門票還賣得特別貴！是不是？

剛才那位團友說，是的！是的！

我說了，保護這些戰爭遺跡，目的不是準備戰爭，恰恰相反，是讓大家看看，戰爭如何破壞我們生活著的地球的，把地球挖得千瘡百孔、傷痕累累！當然，這戰爭都不是我們要的！

團友聽到金子的有趣說法，都笑起來，不過，那戰爭的沉重話題，實際並不好笑，鬆開的臉皮一下子又緊繃起來。尤其是大家都心知肚明，戰爭是兩岸的戰爭，是黃皮膚族種與黃皮膚族種之間的戰爭，是中國人與中國人之間的戰爭，非但不值得炫耀，而且有種恥辱感。

這方面聰明的金子也沒有多說什麼，只是強調，金門老厝、古蹟、坑道等等我們都保護得很好，讓大家看看我們的金門是怎樣轉身的，怎樣從戰地前線轉身變成了旅遊觀光城市、變成了城市裡的農村、農村裡的城市的！變成兩百多種鳥類的棲息地的！

車上團友們你一言我一語地議論起來，大家都是首次參觀坑道的，不免興致勃勃地非常期待。

金子請大家安靜，繼續對翟山加以介紹，大家一定不知道翟山坑道已經建成多久了吧？答中有獎！我給你們五分鐘時間。

五分鐘時間過去了，沒有人出聲。

金子笑起來，道：翟山坑道1966年建成，到今年都有五十幾年了！它有什麼用途呢？主要是供登陸小艇回轉和運補人員用。坑道主要分坑道和水道兩大部分，都是靠我們的阿兵哥一鋤一鋤挖成的，從一九六一年動工，歷時五年，到一九六六年才竣工！坑道部分長101米，寬6米，高3.5米，水道全長357米，寬11.5米，高8米，可以停泊42艘小艇。由於隨著形勢的變化，翟山坑道的作用越來越小，一九七五年開始廢棄，一九八七年開始開放給民眾參觀，現在是屬於金門國家公園管理的。大家有什麼問題要問的嗎？

金子一口氣地將資料提供給大家，聽得大家暗暗佩服。夏遜坐著欣賞她說的情況，心想，金門有這樣的人才，真是金門旅遊業的慶幸呀！

翟山坑道的所在地古崗村到了。全車的人沒有一個不下車。哪怕那幾位年紀比較大的，都不怕走，那樣難得來到金門一次，不能不見識一下這條著名的坑道。

一大團的人，在車子泊好後，先後下車。跟在金子後頭。

夏遜走在那寬大的入口一段，但見兩壁都是堅硬的花崗岩，不禁為挖掘人員當年的艱難開發而欽佩，五年就是一千八百多天，那是多麼漫長的歲月啊！走著走著，看到了水道部分，一邊供人走的小道，有鐵欄杆圍住，團友們陸續在那裡行走，在燈光的映照下，水道的水呈現不同的青色和黑色，那些堅硬的花崗岩的倒影出現在水中，顯得很恐怖，時值夏季，然陰風陣陣，令他不由得打了一個寒噤。

夏遜看到團友們在互相拍照，有時他們也勞煩金子替他們三五個拍，夏遜平時什麼都不怕，唯獨這坑道裡的水道，陰森森的，令他看得很不舒服。他久久凝視著，兩耳最初感覺有呼呼的寒風掠過，慢慢地聽到由小至大、自遠到近的聲音，那麼低沉傷悲，又是那樣整齊，夏遜想聽清楚究竟聲音究竟發自何處，卻是無從判斷，彷彿是來自遙遠的地獄，而那個地獄就在這個水道的水底深處；不久，他在朦朧中依稀看到有一群沒有五官面目的半鬼半人的人群排著隊走過去了；一陣哀婉的歌聲，伴隨著聲聲嘆息，飄過去了，好似在訴說一個偉大民族的悲情故事和冤情。夏遜受不了那樣的刺激，那樣的似有還無的聲音和映像，雙手掩住耳朵，趕緊轉身，朝來時的路走。一邊走，一邊揉了揉眼睛。

走到靠近坑道進口的地方，他回望，看到金子還在遠處照顧著團友，等待著他們參觀完畢從水道邊走上來。

從下水道邊開始，團友們就不斷請金子為他們拍照，金子忙了好一陣。這翟山坑道，兩年多來不知帶團參觀遊覽了多少次。說實在的，她也並不喜歡。外面大海海浪洶湧澎湃，陽光普照，然這坑道內卻是陰風陣陣，令人不寒而慄。翟山坑道及所有的戰爭故事都是父輩講述給她聽的。照說沒親眼見過砲彈如何在天空飛、在地上爆炸的人，不知道戰爭的可怖和可恨，但第二手資料的接觸，她的印象不可謂不深。金門到處都有有關戰爭的展示館、紀念碑、碉堡、坑道……她都看過，她也帶過旅行團參觀過，不少重要資料，不少的重要數字，她熟悉得可以背誦下來了。慢慢地，戰爭的抽象概念就由單純的血與火替代。因此，每次走到坑道內的水道邊，她都感覺心寒。那被燈光照映得青綠或灰黑的水，會慢慢變色，變成血紅，也慢慢地出現漣漪，漸漸地漲起，汩汩有聲，最駭人的是淡淡的血紅，最終變成了濃稠的猩紅了，整個水道就成了恐怖的血漿，有窒息的魚兒在血漿內掙扎，最後如雨一樣，紛紛從血之河蹦跳而出，渾身血地躺在鐵欄內的廊道上。她的感覺如此奇異，從不敢說給任何人聽。

團員們在坑道內走了大半，陸陸續續走上來了。

一邊走，一邊議論著所見的情景。

這個說，這坑道規模真不小啊。

那個說，不知耗費了多少人力物力。

這個說，兩岸戰爭時期沒有用著，結果成了景點。

那個說，歷史和金門人、遊客開了一次不小的玩笑。

這個說，壞事變成了好事，多災多難的金門今天變成了旅遊資源豐富的縣城。

金子聽著他們的觀感和議論，覺得這些沒經歷過戰爭的廈門客和香港客，說的一點也不錯……

走到半途，金子看到了夏遜停在半途看手機，她走上前問，怎樣？好看嗎？

夏遜搖搖頭，我不喜歡。

金子笑道：當然，沒有人喜歡坑道，那是戰爭的象徵，有誰愛戰爭？問你好看不好看，意思是問你坑道挖、造的怎麼樣？

夏遜說，這樣大的坑道，難度可想而知，金門人不簡單！我們撇開其他所有因素不談，金門人守衛自己的家園和生存，那樣執著而堅韌，也不愧為英雄兒女了。

金子讚賞道，說得精彩，接觸夏哥哥以來，這是最悅耳的歌！

歌？

是啊！歌！讚賞金門人，不就是相當於唱一首歌嗎？夏哥哥也是誇自己吧！夏哥哥，你也是金門人啊。

不知什麼風，金子今天夏哥哥長，夏哥哥短，好不親切。

夏遜站在門口外鐫刻著"翟山坑道"四個字的石碑旁，讓金子給他拍了一張照片。這樣規模又印象這樣深刻的坑道，值得留影，夏遜想。

金子拍攝他時，從手機的螢屏上，看到夏遜臉色暗沉，心中一楞。

於是，金子問，夏哥哥，你身體不適？臉色似乎不大好。

夏遜說，沒有啊！大概是參觀的時候，看到了一些不真實的幻象吧！

聰明的金子一聽，就明白他的情況了，自己還不是那樣嗎？每一次來，她也有不爽的感覺啊。

水道上寒風陣陣，坑道畢竟是挖向地底下，夏遜說，距離地獄比較近，當然感覺不爽。

金子笑道，你也相信地獄啊？

夏遜沒回答，只是問，我沒有走完，差一點就走到頂了，那裡是大海嗎？

金子說，金門南部的海，陽光普照，海浪澎湃。

金子想到了當年在大陸戰場，國軍在地面上正式抗戰、打日本，共產黨的遊擊隊就也挖地道打日本，那時對付的是外來的日本人，現在是自己人打自己人，是歷史的也是民族的大悲劇！她沒有說出來。

夏遜也沉默不語，想到了祖父夏磊在他小時候給他講的打日本的故事，當時他彷彿在聽一個遙遠的故事；祖父曾經說過他最初也是國軍，不知怎樣的，後來在國共對峙、反目後，他被俘、被改造，留在了大陸的部隊裡。世界上的事很多是身不由己的。上一輩的事情，兩岸的歷史恩怨，他沒經歷過，不想理，也無法理。像他這樣出生於七十年代末期的人，連大陸開展文化大革命時，他也還沒出生，老爸和祖父大半生的經歷和遭遇，只有聽的份兒呢。夏遜當然知道，大陸講究的是政治、背景這些東西，縱然他喜歡上眼前的她，有那麼輕易嗎？聽祖父、父親說，文化革命裡抓鬥有海外、港台關係的人，再來一次文化革命的話，那真是要了他們的命。眼前的金子姑娘，難道只能作為在金門旅遊期間短期欣賞的藝術品，不能愛、不能追求、要了她整個人，成為自己的未婚妻嗎？

想到哪裡去了呢？想這些幹嘛呢？前怕狼後怕虎，哪裡符合他的性格？他只是外表不動聲色、平時不太說話，一說就一鳴驚人！必要時才出擊。他的內心其實足夠強大，什麼都不怕。

金子見他呆呆的，內心覺得好笑，心想，這個夏哥哥有時也成了傻哥哥、戇憨哥哥，沒人知道他想什麼呢。他那平靜的外表只是假像，有時會如火山爆發，一鳴驚人，他好幾次的表現都是那樣突然啊。

上車後，金子點人數，才發現團友人數還沒有齊全，她下車稍等，遠遠看到有人從洗手間方向走過來，有幾個年紀大些的，走得比較慢，從翟山坑道慢慢走來。

好，小心上車，我們準備走。

夏遜參觀翟山坑道，浮想聯翩，腦海裡浮動著各種奇奇怪怪的幻象，渾身仍遺留拂不去的寒意，那黑不隆冬的大窟窿，那燈光照映下的青色水底，迄今想起來還是覺得心頭不舒服，一直覺得戰爭和死亡就是一對孽胞胎，令他感到戰爭破壞了世界的一切，毀滅了人類對未來美好的想像。當然，來金門，也不能不看這些，畢竟這是戰地文化的產物。

思路在歷史的隧道裡穿梭，情緒在黑暗坑道中悲喜起伏。

他開始閉眼小寐，突然咯噔，有訊息傳入了。夏遜一看，是小妹夏芬芳的微信：哥，你在嗎？現在在哪裡？

夏遜也用微信文字回覆她。

剛剛參觀了翟山坑道，上了車。

金子在講話？

哈哈，沒有啦。

那在做什麼？

沒什麼，坐著休息啦。

事情有進展嗎？

什麼事情？

不要裝傻啦。

開玩笑。哪有任何發展。

我不相信。關鍵在你喜歡不喜歡。

我喜歡都沒用，也要看人家，何況我沒說喜歡。

那你發那麼多照片來做什麼？

給你們看呀，她送了老爸一瓶酒。

這樣而已？

是的。

我就不相信哥，那樣美的女孩你會不喜歡？

都說了，我喜歡都沒用。也要看人家喜歡不喜歡你哥。

你不表態，她又怎麼知道你的態度怎樣？

哈哈，芬芳妹妹。我最怕人家以為我有了女友或結了婚。

哥，你這人怎麼搞的。

唉，上次可能她誤會了。要是她誤會，她這誤會可就大了。那張我與妳在我們琴行合影的小照片，我收在小錢包，不慎掉下來，有團友交給她，她肯定看了，但卻一言不發地交還給我，也沒問裡面的妳是誰？

啊呀，你這特大號大蠢人！你不會主動說明啊？

她沒問，如果我主動交代，豈不是此地無銀三百兩，表示我還是光棍，有意追求她？

哈哈哈，哥，你這大蠢人，又是大老實人！膽子那麼小，金子都會怕了你啦！

……

兄妹倆有來有去，你一言，我一語，猶如近在眼前對話一樣，聽得到對方的笑聲，嗅聞得到對方身體的氣息似的。

不在廈門的這幾天，都是請妹妹來琴行照顧業務，那家籌備中的由他們兄妹合資開的小餐館就只好交給職員去打理。妹妹頗能幹，她的口頭禪是“芬芳辦事，你放心！”他最感興趣的蚵嗲美食，這幾天夏芬芳和助手在實驗當中，還沒將最後的成績公佈。

熱愛旅遊業的金子萬一有日成了自己的妻子，是否願意改行呢？

慈湖三角堡的鸊鷉

金子在車上滔滔不絕地說，我們這個區，屬於金門島的西北角，劃為金寧鄉，很少旅行團來參觀，但有的團友不喜歡看陰沉沉的翟山坑道，希望看看陸地上的“戰地文化”，來這一帶參觀，就很合適，一定有不小收穫的。好，一會車停了，大家就可以慢慢下車了。你們下車後，先跟著我，我給你們簡單地再講解一下，就可以解散自己看了。停在這裡的時間大約一個半小時，大家可以拍拍照，希望我拍的，隨時可以把手機給我。好，車子現在完全停好了，可以開始下車了。

金子第一個下車，在車門旁扶著年紀較大的團友，然後走前約二十幾步遠，在一片草坪上駐步。大約有二十幾位團友跟隨著她，在她周圍停下來。

金子指著海那方，又對著大家說，大家看到沒有？海那邊就是大陸廈門，隱隱約約可以看到屋宇的輪廓。她又指了指遠處大海沙灘上停泊的近十架坦克，大家看到了大約有十幾輛坦克非常整齊地在沙灘上排列。接著，她又大約介紹了附近可以看到的景物，就讓大家自由活動了。團友們開始這兒拍拍，那裡拍拍，各自活動去了。

夏遜走過草地，正要往那座非常注目的慈湖三角堡攀爬參觀的時候，突然看到有個巨型的東西，躺在不遠處的草地上，樣子酷似一隻棗紅色的大田螺，上面有幾圈旋轉的紋。可是牠的尖頂朝視角可及的地方，外殼內的肉體卻看不見，又像大型鐵質的模型，不禁駐足，好想跑過去看個究竟，發現金子站在不遠處向他招手，笑嘻嘻地說，這兒有說明！

夏遜將那幾行說明讀完，啞然失笑。

原來那是一位藝術家創作、設計的“政治藝術品”。從五十年代到六十年代，廈門金門兩岸都在進行“喇叭戰”，宣傳各自的政治主張。這個巨型的喇叭就誇張地暗喻和嘲諷那時的“喊話戰爭”。

夏遜說，我還以為是哪兒來的田螺之母呢？

金子笑道，哈哈，想煮來吃掉吧？

夏遜說，我一個人吃不完的，就與你分享吧。

金子說，進碉堡看看。

夏遜道，這碉堡好特別。渾身穿著迷彩衣服，好像阿兵哥穿的一樣，看，黑色、棗紅色、白色、米黃色，就那麼四種，一定有原因吧？

金子估計道，不外是保護色吧，和周遭環境相似，就不容易被發現。

夏遜說，這三角堡有點意思，不大，但夠標準，四周有類似護城河那種壕溝，不淺喔。

夏遜走過小跨橋，進入三角堡，那是漆上灰色的內部，空空的無一物，感覺在窄窄的通道內，渾身被困住，極不舒服，那寬度也差不多只能容下兩人擦身而過。金子跟隨在他後面，有幾個團友進來，感覺有被束縛的不爽，很快通過那窄窄的階梯爬到最上面了。金子在夏遜呆呆地看著牆壁上的老鷹畫時，走到那通道上面的階梯，回眸一笑，夏遜覺得她那樣笑很美，就嚷道：

就這樣，不要動。這樣子好，我給你拍攝一張！

金子站住不動，外面陽光雖然不強烈，但暗暗碉堡外的光線照進來，照射得金子微微有些褐色的柔髮一片晶亮，猶如一座美麗雕像，那素淨白皙的臉沒有一絲的皺紋或瑕疵，微笑時純真如女嬰，夏遜無法不被吸引，總是想趕緊留下這一刻啊。

照相機將金子定格。不同姿態的，夏遜接連拍了七八張，自己覺得很滿意。他趨上前，將自己最滿意的給金子看，說，不錯吧？其他行程安排，我聽你的，但拍照，妳一定要聽我的，我會把妳拍得最美。

夏遜說這樣的話的時候，很單純，沒有任何獻殷勤的意味，但金子聽來就感覺到那份量不輕，難道其中沒有感情元素嗎？少不免心兒又一陣噗噗亂跳。

是的，不錯，你會拍。

人好看，怎麼拍都美。

金子大笑，好開心。

碉堡上面已經是下午三、四點鐘光景的太陽，上來的團友只有十幾位，還有一批走到海邊拍坦克、到慈湖內湖的窪地一側遠遠地看鸕鶿在大片的木麻黃樹梢棲息了。碉堡上面有射口、守望哨，碉堡邊沿的牆都是城牆設計，另一邊上方還有一些供遊客坐著休息的長木椅，上空用繩網罩住。

夏遜感覺比在坑道參觀心情舒暢很多，雖然這兒也屬於戰地文化的一部分。廈門前線因父親的關係，他也參觀過，這沙灘上的近十輛坦克的大砲是對準廈門那邊的，他看過的廈門島的大砲則是對準金門這邊的。現在所有坦克的大砲都靜靜的，每一輛都擱放在一塊厚木板上，變成了供人參觀的博物了。他不知道再走過去，是否還有更多的坦克，因為從三角堡位置的視角看過去，第九輛坦克後面被樹木遮住了。再仔細看看海水和沙灘交接之處，一排排的反登陸的軌條砦在海邊排開，形成了金門特殊的景觀。最初，夏遜不懂得那是什麼東西，也不怕問問對金門“百事通”的導遊金子了。

那些是—

哈哈，也難怪，你第一次來金門。

我對軍事真一竅不通。

那當然，如果你通，豈不是可以做我副手了嗎？哈哈哈。不要介意，與你開玩笑。

哈哈，我如果精通的是軍事，帶來的不是吉他，是大砲手槍了。

金子說，你會被扣留。最初看到你一手推皮箱，一邊肩膀揹著吉他，我還以為是機關槍哩。

夏遜大笑，問，妳還沒說，海邊佈滿的那些到底是什麼？

金子說，我們叫“軌條砦”。

什麼？什麼？

金子取出一個小筆記本，以圓珠筆寫在上面。並加以解釋：軍事上用來阻礙對方進攻的阻礙物，古時候有的用削尖的竹子，有的用鐵蒺藜，我們這一種造型叫軌條砦。

哦！真長知識了。

金子指了指慈堤那個方向，慈湖很早以前屬於內海，1969年金門的司令官馬安瀾帶領國軍在那裡建了一條長達五百五十米的堤防，就是今天的慈堤，把原來的內海變成了後來的慈湖。

從三角堡到慈堤有相當的距離，他們循著指標慢慢行走，有三三兩兩的團友從慈湖那裡返回來了。不久，金子陪著夏遜走近了慈湖湖內的窪地，看到了至少數百隻鸕鷲棲息在木麻黃的樹梢上。

那些鳥有點像烏鴉。夏遜說道。

是有點像烏鴉，但不是烏鴉。有幾個別名，比如水老鴉、魚鷹、烏鬼等等。

不是候鳥吧？夏遜又問。

不是，牠們定居金門了。

哦，金門好地方，我也想定居金門啊。

金子說，一會天黑，成群的鸕鶿會飛回來歸巢，非常壯觀！你想定居金門，手續上需要什麼我倒要補補課了，我一無所知啊。你祖籍是金門，想學鸕鶿歸巢，金門鄉親歡迎啊，不過嫂夫人是否願意呢？

什麼？什麼？你說什麼嫂子？誰的嫂子？夏遜接連反問了幾聲，怕是聽錯。

我說的是，夏哥哥的太太喔！難道不就是我的嫂子嗎？

夏遜大大吃了一驚，道，我還是單身哩。

哼，嫂子很美，也別藏起來呀。

我哪有啊。

大美女啊，以為我不知道？

夏遜如墮入五里雲霧中，不知金子為什麼會這麼說。他摸頭搔腦袋，一時之間不知金子在說什麼、為什麼會這樣說？忽然間，妹妹的面影在他腦海中電光火石般一閃！上次那張丟失的和妹妹夏芬芳合影的照片，不是經過她的手交回給他嗎？記得當時金子沒有問，他自己也沒有特別說明。那時他想的是，她既然沒問，他又有什麼理由自己出面說明呢？那豈不是“此地無銀三百兩”嗎？

明白了！夏遜故作恍然大悟道，妳是誤會了！那張照片上的女的不是妳嫂子，是夏芬芳，我小妹！

金子說，那麼漂亮的妹妹！

夏遜說，我來金門這幾天，她幫我主持琴行呀！

琴行！金子吃了一驚，愣了一下，想到上次那張團友交來的照片，兄妹倆拍照的背景確實掛滿小提琴和琴譜，他妹妹夏芬芳就坐在鋼琴前的椅子上。

談話間，天色漸漸暗了下來。西邊的天際出現了幾抹金黃色的彩霞。

金子驚喜地嘆道，太陽快要落山了，我們可以看到落日，不會亞於同安渡頭！

也可以看到鸕鶿歸巢？

金子仰望天際，有把握地說，已經回來不少了，你看—

夏遜望向遠處的窪地，岸邊的木麻黃樹上站滿了黑黑的鳥兒，像是一些長長的果實在樹上吊著，土坡上也有；再仰望天際，這些鸕鶿也像大雁一樣，似乎有其領頭者，正在越來越紅的向晚天空做人字形飛翔。牠們在天空盤旋，飛得越來越低，隊形也不時發生著變化，但無論隊陣發生怎樣的變化甚或變形，那領頭的鸕鶿始終保持其領先的位置。

夏遜看得癡了，對領頭的鸕鶿非常感興趣，心想，這領頭的就相當於我們社會上的小領袖或小頭目了。只是鸕鶿的世界裡，究竟如何認同牠的呢？

金子，妳說，牠們的領頭鸕鶿，需要經過選舉的嗎？

金子聽了咯咯笑，沒那麼複雜吧？看來最多只是協商而已。

哦！是的，鷺鷥應該很聰明，誰有本事、有能力，眾鸕鶿一看就知道了。

是的。鸕鶿還有不少故事，等有空我們再聊吧。現在最精彩最珍貴的時刻快要到了，準備好你的照相機吧！

此刻，但見落日餘輝，西天紅彤彤一片，幾抹紅色燃燒雲塗抹了天空，一輪大如紅圓盤的落日正在徐徐西沉，天空沒有任何阻擋物，夏遜連忙用相機拍攝了幾張，更令人興奮的是就在夕陽沉下西邊海洋的那一剎那間，天空慢慢掠過了最大規模的鸕鶿“人”字族群，由於剩下黑黑的身影在飛翔，遠遠看去就像飛得很遠很高的小飛機在列陣演習，非常壯觀。

這樣看了十分鐘，看得夏遜脖子都發痠了。他只好左右扭動脖子，關節發出格勒格勒的聲音，金子聽了，說，啊喲，夏哥哥，什麼聲音，聽了好不嚇人，不好再扭了，搞不好把頭都扭斷，我們金門衛生所沒有懂得駁接頭部和脖子手術的醫生呀！

哈哈，說笑了！夏遜說，今天收穫真大！

天完全黑了。

也許慈湖值得看的東西太豐富，大部分團友都回來得遲，車子延遲了半小時才開動。

今天終於在金門看到日落了，真開心！

慈湖的落日真美啊，我都拍攝了不少。

你們有沒有看到鸕鶿列隊飛回家啊？

有啊，我都拍了不少，牠們做人字形，還分好幾組呢！十分壯觀！

啊，今天真高興啊！

我們要感謝金子小姐的安排，要感謝她走民主路線，我們要求看一看一些特別的東西，看看鳥啊，看看碉堡，看看落日啊，看看一些大自然的東西，她就馬上答應了！

是的，金子小姐真好！

感謝金子！

……在車子上你一言我一語，團友們十分興奮地大談今天的收穫，萬分感激金子的安排。她的靈活安排，取得了團友的支持和讚賞。

夏遜一邊笑著看金子被稱讚後滿意的笑臉，一邊看看手機上拍攝的照片，將他要發出去的適當剪裁和調亮了。他發出的有慈湖三角堡、超巨型大喇叭、慈湖落日、鸕鶿歸巢、海邊坦克……發給小妹夏芬芳，也發給老爸阿母。

快樂的金子等大家發表完意見和讚賞，請大家安靜下來，對大家說，謝謝大家的讚美，一個團好不好，全靠大家和導遊的默契和配合，不是我一個人獨裁、說了算，我們需要有一份擬定的基本的行程，也歡迎對行程進行靈活的和適當的修訂和調整。大家說對不對？

對！車上的回應十分整齊而有力。

為什麼這樣說呢？哪個團友可以說說？

車上鴉雀無聲。

等了很久，金子笑了笑，說，這個問題其實很簡單，一個旅行團如果沒有基本擬定的行程，將雜亂無章，遊客也不會參加的。再說，大部分遊客對一個地方只是慕其名而來，知道其中一兩個最著名的景點，大部分細節是不熟悉的，因此需要專業的旅行社的安排，調整也只能在這基礎上的調整……大家同意嗎？

同意！

謝謝大家對我的讚美啊！金子一定會做得更好的！給自己加油！

金子說完，舉起右手，握緊拳頭，做了一個加油的手勢！

全車為她大力鼓掌！

我們的晚餐會推遲十五分鐘，本來通常最遲是六點半吃晚餐，今天大家被慈湖落日和鸕鶿歸巢迷住了，集合時間延遲了。金子說到這裡，看看手錶然後說，大概還有十幾分鐘我們就到晚餐的餐廳，大家願意不願意聽聽鸕鶿的故事呢？

要啊！

哈哈！金子不是讀生物學系的，金子讀的是觀光學系，但對金門的鳥類也需要懂得一點喔！既然大家有興趣聽，我就簡單說說了！這種鸕鶿說來也蠻有趣的，牠們很有紀律性，在天空飛行的時候很合群，常常列隊歸巢，一般生活的地方在岩石上或樹枝上。喜歡在水裡潛水，靠追逐魚類作為牠們的食物。人類就是看中牠們的優點，想出了一整套方法，讓他們為人類服務。人類把牠們訓練得很聽話，可以協助人類捕魚呢！我們金門還沒聽說，但在中國大陸和日本，就有一些漁民訓練牠們十分成功。

這種鳥也可以訓練啊？有團員驚奇地喊，簡直不可思議！

我們也是看書啊、查網絡啊，只是知道一個大致情況，再詳細的，我就沒辦法了，可能要申請加入鸕鶿籍，化為牠們中的一個，才能瞭解得更詳細了！

金子的話贏來一陣大笑。

人類訓練鸕鶿協助捕魚，方法很妙；那些鸕鶿長大到五個月後，基本上由牠們成年的鸕鶿教會了捕魚，可以進行訓練了！主要是在牠們的頸項上套住用莎草或其他較為柔軟的草製成的圈環，令牠們捕到較大的魚時無法吞下，只能吃下較小的魚。這樣，每次牠捕到大魚時，就會上繳給管理牠的人，當漁夫取下大魚時，最重要的是餵上一條小魚作為獎

勵，這樣牠會繼續下水捕魚，造成習慣。開始訓練的時候，漁夫可以用繩子綁在牠的腳上，另一邊縛在岸邊的固定物上，讓牠入水中捕魚，捕到將鸕鶿叫回岸上，用小魚餵給牠吃，吃過再趕回水中，讓牠捕魚。訓練大約一個月，見到效果後，就可以劃一艘小船，讓鸕鶿站在船舷上，趕其下水捕魚，這時候，牠們對訓練牠的人非常熟悉了，也非常聽話了……這就是訓練鸕鶿的故事，大家覺得很新鮮吧？

一位團友聽完激動地站起來，謝謝金子小姐，太精彩了！

團友們都鼓起掌來。

金子說，大家別客氣，這是應該的！餐廳馬上到，大家準備下車！

今晚坐在第一席吃晚飯的時候，夏遜有點神不守舍，想著今天黃昏時分在慈湖談論鸕鶿的生活習性，自己說的那句想學鸕鶿定居在金門的話，引來了金子的探索，她說的那句“不過嫂夫人是否願意呢”，其實是很有故意打探的味道，卻也順著江流順道而下，不留絲毫痕跡。是不是暗暗喜歡我了，對我有點好感和感興趣？一位少女對她心目中感興趣的男子，再矜持，也不可能做到滴水不漏。只是他老爸、爺爺都在部隊裡幹了一輩子，他已經好像也向她透露一點，她難道還敢於迎著困難上？呵呵，想到哪裡了？國共在一起趕走日本後三年裡結下的恩怨、結下的仇，令自己的家庭在幾次政治大運動裡也歷經種種麻煩，惹上許多大禍，難道他還敢幻想？難道還可以將金子的影子儲存在腦海的網絡上加以美好的想像？想到自己的“革命”家庭背景，來金門一趟已是那樣不容易，難道還想連旅行團的導遊也愛上，甚至將她娶回去？不要幻想了！夏哥哥！最多就多拍她的影像，帶回廈門欣賞，作為留在記憶深處的藝術品吧！唉！一想到金小姐的純淨的美，以往大學同班裡

的女生，都成了庸脂俗粉了！當然，一想到這種兩岸的婚姻，除非是逃婚，否則，那距離簡直就是從地球到遙遠的月球一般，也相當於一種萬丈深淵，他和金子猶如在過兩邊山谷搭起的獨木橋，只容一人走過，另一個人必然掉下去。現實如此，他還敢多想嗎？

他呆呆地想，左右有人喊他，他似乎也沒聽到。團友為他夾菜，他道了聲謝謝，聲音小得猶如螞蟻在微微地叫。

他的雙眼在尋找金子的影蹤，直到現在，此時此刻，他才留意她，平時就不曾關心她在哪裡吃飯？在餐廳搜索了一輪，才看到在餐廳一個不為人所注意的角落，金子原來與司機兩人在一張小枱吃晚餐，遠遠望去，飯菜也都齊全，只是量適合兩人吃的份。

他癡癡地看著金子，不意此時金子似乎意識到遠處有人在看她，也把目光射過來，夏遜微微吃了一驚，兩道射線在空間交集出火花似的，夏遜一時慌的趕緊收斂了目光。

幻象，在中山紀念林飄蕩

難得比較早躺在睡床上休息，夏遜想早點入睡，睡中有好夢。偏偏有一位美少女站在她床笫前，對著他微微笑，雙頰都有一圈旋進得很深的小酒窩，看得他入迷。少女不就是金子嗎？夏遜在疑幻疑真中伸出手去，與她相握，偏偏無法握住，最後，一陣風刮來，酷似金子的美少女消失了。

夏遜乾脆一骨碌爬起來，觀賞在金門拍攝的大量照片。當然啦，重點還是她，金子留在他手上的映像。他為她拍的，有用手機的，也有用照相機的。在照相機裡的，要遲些日子才能夠轉到金子的手裡。

溫習金子沒有任何瑕疵的白皙美麗的臉，真是百看不厭。他在翻閱的時候，突然看到了一張他站在一片兩邊都是高大樹木的寬敞空地上的照片。記得那是金子應他的要求，在蔣經國先生紀念館後面的林子上拍攝的。他拍照最喜歡背景比較廣闊的廣場、喜歡一些色彩素淡的古堡之類……他越過這滿意的一張，又看到了幾張金子的，然後是蔣先生生前一些比較珍貴的照片了，那是他在參觀紀念館的時候，為了留存當資料拍攝的。他那次拍攝的時候，不知怎的，竟然會聯想起祖父夏磊、老爸夏鋒在文革時期因為藏有一張山后十八間民俗村而被批判的事，如果自己活在文革時期，不是也要遭殃嗎？幸虧，那時，十年的文化大革命革已經基本結束了。其實，拍拍各種大大小小景物有什麼關係？接下來，他看到了一張黑白的黃埔軍校的照片，大約有十幾人吧。想了很久，最後想起，白天他們參觀那個展示館的時候，看到一張有關黃埔軍校的照片，記得陪同他們參觀的金子，對夏遜一個人說，她祖父在四十年代就是黃埔軍校的畢業生，由於輕描淡寫，夏遜就不太留心。但就在當晚，金子就發來一張黑白照片，發黃的畫面上大約有十幾人吧——金子給他的任何照片，他都如獲至寶，馬上儲存，是否有用，以後再說，最重要的是先珍藏—記得發照片的同時，金子也發來幾行簡短的說明：

哈哈，我祖父叫金勝昔，未到二十歲就入四川成都北校場的黃埔軍校，不錯的話是十八期畢業生，1941年入伍，1943年2月畢業，馬上開赴前線打日本了！留下這一張發黃的照片真是珍貴。照片是和他同期同學拍的。右一長得高高的、也有點帥氣的就是他。

這一段文字他始終沒有刪去。

今晚，當思維變得清晰的時候，夏遜猛然記得，父親夏鋒曾經說過祖父夏磊就談過黃埔軍校的故事，祖父也是那裡畢業的。還說父親一生清貧，也不善拍馬擦鞋，在部隊裡一直是一名小官而已。死於九十年代，什麼都沒有留下，唯一的財產就是一盒的老照片。也正是這些老照片害得他在文化革命中被批鬥。

我怎麼忘記發這張照片給老爸？

也許老爸知道些什麼？

他迅速將金子發給他的黃埔照片轉給老爸夏峰，還複製了金子那段說明給他。附加了自己一句簡單的話：

老爸，金子發來的黃埔軍校照片。右一是她祖父，叫金勝昔。不知阿公認識嗎？記得阿公說過，他也是黃埔畢業生？老爸知道這些半個多世紀前的事情嗎？

記憶力有時真不可靠，雜事塞滿腦中的時候，連近期的事情都會忘記。忘記了他們參觀金門國家公園那天，是在哪一日？今晚，當偶然發現金子這張照片時，他太懊惱，當時怎麼忘記了轉發這張發黃的照片回廈門，給爸爸媽媽看看。

將圖文發出後，夏遜再回看自己在中山紀念林裡拍攝的個人照。

他愛不釋手，多次將各個部分放大來看，覺得這真是不可多得的地方。金門小小縣城有這樣的景點真好！看，兩邊都是矮矮的白石欄，由近處伸延開去，最頂點交合成一個點。花崗石切成方塊，每一行大約有十幾塊，形成了石板平路，兩側則是兩排草，形成了一種裝飾的作用。而左右兩端，都種植了高大的樹木，高大厚實，左右對稱，一列排開，多麼壯觀啊。金子說，面積大約有一百公頃，夏遜開的是琴行，對一百公頃沒有太深的概念，但感覺就是非常寬闊，視角上很舒服。他這麼半躺著看照片，慢慢感覺上有點吃力，索性滑下上半身，進入被蓋裡，側著身體看手機照片裡的自己和金子。他查了查，自己只是拍了一張，自己也只是給金子拍了一張。啊、啊，要是在此也能和她合影一張就好了，要是能牽著她的手，在這兒走走就好了！不過這是不現實的，才認識不久，她也剛剛帶團。可惜呢。這兒的背景比金門酒廠的頂天大酒瓶模型棒得多了。

上眼皮和下眼皮嚴重相戀的時候，夢神就在意識裡出現了，將現實的世界化為一片迷迷糊糊的混沌的世界。手機還抓在手上，擱在被蓋上，夏遜的身體一動不動的躺在床上，那一百公頃的中山紀念林，突然像一條巨大的布匹，在他眼前飄蕩起來、飄蕩起來，慢慢轉變成一條巨大的冷冷的馬路。夏遜開始聽到了聲音，從小聲變得越來越大聲，聲音的來源處好像在太平洋的東部，他們踏浪而來，那是大軍靴踏地的聲音，一剎那間，整個紀念林都是腿的森林，都是密密麻麻的大軍靴，一排排的隊列大踏步地過去了。那些腿的主人，臉孔都差不多，嘴唇上有膏藥鬍子。背上掛著帶刺刀的槍支，冷血表情，一隊列大踏步地操列過去了，又一對操列過去了。接著，大炮聲、驚叫聲、射殺聲……響徹雲霄，大地處處是血，那些血慢慢漲滿、蔓延，最後連藍天白雲也全變紅，讓被屠殺的中國人的血流得都變紅色了。接著，天地充斥了這些日寇的得意忘形的瘋狂笑聲。

夏遜很奇怪為什麼自己會墮入這樣的夢境？想爬起來看個究竟，是夢境還是現實，但他感覺有人掐住他的脖子，身體壓在他身上，無論他怎樣掙扎，都無法喊出聲和爬起來。

這時，忽然從遠處有人發出“衝呀”“把日本鬼子趕出我們的國土”的聲音，從微弱到大，慢慢融匯成轟天巨響，炸彈和手榴彈交錯，大砲和機關槍交錯，天上的飛機不斷放下黑屎，地面上響起了可怕的轟炸巨響。成千萬人流衝上來，有國軍、八路軍、遊擊隊，在艱苦的血戰和肉搏戰中，日本人被趕出了國土！

安靜了好長一段時間，忽然聽到千萬人歡呼和鼓掌的聲音，日本投降了！日本投降了！又見無數人湧上來，一下子擠滿中山林。鮮花啊、軍帽啊……都被拋上半空，夏遜覺得搖搖晃晃的，好似飄浮在天空，大地上的人群忽然都變小了，小得好像螞蟻，他驚出一身汗時，突然地面上有無數的手，好像突然猛長的樹枝一樣，伸得好長，把他固定在半空中，使他不至於掉下來。

這究竟怎麼回事？

正在莫名其妙的時候，他從高空上看到聯合打敗日本人的黃皮膚中國人的槍口忽然從同一個指向日本人的方向變成倒了戈，成為互相對準的方向，在原地射殺起來，難分難解，死傷無數。最後他們分成兩邊，中山林的中間突然裂開，陸塊向後移動，成為深不可測的大海……

這些幻象實在太奇異了，也太不可思議了。

更奇怪的是，那深不可測的大海，水慢慢少了，不知誰在海中填土，慢慢中間變成了陸地。最後兩岸連成了一片，中山紀念林恢復成原先的樣子。

黃皮膚的大陸老百姓和台灣老白姓湧上來，像是慶祝共同的盛大節日似的，歡欣鼓舞，敲鑼打鼓，燃放鞭炮，一片歡天喜地。

這時候，夏遜看到許多挑夫正在挑什麼往大海邊走去，他趨上前，仔細看，終於看清楚了，竟然是槍支子彈之類……‧

他感覺自己的頭部好暈，不明白為什麼會做這些離奇古怪的夢？他一直在雲端裡漂浮，突然，這時候，一陣大風吹過來，那些從地面上伸過來支撐著他的手臂都不見了，他感覺身體就一直往下墮、往下墮……將他猛烈地往下甩去，他痛得大叫一聲，終於醒過來了！

他跌在民宿房間冷冷的紅色方磚地板上。揉揉了眼睛，愣愣地望著自己睡著的大床，棉被有一半拖到地板上，想必是剛才從床上打滾翻時拖拽下來的。他摸摸屁股，微微有些痛感。看看牆上的時鐘，短針才指著凌晨一點，長針幾乎快要和它重合。他右臂握拳，稍微用力地往左手臂打了一下，證實了此時此刻是真的醒過來了，那麼剛才發生的，肯定是百分之百的夢境了。只是他也沒辦法解釋為什麼會有那樣稀奇古怪的夢。幸虧是夢，要不然從幾千米的高空跌下來，非死都要重傷啊。

那麼巧，就在這時候，手機咯噔一聲，有文字訊息發進來了，夏遜看到是父親，他寫的文字是—

收到。謝謝！照片老爸要查對一下，記得你祖父也提過黃埔軍校，他有一盒舊照片，反正你也不急，有空的話，老爸會盡快為你找找祖父的舊照片，看看有什麼發現。

夏鋒抓住自己的手機，看兒子從金門轉發過來的黑白照片。他的眼睛不好使，按夏遜的說明，將右一站著那個人物放到最大，仔細看。兒子說是金子的祖父，一九四一年入伍，不過十八歲而已！多麼年輕，確實長得很帥，一表人材啊。難怪孫女金子也頗有祖風，十足的美少女。

夏鋒今晚早就上床，但剛剛入睡，狀態還淺，當然被驚醒了。夏太太則已入夢鄉。夏鋒懷念十幾年前去世的老爸夏磊，如果他還在，能回回故鄉看看多好啊，不然能到臺北走一走也好啊，也許可以見到還健在的黃埔軍校同時畢業的老同學。可惜他七十五歲就病逝。依稀記得父親什麼愛好都不喜歡，就是書籍和老照片不捨得丟棄。父親和母親原先住在部隊（解放軍宿舍），逝世後，沒想到母親也不久於人世，半年後也相續走了。那時他和老伴就將父親收藏的書和舊照片，裝了六、七箱運回來。其中佔了五箱都是書，父親的書都是政治和軍事的書，和他的興趣不太符合，最後他還是捐獻給廈門市區圖書館了，唯獨一箱半的舊照片夏鋒留下來，因為沒有適當的地方，就收在家中的小倉庫裡了。

老爸夏磊結婚後生下了他；也很早—就在第二年，離開金門老家到中國大陸找生活，最後入了黃埔軍事學校就讀，至於哪一年那一期在哪裡畢業的？他的記憶力不很好，已經不太記得了，要找到老照片，查對資料，才能下最後結論。小倉庫堆滿了太多的雜物，那裝老照片的箱子正好壓在最底部，唉，只好有空再說了！

也許他的唉聲嘆氣被耳朵聽覺敏銳的夏遜媽聽到，本來睡得不太熟的她翻了一個身，睜開眼睛，看了夏鋒一眼，說，你的手機沒有弄靜音！整晚叮咚叮咚的搞到我不能睡！

夏鋒道，我弄、我弄！我忘記了！

現在幾點了？

快兩點了。

誰這麼晚了，還不睡，發信息過來！

還有誰？妳兒子。

他發什麼來？

那位漂亮的導遊發給他一張她祖父在黃埔軍校的老照片，阿遜聽我說過他阿公也是黃埔軍校的畢業生，就發過來給我們看看了。

哪一張？

夏鋒把手機遞給她看。

阿遜媽接過來，看了看右一金子的祖父，其他幾位，都因為模糊不清，無法深入和仔細地看。將手機還給夏峰。

她說，如果要查看遜兒阿公的舊照片，要翻箱倒櫃喔，如果不重要，等有空再說吧。怎麼遜兒會轉金子這樣的老照片過來？

夏鋒說，我也奇怪，他也沒多說什麼，我看他的意思，大概只是想說金子的祖父和他阿公可能在黃埔軍校是同學吧。

這也可能，也不值得大驚小怪吧。阿遜媽說。

那也是。夏鋒說，我最感興趣的是這兩天他發來的金門各種建築一尤其老厝、洋樓的照片，對我編著的那本建築的書實在太有用了！

乾脆我們自己去一趟。

說得容易，我幾十年也和老爸一樣，都在部隊裡，早就被列入黑名單，哪裡容易批准？

是嗎？

看看再過幾年，也許比較容易了。

台灣本島從1949年5月20日開始戒嚴，到了1987年7月15日才宣佈解禁，長達三十八年；老家金門和馬祖一直到1992年11月才解嚴，前後長達四十三年之久，也消除了金門三十六年之久的戰地實施實驗。我看好形勢，最後會從小三通發展成更多方面的大三通，……夏鋒除了喜歡建築學外，還關心故鄉的一動一靜，對老家的變化如數家珍，耳熟能詳。這一點連經常和他發生小抬摃的老伴也不能不佩服他。

牆上的鐘，短針和長針重疊在凌晨兩點。阿遜他媽在床上愣愣地看著，忽然說了一聲，反正睡不著了，乾脆起來談幾句話吧。

老伴大笑，哈哈哈，那有勞您沖咖啡，提提神吧！

每天早晨，都是夏鋒沖的咖啡，但這午夜裡，夏鋒雖然醒了，但睡意仍存，懶洋洋不想起身，夏遜他媽念及丈夫每天都非常盡職地為她沖咖啡，也就憐憫他，起身走到廚房煮製咖啡了。沖好，自己只要了半杯，給丈夫斟得滿滿的。

丈夫走到飯枱坐了下來，問，有什麼好吃的？

半夜還吃啊？醫生都查出你血糖偏高、超重，晚上人處在靜止狀態，消化能力差，最好吃八分飽，半夜吃零食不好呀。

遜兒他媽說完這話，見丈夫有點失落，就從食物櫃掏出一個罐，伸手抓了六七顆帶殼花生放在老伴枱前。丈夫笑得咯咯，說，還不夠我塞牙縫。

夏遜他媽搖搖頭，我是為你身體好，我不管了，隨便你拿，隨便你吃吧！

老伴說，跟你說笑啦，我知道妳為我好，我其實也算最聽話的高血壓病患者了。夏遜他媽嚴格控制丈夫的血糖、膽固醇，每天按時提醒他不要忘記服高血壓的藥，嚴格控制他的飯量，但吃零食什麼的，有時會可憐他，也分一杯羹給他。

夏遜他媽看看日曆，掐著指頭數日子，自言自語地說，阿遜還有好幾天才回來喔。

夏鋒笑了笑，說，剛剛去幾天，你就想念他了。

老伴說，我希望他多留幾日在金門最好！看看跟那位金子小姐有沒有緣？

夏鋒笑問，妳就不怕再來一次文化大革命，我又一次再被抓出來批鬥啊？也許還會把遜兒的阿公從墳墓挖出來鬥。

夏遜他媽道，哪有可能！我不怕。

夏鋒道，那天妳不是剛剛說，最好不要有政治背景的？

夏遜他媽搖搖頭，我想了很久了，我們都退休了，來日苦短，差不多是行將就木的人了，再說，文革那樣臭，那樣反人性，看來也沒有可能死灰復燃了，最重要的是看到我們下一代成家，我們也完成責任了。

夏鋒說，有道理，我們嫌棄她老爸是國民黨，她父母親可能也嫌棄我們是共產黨哩！都一樣！

夏遜他媽點點頭，時間是治療隔閡和心傷的良藥，我們不在後，下一代不再談政治，只管戀愛、結婚、生孩子、工作、組織家庭、建設國家，豈不是可以將日子過得美美的？

夏鋒大笑，哈哈，老婆孩子熱炕頭，可要被批判囉，不過說得有道理，年輕人自由戀愛，我們是阻止不了的！但，現在八字還沒一撇呢？

夏遜他媽說，阿遜這孩子也太老實太膽小了。就怕金子嫌棄他這一點。

……公婆倆你一言我一語，不著邊際地東拉西扯，幾乎一個鐘頭過去了，牆上的鐘短針指著三點多，都非常睏了，先後入房躺下了。

炮彈飛，鋼刀舞

不長眼睛的砲彈在兩岸的上空橫飛，鋒利無比的鋼刀在斬板上快速飛舞。

在車上，當金子向大家宣佈下一個行程是參觀“利無敵鋼刀”的時候，夏遜的眼前就會出現這樣的情景，覺得這個意象很是奇特，也許只有金門的戰地文化才有的奇景和小小幽默吧！

金子今天帶團友參觀“利無敵鋼刀”前，沒想到大家的反映都比較熱烈，個個都要買鋼刀，不知從哪裡傳來的評價，說金門有賣砲彈變成的一把把鋼刀，都非常鋒利！這個說，與其在其他什麼地方亂買，不如在自己的故鄉買；那個說，這種鋼刀象徵戰爭與和平，是一種飛越，很有紀念意義；有的說，什麼是金門人的幽默？這砲彈鋼刀是最大的幽默！

團友一走進利無敵鋼刀，就被一個驚人的景象嚇壞了，店鋪前是賣鋼刀的漂亮明淨的櫃檯，店鋪後面居然堆滿了廢棄的砲彈！

店鋪前方，很大，幾個女店員笑容可掬地迎客，有一位服務員還在門口端著一個大盤，上面放置著無數小紙杯盛著的茶水，一邊熱情地喊著，美女帥哥們、鄉親們，請先用茶喔！團友們紛紛取用了。

金子協助店家將茶水端給一些站在比較遠的團友，一邊說，我們的團友們不要走散，不要走散，先參觀“砲彈變成鋼刀”的精彩表演吧！參觀過，覺得有紀念意義，我們才到前面來買鋼刀帶回去。

店鋪最後面是兩個穿工人制服的製刀工人師傅，一言不發地在用鐵鎚、磨刀等工具將原先的一方塊厚厚的彈片捶打、煅燒、磨礪，兩個火爐爐火正旺，而在靠近觀眾、遊客的這一頭，廢棄的砲彈殼子堆積如山，有的已經生了一層厚厚的銹，有的殘缺不全，扭曲成扁扁的，有的已經剩下半截，有的似乎還很完整，但內裡空空如也……這些廢棄的砲彈呈現一種銹舊的殘黃色、灰褐色、灰黑色，似乎有生命也能繁殖似的，不斷增加，越堆積越多了，那兩個表演砲彈磨礪成鋼刀的師傅，慢慢地被越來越多越來越高的砲彈遮住了，在眼前堆積得雜亂無章的廢砲彈漸漸變成有點秩序和有規則起來，左右兩堆的廢砲彈，情況類似，居然理出類似階梯一般的往上的小路，真是太奇異了，夏遜怕是眼花了，揉了揉眼睛，覺得分明又不是，那砲彈階梯如有魔法師變出的，不斷增高、增高，最後竟然衝破了“利無敵鋼刀”的屋頂，夏遜隱隱聽到地面上有人在驚嘆，也有人在驚叫，原來那是團友們的聲音，他們看到，左邊，夏遜如有神引，令他無法自控地步上那砲彈堆積成的階梯不斷走上去，他同時也看到，金子小姐在右邊，也猶有神助，也走上那砲彈階梯，一起走上去，當他望上天際，禁不住嚇出一身冷汗，那兩邊伸展向上的砲彈階梯，就好像不斷伸展的長春藤一樣，他就站在那頂端，遠遠望著右邊情況和他一模一樣的砲彈階梯，金子也站在頂端，猶如長春藤一樣左右搖擺，有時和他很接近了，就是無法觸及彼此的手。她看著金子，雖然始終對他微笑著，但神情呆呆的，有點落寞，他向她揮手，她也回以揮揮手。當她仰首看上面的藍天白雲的時候，他也被吸引，也看著那藍天白雲。覺得金門島天氣和環境真是太好了！沒有污染，空氣中也沒有雜質，可是當他低頭看下面時，不禁不寒而慄，他和她爬得那麼高，生怕一個不慎就跌個粉身碎骨。

夏遜喊，金子！金子！

我在這裡呀，我在這裡呀！

妳爬得那麼高做什麼？

我陪夏哥哥呀。

怎麼了，我不好意思啊，妳還要管三十幾名團友！

沒關係，他們都在地面上參觀砲彈如何磨成鋼刀的表演。沒事。

我們腳下那麼多砲彈殼，到底有多少呢？

你腳下和我腳下的加起來大約總共有四十七萬發啊！那是從1958年8月23日六時半到10月6日下午五時為止，落在小金門的有24萬發、落在大金門的有23萬發的總和！單單1958年8月23日那天傍晚兩小時內就落下了四萬七千發砲彈！

啊！那麼多呀？

什麼時候停止啊？

砲戰進行了四十幾天，一直到1958年10月初，才宣佈改為“單打雙不打”。

什麼？

就是遇到單日，就開砲，遇到雙日，停止。

持續到什麼時候呢？

1979年吧！

……夏遜和金子一問一答，像微風在耳朵旁輕輕掠過，消逝在遠方的天際。與此同時，有一種聲音開始慢慢地大了起來 ，颼颼颼，然後爆炸；颼颼，然後爆炸，他看到砲彈在天空中飛來飛去，有的落入海中，濺起了十幾層樓高的水花，有的落在海灘樹木旁，頃刻間燃起一片火海；有的落在古厝的屋頂上，瓦片粉碎四落，他看到，八月二十三日傍晚，金門的天空變成了一片砲彈的海洋，那些砲彈幻化成一隻隻渾身火熱燙手的鐵魚，遊來遊去，落在哪裡那裡就成為一片火海。

朦朧中，他依然看到金子抓住什麼在砲彈階梯上搖擺，搖搖欲墜，不久，夏遜看到天空慢慢變色，先前的藍天白雲沒有了，天空先是變成粉紅色，漸漸變成紅色、血紅色，最後，整個天空暗淡下來，變成了腥紅色。爆炸聲依然不斷傳來，血佈滿了整個天空，令他呼吸無法暢通。

他看到金子在對面的炮彈階梯向他揮揮手，他要看她的面容，聽聽她的聲音，就是無法看清、聽清，大霧像是厚厚的灰白色半透明的紗布遮住她的面目，他禁不住朝大地俯望下去，不僅大駭。大地鮮紅一片，仔細看，竟然是血，氾濫成一片汪洋大海，腳下的砲彈階梯，也都流著血。

夏遜看得觸目心驚，不知為何會出現如此奇怪又似乎很逼真的景象？就在他疑幻疑真、混混沌沌地不知身在何處的時候，他覺得那些砲彈組成的階梯在頃刻間被一枚巨型的砲彈擊中，腳下的天梯般高的砲彈階梯在頃刻間轟然毀塌，他從高空上飛墮下來，天地間響徹了他的慘叫聲……。

摔跌在地上的時候，好奇怪，竟然沒死，只是屁股開花，裂成四五塊，一塊給餓得肚子咕咕叫的狗啃去了，一塊給疼愛他的父母撿去了，一塊自己搶到留著紀念，一塊想捐給博物館珍藏展示，一塊想送金子可是有點不好意思。人家男女之間都是送鑽石、送戒指的，你這驚世駭俗地送一塊皮肉算什麼呢......

此時，噗一身，他摸摸屁股是否還在？還在！只是感到一陣劇痛。

你這是幹什麼呀？眼前有人在拉著他起來。

他一看，是金子。

他跌在旅遊車的通道上，原來，剛才太睏，睡了過去，身體重心歪了，就跌在通道上，後面的團友聽到聲音，都很驚愕，紛紛站起來看，羞得夏遜連連罷罷手道，對不起！對不起！驚動大家了！

金子看了他一眼，笑道，夏哥哥，要小心喔！

夏遜不好意思笑笑。

金子問，昨晚沒睡好？

睡遲了。

金子取了麥克風，開始"小結"剛剛那一段行程的收穫，首先她問哪些團友買了鋼刀的？結果有一半以上的團友舉起手來。她數了數，說了聲：哇！二十一位！超過半數哩！

夏遜心中暗暗佩服她真會搞氣氛。你聽：

買不止一把鋼刀的請舉手!金子眼睛望向車廂內的大家。

金子數數，結果又有十五位團友舉手。

我買了九把！一位女團友大喊。

哇！金子驚訝地喊叫，問，有沒有人比九把更多的？

沒人出聲。

金子說，這位叫桂梅的團友奪得了冠軍！桂梅，妳買那麼多都是自己用的嗎？

桂梅說，有的是親戚朋友托買的，有的是我自己要用的，有的是要送人的！

金子：哦！難怪買了那麼多！好了，大家靜靜，靜靜，砲彈變成鋼刀，也算是金門戰地文化的一種小幽默吧！想問問，大家剛才有沒有到另一間陳列室去參觀呢？

有啊！真精彩！夏遜禁不住讚了一聲，回憶起當時看從砲彈到鋼刀的表演只是一會，就走到隔壁的陳列室看《砲彈藝術展》，一走進去就緊緊地被吸引了！大約有四五十種有彈殼參與的工藝品陳列在玻璃櫃或展臺上。有好幾個還吊在天花板或橫樑上。這左邊的是賣鋼刀，那右邊的，如果喜歡，也可以購下，擺在家裡適當的位置做裝飾品。仔細看，垂吊下來的，有的是一串串的風鈴，那發出清脆聲音的，就是被削得薄薄的鋼片，在風的吹拂下輕輕搖晃著，就發出悅耳好聽的叮噹叮噹；有的是幾片鋼片圍成了一個簡單的小花盆，幾支蝴蝶蘭伸出來，還有紅色金色的裝飾物作為點綴；有的是迷你小吊燈，鋼骨雕成了玫瑰花，圍在旁邊……再看看擺設在展臺上的，有雕像、筆筒、碗盤、和平鴿・・・最令人感動的還是這樣一組，鋼鑄的七、八隻和平鴿站在一堆廢砲彈上面。這些展示藝術性真高！夏遜太喜歡了！展場沒有禁止攝影，他幾乎為每一件展品拍攝了一兩張清晰的照片。走出展場，走到隔壁，就看到團友們在買鋼刀。

他率先走出來，上汽車，坐在自己的座位上，欣賞自己拍攝的照片，沒想到後來竟然控制不住睡著了，還做了那個奇怪的夢。

金子搞了一輪風趣的對答之後，又回到了到“利無敵鋼刀”買鋼刀和參觀砲彈藝術展的意義。

她說，謝謝大家買那麼多鋼刀，這是對金門經濟的一種支持，也是有意義的紀念。大家在各自的家裡切菜、剁肉的時候，會記得在金門旅遊的日子。鋼刀好用，鋼刀快，哈哈，飯也吃得特別香！四十七年前，我們哪裡有機會買鋼刀？那時，搞不好就被砲彈打中，是砲彈吃人啊！哪裡能像現在，我們使用砲彈吃飯？就是將砲彈的製成品收在我們的廚房裡！

她停頓了一下，聽一會打進來的手機後，繼續說下去：

大家都讀到了展示館的文字介紹，詳細地列出了四十七年前八二三砲戰的砲彈數量，這樣密集的數量，金門版圖面積那麼小，專家們計算，金門每平方尺平均就要挨受三點六發的砲彈，你們想想，是否太厲害了一點，幸虧金門自古就固若金湯，轟炸不沉。

金子講到這裡有點激動，夏遜看到她眼睛裡的微微淚光，就遞了一張紙巾給她，金子接過，在自己的眼部點了點，繼續說下去，金門這個島嶼啊，真是多災多難，早在明清時期，就因為自然資源不足，不少金門人從金門的同安渡頭出發，落番，到東南亞各國謀生，後來，日本兵蹂躪過，利用它打下廈門，五十年代後，古寧頭大戰、八二三砲戰，不斷的戰爭，讓金門承受太多的災難，背上了無法承受的歷史的重擔！可嘆，金門人比較固定的常住人口也不過維持在五萬左右！走一走金門老街，你們可以看到不少老店，守店的都是年紀已大的長者，他們都是金門苦難的見證人啊。

夏遜句句入耳，感到老金門人在金門真活得不容易啊。

金子說到此，又不好意思地笑笑道，非常抱歉，在這裡長篇大論，可能有些團友不喜歡聽。好！我們說說今天的金門！誰願意自己的家鄉永遠是戰爭的前線呢？沒有吧？

1992年金門解除戒嚴令，結束了長達四十三年的戰時狀態，開始大轉身，金門人漸漸地將我們的金門，從硝煙瀰漫的戰地變成處處有花香、樹樹有鳥棲的美麗旅遊勝地！隨著十萬阿兵哥的退場，我們金門越來越美了！

這時候，金子露出滿面的甜蜜笑容，說得有點激昂了。夏遜在大陸不少城市和名山大川旅遊過，也飛越過大洋大洲，到西歐北美走馬看花，從來沒見過那樣對自己故鄉充滿了自豪感的導遊，不禁對金子的襟懷更加肅然起敬了。儘管金門在地圖上不過是個小不點，但就有那樣好的“金門的女兒”，為生長她的土地充滿了感恩的情懷，在內心深處唱一首動聽的頌歌。

那樣沒有顧忌，沒有偽善，說得誠懇、純真而感人！

金子頓了頓，說，有的團友跟我提，想買一點零食和日用品，前面有一間，不過規模都比較小，大家不妨下車看看，車子會泊在比較遠的廣場，給大家半小時好嗎？剛才接到信息，說一會會下雨，大家記得帶上雨傘啊！

一會，車子泊定後，團友們慢慢走到斜對面。

團友們一湧而入，有的到水果部，有的問營業員在什麼架子上有鳳梨酥、綠豆餅，有的買果汁，有的看看這兒出售的貢糖，有的買紙底褲……有一位團友問營業員：

你們這裡有賣金門出產的鳳梨酥嗎？

你要到賣金門貢糖的專門店去看，那兒應該會有。

你們這裡賣的哪裡出的呢？

我們這裡賣的是這兩種。說完，這營業員把兩盒樣板遞給她看。

團友接過，看了看說，哦，是臺北、高雄出的！好不好呢？

營業員說，高雄出的這種鳳梨酥很有名耶，算是名牌了！

啊，真的嗎？可以試吃嗎？

我們這裡不行。

可惜！哈哈，我們到賣貢糖的專門店買貢糖，都任你吃，很快就吃飽了！

哈哈，哈哈，那營業員被團友的風趣幽默都逗樂了。

這時候，夏遜走過來，湊一份熱鬧，道，書可以在書店翻，可以站在書架前試讀幾頁，起碼讀讀目錄，一些美食、點心應該也可以試吃，才知道滋味，才知道好不好吃。不是嗎？

金子也走過來了，說，美女姐姐，我們這個團不少是金門鄉親，愛開玩笑，不要介意啊！

營業員笑道，開玩笑好！樂觀長命呀！

金子看看腕錶，又看看團友，大部分取了自己需要的物品，推著小車或拎著小膠籃子，在收銀處排起隊來。金子從隊伍後面走過去，小聲對大家說，天色很陰，快下大雨了，大家動作快點，買好，趕緊到對面上車！

金子於是站在超市門口的屋簷下，一邊看天色，一邊看還在收銀處排隊的團友，心兒有點著急起來。

幾個團友看看沒有車子來往，帶著小跑，過了馬路了。

又幾個團友拎著、抱著大包小包。跑過去了！

金子往超市裡面看去，剩下鍾大姐和兩個年輕的男團友提著東西慢慢走出來。

快！金子說。

兩個年輕人三步併兩步，過馬路了，這時，雨下來了，斜斜的。風中的雨有點冷意，越來越大，雨滴漸變成雨箭。

鍾大姐還未走到一半，突然雙腿僵硬，立在那裡不能動彈。豆大的汗珠從額頭沁出來。

怎麼了？鍾大姐。不能走？

我也不知道為什麼，突然左邊膝蓋痛得不得了，不能移動半步。

剛才沒跌倒什麼的嗎？

沒有啊。

金子回頭看，外面天色如黑夜，雨已經從雨箭變成雨簾，好大，好密集，幾乎成了暴雨了，這種暴雨金門也真罕見。

金子趨近鍾大姐，出手扶著她的腋部，好！抬腳！鍾大姐，只有右腳能動，左腳卻如同中了魔咒，像一根木棍那麼僵硬一動不動。金子看到了她滿頭大汗，安慰她道，估計你這左腿膝蓋骨質增生，也就是俗稱的骨刺發作了，我父親也曾經那樣的啊！今天你要辛苦一些

了，堅持到結束。明天我找根拐杖借給你用。現在雨那麼大，大家也不好在車上等得太久，我揹妳過去！

金子在她跟前半彎身。

這怎麼行呀？我比妳重。

金子說，現在不是客氣的時候，我蠻有力的。

謝謝金小姐，真不好意思。

妳一手彎過我脖子，一手撐傘遮我們兩人，我揹妳小跑過去。

鍾小姐趴在金子背部了，左手挽緊金子的頸項，右手按住傘的鍵鈕，傘蹦地張開了。

金子以百米起跑般美麗的姿勢衝進沙沙沙響的雨幕中，暴雨猛烈如密集的子彈，自上而下，油然令人想像起八二三的砲戰，雖然始終沒經歷過，沒看過，那種厲害程度，對金子影響不小。如果是槍林彈雨，大概差不多就是這樣吧。

剛剛起跑，一聲鍾大姐，妳的傘太小，用我的吧！隨著也是蹦一聲，金子感覺有人在她頭上張開一支更大的大傘，好像

保護神般陪護著她和鍾大姐，

一看，居然是夏遜。

夏遜，你怎麼還沒走啊？雨太大，你先跑，跑在前面吧！你照顧好自己就可以了啊！

我的傘大啊！不要緊！夏遜大喊，雨，打在他身上，背部都濕透了！

金子背著鍾大姐，衝進暴風雨的情景，夏遜看在眼裡，恐怕再過十年，也無法忘記了。鍾大姐的左腿僵硬得如木樁，直梆梆地釘插在地板上，一動不動，雨又是那麼大，時間太晚了，那就成了一件金子無奈又勢在必行的行動。鍾大姐整個體型比金子大，那樣大的身軀壓在金子嬌美的身材上，夏遜有一種心疼的感覺，那倒非一種未獲真愛就將她當著自己禁臠的自私，其實只是屬於憐香惜玉的英雄情懷。他聯想到多年前看過的一出韓國電視劇，大雨中，女主角撐傘在前面小跑，男主角撐大傘在後面追，最後追到了，他奪過女主角的小傘丟棄，讓其在風雨中飛去，將大傘遮蓋住女主角的頭上，自己卻渾身濕了！那一幕，多麼老套，卻又多麼詩意，經過多少歲月的淘洗，還是鮮明如洗。此刻，因為金子背上揹著鍾大姐，要不然，他早就模仿電影中的"前輩"了。他渾身濕透了，看著身體比自己嬌小很多的金子背上壓著那麼重的人，依然在雨中拼勁，依然笑嘻嘻的，不禁為自己在一側的"愛莫能助"慚愧懊惱不已。他不知道事情會突發到這樣的地步啊。

風更大，雨更猛了，金子揹著女團友在風雨中飛奔，猶如八二三下不怕炮火的金門孩子，在防空洞附近的坑道上方走來走去；也像一團火炬，在雨中晃動。多麼讓在一側跟著跑的夏遜感動。

烈嶼，夢中的世外桃源

沒想到從金門乘船到小金門，居然不到十五分鐘就到了。這外島的外島、前線的前線，夏遜有一份親切感，乃是聽母親說過，外祖母就是小金門的東林村出生的，小時候就跟著大人出洋。

從水頭碼頭搭船過去，聽金子滔滔不絕的對這個又稱為烈嶼的介紹，望著起伏不定的大海，他的心無法不激動。三十年代、四十年代，這海峽兩岸風高浪惡，天空中飛著飛機，大地迴響著炸彈落地的爆炸聲、大炮發射砲彈的聲音，但太陽旗終於降下去了，日本鬼子被趕回老家了。五十年代，兩岸又是另一種風高浪急，最初是中國人打中國人的內戰延續，八年後，另一種砲戰又激烈起來！金門島幸虧還頂得住，沒有被炸沉，要不然就無法踏足這美麗的、現代的世外桃源了！小金門今天是那樣靜美，真像現代的一座世外桃源。太令他驚艷了！

這是夏遜後來回憶小金門之總體感覺和印象，老是覺得，世界上就是有那麼一些改變不可思議。

地球上，有哪一些地方堪稱城裡的鄉村或倒過來可以稱為鄉村裡的城市的？或兩者兼具的？真沒有。

夏遜就有此感覺。不但小金門是，大金門也是啊！

就像一位絕色的美人，歷經戰火離亂，滿目滄桑、滿臉憂患，一旦戰爭遠去，時間成了治療心靈創傷的良藥，美人還是恢復了昔日的容顏，依然清麗如故。金門就是這樣的美人。

昨晚，有人將雨中金子背鍾大姐衝刺、他在旁邊陪跑、用大傘遮住她倆的情景從旅遊車上一個特別角度拍攝了，拍的效果竟然還不錯。金子用微信轉了給他。那張照片的畫面非常特別：那時，馬路上遠處正好有汽車亮著燈開過來，汽車燈將那支支雨箭照得發亮，猶如一根根的透明細管，在周圍的黑暗中，顯得很有夜雨茫茫的氣氛，只是背景太亮，三個人物又低著頭奮勇前進，眼臉難免不清晰；只是整體構圖顯示一種藝術感。夏遜多看幾眼，愛不釋手，感嘆道，太棒了！

他發訊給金子。

謝謝金子。太棒了！

發出第一句後，開始你來我往，一發不可收拾。

金子說：估計你會喜歡，就發給你。

夏遜：確實好！尤其妳跑的姿勢。

好狼狽，有什麼好。

珍貴啊。

珍貴？

是啊，是金子服務大家的見證，非常感人！

不是啦！都是我們導遊該做的事。鍾大姐膝蓋突然出問題，又下雨，總不能叫我們的車開過來吧。我濕點衣服沒什麼，你渾身濕透才叫我好擔心，出事怎麼辦？

我粗男人會出什麼事！

哈哈，粗男人，會彈琴，會開琴行嗎？

總之，妳比我嫩、弱！

哈哈，我什麼都做過，我鍛煉過的。昨天，你跑不過我的。

是的，金小姐太令人刮目相看了！妳揹起體積比妳大、重量比妳重的鍾大姐，實在太震撼大家，也太令我感動了！

不要太捧場我。

我實話實說呀！

捧得我分不出東南西北，你可要負責囉。

哈哈，相信金子經得起被點讚，不會飄飄然的。妳做導遊，方向感很強，哪裡像我們許多人都是方向盲。

好了，明天還要起早哩！金子想結束手機的對談，發了一個寶寶在睡覺的表情。夏遜好想聊到天光，但也不忍心讓金子太熬夜，就也發了一個睡覺的表情，沒有留意那是一對男女公仔代表著一對夫妻在親嘴抱著睡，發覺時想回收，但已經來不及了。幸虧金子沒有任何回應，也許已經進入夢鄉吧。

今早在車子上聽金子如數家珍地對烈嶼—小金門的介紹，夏遜感到頗為興奮。金子說，如果有時間，小金門的九宮（四維）坑道、湖井頭戰史館、勇士堡、將軍堡、鐵漢堡、羅厝媽祖公園、傳統閩南聚落、八達樓子、東林海濱公園等等，都是值得一看的，不過，有的就那麼看看，不需要太久停留，例如八達樓子；有的景點，例如，東林海濱公園，那是合適休閒的地方，旅行團畢竟時間太有限了。她說，時間只有半天時間，旅行社從全面分析，決定將勇士堡、將軍堡作為重點參觀。

由於在金門島看過了翟山坑道，有些團友就不想再參觀這些軍事設施，到底是戰爭的遺跡，但有的團友第一次來金門，什麼都不想放過，什麼都想看一看，也就尊重他的選擇，反正行程上都列出了。一部分團友就直接在九宮坑道外面的空地旅遊車停泊處等待。

夏遜沒有再進去，翟山坑道他參觀過了，認為大同小異，儘管有很多的不同。

遠遠地看到不遠處有泥塑的彩繪的漂亮的大公雞豎立在老厝的屋頂上，夏遜問金子為什麼小金門到處有公雞？

金子說，和風獅爺一樣，小金門的風雞也是備受尊敬的守護神，一般都設立在村頭，也多見於住宅的屋頂上。金門人認為公雞可以鎮風煞、保平安，可以保護老百姓的古宅。小金門常常有風災，破壞力很大。

我們廈門和金門一樣，也不時有颱風，十分厲害。

當然啦，距離不到半小時的水程，兩個門情況大致相似。

夏遜還和金子說話，就看到那些參觀九宮坑道的團友陸陸續續走來，有的三三兩兩地站在旅遊車周圍地面上談話，議論著九宮坑道的種種，夏遜忽然想起昨天傍晚突然不能走的鍾大姐，不知情況怎麼樣了？

金子說，昨晚回到民宿已經很晚了，我帶了一瓶爽骨外用液給她的膝部搓擦，通通她的筋骨，幾乎搞了一個多小時，還讓她反覆做一種動作，很快舒緩多了，我又飛摩托車將家裡那根阿公留下的拐杖借她用，應付金門旅遊的這幾天，應該沒有大礙了，當然，還會痛，這是肯定的，哪能馬上好？就像小金門，八二三砲戰，四十七萬發炮彈，就有一半落在這裡，將小金門炸得體無完膚，小金門也需要相當的時間療平傷痕，恢復昔日的美，甚至更美。

夏遜點點頭道，說的是。

這時，說曹操，曹操就到。遠遠看到鍾大姐拄著拐杖，一瘸一瘸地笑著走來。

金子問，下去了？妳還沒好，盡量少走，可看可不看的就省了。哈哈，雖然啊行銷金門是我義不容辭的義務，但更有責任保障和愛護鄉親的安全，不是嗎？

鍾大姐激動地抓住金子的手，對著夏遜說，夏哥哥，這金子小姐實在太棒了！不但人美，心腸還特別好！你昨晚都看到了。我真還沒有見過或聽過導遊對遊客那麼好的。

金子不好意思道，大姐不要誇我了，都是很平常的事。我都沒有把你們當普通遊客，你們出來，人生地疏，舉目無親，金子就是你們的第一親人，年紀大的可以把我當你們的女兒，比我大一點的就將我當妹妹。

鍾大姐繼續對著夏遜說，你聽、好好聽，這樣的話講得那麼自然，聽了都叫人窩心和溫暖！

夏遜贊成道，如果旅遊結束後派什麼遊客調查表或意見書，我都給她勾"最滿意"，打上一百分。

鍾大姐附和道，那還用說，我也是的。如果有權投票，金子就是我心目中的最佳導遊。

金子被讚美得雙頰紅紅的，綻出兩顆迷人的深陷酒窩，雙手作揖，連聲說，謝謝，謝謝，能評上什麼，金子不喜歡是假！只怕條件不夠，還得努力！

鍾大姐說，還說不夠呢？昨晚的事我還沒說完，金小姐不但雨中揹起我，後來在房間為我按摩，怕我今天行動不便，連夜騎摩托車回家帶拐杖借給我……

夏遜看金子，道，原來那樣精彩，我一點都不知道。

金子說，我後來都有發訊息，可能你睡了吧。

……人到齊了，車子開動。

很快，車子開到"八二三砲戰勝利紀念碑"附近，旁邊有個看起來約十米高的勝利拱門，跨過馬路上空。金子問團友，想不想拍照，團友都說，好啊！車子就停在路邊，大部分團友都下了車。金子說在這裡給大家二十分鐘拍拍照。

那個紀念碑好大，做成巨型砲彈的模樣，立在青天白日圖案檯座上。紀念碑由白色的彈頭和綠色的彈身組成，綠色部分下方由一圈黃色帶環住。

乘團友們在拍照的時候，金子對大家說，這個勝利門，有如一道彩虹，讓來小金門的遊客馬上感受到小金門戰地的氣氛，紀念碑也已經成為小金門的地標，而第一天大家看的莒光樓就是大金門的地標。至於八二三的始末她講過很多次，也就沒再講了。

夏遜接連拍了好多張那地標和拱門，然後左轉身，右轉身，望著那驚人乾淨的路面，接連拍了好幾張照片。他對小金門一塵不染的乾淨馬路嘖嘖讚歎不已，在金子面前讚不絕口：馬路太棒了！

怎麼？金子疑惑地問。

太乾淨了！都沒看見有人在清掃？

金子笑道，怎麼沒有？有！據我所知，大都是金門的婦女。她們大都早起，我就看過她們，將馬路掃得乾乾淨淨！

夏遜說，進入小金門，開始看到種植農作物的田地，就有一種鄉村的味道了。可是，在我參觀或到過的農村，不少都是髒兮兮的，到處是雞屎、煙頭、塑膠袋和其他雜物，哪有一個地方像金門、特別像小金門這樣乾淨的？

旅遊車開動後，在平坦的柏油馬路上行駛，兩側不時出現種植地，不是高粱，就是番薯或芋頭地，好一派田園風光。

夏遜發現，整個小金門非常安靜，沒有多少汽車來回，沒有嘈雜的人聲，沒有突然高立的樓房，最多就是兩三層的樓房和民居而已。

金子此時開始講金門、介紹金門，還拉扯到她小時候姑姑喜歡帶她到小金門玩，住在姑姑家，小表哥常常帶她到海邊玩沙子，她讓大家分享她童年的快樂，也說到了金門只有十四點八平方公里，資源缺乏、土地多，耕地少，土地亦不肥、糧食不夠，常常吃番薯等等情況，因此不少祖輩父輩為了活命，擔負一家子的生活，紛紛落番了。如今據說新加坡的金門籍人士就多達四萬多人。她說，現在小金門的常住人口一直在一萬人上下。主要金門人在海外各國開枝散葉，尤其是東南亞創業紮根……聽著金子的介紹，望著兩邊車窗迅速飛掠的美麗風景，夏遜真是感慨萬千。

他彷彿踏上了一個現代的世外桃源，完全不是夢。

整個島非常安靜，整齊、乾淨的、平坦的柏油路延伸到遠方，有時出現的是整片的高粱地，有時出現的是蔬菜、其他果蔬……偶爾只有一、二農夫在土地上勞作。看遠方，大多是山地，久不久就看到大海一角。很難想像八二三砲戰時期，這個小島如何能承受那麼多的炸彈？而這個彈丸小島竟然炸不沉？

當夏遜提及小金門的地理位置、地位，為什麼會首當其衝的時候，金子又說了，小金門雖然面積不到十五平方公里，只是分五個村，但地理位置屬於“前線”的前線，其地勢呈現東北部寬平而高拔，西南方狹窄而平緩，形成了奇特之勢，可以說達成一種“扼制閩海，屏障金門”的效果，非常險要，因此成了歷來兵家必爭之地。

夏遜聽了不斷點頭，難怪在八二三炮戰中扮演了非常重要的角色。

好像一點戰爭的痕跡都消失了，都沒有了。此刻置身於一個現代的世外桃源，完全不是夢。夏遜把對小金門的好感對金子說了。

不料金子笑笑道，也不是這樣的。一會帶你們看看那以後修建的幾個軍事措施，說著，車子很快在一個門口用樹木枝葉掩飾的勇士堡外面空地泊住。大家都先後下了車，走進時都要經過一個架在三米深戰車壕溝上的小橋，又走過一個上面用覆蓋著偽裝網的斜坡，看到“勇士堡”三個大字，先後參觀了炮堡、機槍堡、彈藥庫、寢室等等，真是設計良苦，令人感到戰事的艱苦和緊張。

從勇士堡走到鐵漢堡，中間要走大約三百五十米，走出了這後來交給烈嶼鄉公所管理的碉堡。據說，碉堡大舉整修後，後來就開放給遊客參觀了。

金子問夏遜的參觀感想如何？

夏遜回答，怕拍！

金子特別看了他一眼，很奇怪他會如此回答。

為什麼？

戰爭誰不怕？夏遜反問。

是呀，沒人喜歡打仗，金子同意。

夏遜說，中國人打中國人，猶如兄弟相殘。

金子說，人類互相廝殺，一部分人類消滅另一部分人類，好像森林裡的動物世界，不是嗎？

夏遜道，我看這些坑道，坦克，到海邊看碉堡、一些戰爭遺跡，心不好受，感到沉重，讓人看到了戰爭的殘酷、不人道的。

金子微微笑，一方進攻，一方守衛，打起來就要流血，就有人被人為地殺死，你總算有收穫，肯思考。

夏遜道，不談往昔了，說後來，兩岸沒有戰事了，小金門好快轉身，好像轉眼間就成了仙鄉，成了世外桃源。好美好靜啊！

這時，有幾位團友走過來，大讚金門變得好快，如果不是參觀這些特別設計的坑道和碉堡，根本不知道金門經歷過那樣激烈的槍林彈雨，有過那樣深重的災難。

中午吃過，金子又帶大家參觀了八達樓子、東林海濱公

園、湖井頭戰史館、烈女廟等等名勝、古蹟或景點，接近下午三點多，就趕到九宮碼頭，準備回大金門了。

＊　＊　＊　＊　＊

在船上，夏遜和金子又坐在一起。大家也不知道為什麼會那樣？彷彿是無意，卻又好像有一種默契，越是欲避人疑，越是彼此有一種磁石般的吸引力，無論多遠，都會將老遠的對方默默地呼喚到身邊來。

那時人比較多，不過還是有位置的，只是坐得比較散，金子呼喚大家坐下來，她也選一個角落的位置坐下來，哈哈，好坐不坐，坐在某人旁邊。她向左一看，某人向右一看，四道目光在半空中一碰撞，猶如電石相擊，還發出激光似的，聽到一種只有兩人聽到的聲音，彼此相當愕然地笑了。

也不知道誰率先聊起家庭，夏遜就把手機相簿裡的照片選了一張大家顏值看起來較高的給金子看。上面有爸媽、夏遜和妹妹夏芬芳。

金子看了很久。然後逐一評論：你一家人都有一家相！容貌都很相似！妹妹是大美女，母親年輕時候肯定很漂亮！老爸真有福氣！

夏遜給金子讚，大為開心。

金子問，你父母你說都退休了，但看樣子都還那麼年輕。

我老爸剛剛退休幾年，上次跟你說過，對閩南建築很感興趣，正在編寫一本有關的書。還沒完成。

上次你說他在部隊，是黨員吧？

夏遜說，是。

共產黨員？金子問。

夏遜笑起來，那當然。不然是什麼黨？

金子說，以前雙方搞情報戰的時候，很難說的。你中有我，我中有你。也許你老爸是國民黨員呢？

哈哈哈……夏遜大笑起來。他說，他是國民黨員的話早就來金門走走看看了。

金子說，我老爸阿母剛剛今年退休。我爸是國民黨員。

金子說完，也將手機裡的一張全家人都照得比較好看的照片點擊出來給夏遜看，一個個介紹。照片裡除了她、她父母外，還有一位樣子非常帥的男青年。

這是誰？夏遜問。

我弟弟，叫金贏。

你一家啊幾代人的名字都好有意思：祖父叫金勝昔，父親叫金不換，弟弟叫金贏，妳乾脆叫金子。哈哈，一家人都好勝，不想認輸！

金子笑笑，他們的名字也許是，但我的名字“金子”顯然不是希望我要撈多多金，而是希望我做金門的好兒女！我是我

們金家的第一胎，父母都希望我是男胎，金子就是金門的好兒子，不管做哪一行業，都能為金門爭光的意

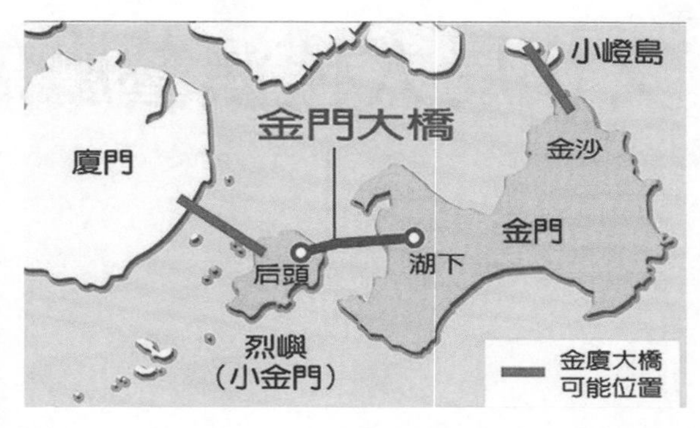

思。沒想到生出來是女的，也不想改其他名字了！這就是我金子名字的來龍去脈！

夏遜不斷點頭，哈哈，不說我還不知道，以為你每天都想發橫財。原來意思那樣不凡，那樣偉大，太令我們感動了啊！

哪裡，有人還嫌俗氣呢，說散發銅臭味道。

呵呵，金光閃閃，未必就是那種每天都有起落價的黃金，妳是無價的純金！

金子感動，謝謝他，然後說了，我喜歡看你妹妹，好漂亮，這才是如假包換的大美女！可以發給我嗎？

夏遜道，當然可以！三兩下，他的全家福就發給金子了。

她問，我家的全家福要嗎？

當然要，妳全家都是高顏值！尤其這一位，夏遜指著照片裡的金子。

金子回看了他一眼。雙頰微熱，咯咯咯地笑。真的嗎？

金子的全家福和夏遜的全家福照片都在自然不過的情景下“交換”發出的，但是彷彿那種無意識，日後想起來，其實冥冥之中如有神明在操辦似的。

一聲團友們到了，準備下船喔，東西不要忘了帶啊！

團友們陸陸續續下了船。

文化局大樓演藝廳的驚喜

距離晚餐時間還有兩個鐘頭，下船後，有的團友建議到老街走走，金子擔心不民主，就在車內問大部分團友的意見，以舉手表決，結果百分七十的團友都願意逛街，其他走累的就在車上休息。

最熱鬧的老街，其實第一天來到模範街時，已經走過一部分，但都是走馬看花。東門里莒光路，接近觀音亭旁，就是邱良功母節孝坊，其對面就是美食第32號的“蚵嗲之家”。聽說那牌坊是全台灣最美、最精緻、最大的牌坊，團友們未拍照的，就趕緊以它為背景三三兩兩地拍了不少照，也有點想今晚宵夜，在美食32號蚵嗲之家買了幾個蚵嗲帶走。接著，團友們三五成群地在老街東逛逛、西看看了。

也許在金門老家地方小，金子做導遊的事早就傳開，也可能不少老一輩的長者認識金子的父母，在老街裡走動，夏遜看到街坊鄰裡的阿叔阿嬸老伯都在向金子打招呼，金子不時也走進舖頭與他們閒聊幾句家常，那些店東都要抓一把貢糖啦，花生啦，放進金子的手掌裡，金子總是客氣地婉拒，但拗不過她們的熱情，最後還是接受了。

夏遜注意到，老街兩邊的店鋪，多數是賣雜貨的店，如貢糖、花生、金門酒、一條根、鞋子、衣服、童裝、蔬菜水果等等，看守店鋪的店主年紀都偏大了，幾乎未見到幾個年輕人。這時，大概金子自己要買手帕之類，走進一家小小老店，店裡一些衣物顯得有點太老舊了，夏遜滿懷問題，這個時候就有機會發問了。

金子先介紹來自廈門的夏遜先生給店東——一個老闆娘。

大姐，這些針織品都是哪裡來的呢？

台灣。先生金門話講得那麼好，哪裡人？

我廈門來的。廈門出生，金門話不靈光，幾句就沒有了。夏遜說，平時都說國語多。

大姐說，金門廈門同一家，話都差不多。

夏遜說，那是！不過我比較笨啦。

金子笑說，這個夏哥哥專會謙虛！

大姐又問：來金門玩？

是的，我以後也想做導遊，跟在金小姐後面。夏遜一本正經。

金子人好，在我們金門很著名，人又美！說到這裡，女店主大姐仔細看了夏遜的臉，點點頭，說，帥！這位帥哥，今年貴庚呢？

我三十四了。

看不出，我以為二十五、六而已。估計還沒有家眷？金子小姐我知道還沒結婚，二十五、六看上去也不過二十二、三。哈哈，你們別怪我多嘴或口沒遮攔，別不好意思！我說呀，你們就是現代的一對金童玉女！如果真能成為一對就太棒了。

夏遜聽了愕然，不敢看金子的臉。

金子也覺得突然，偷窺夏遜的表情。

幾乎在同時，夏遜只說，大姐您說笑了，我哪裡配得上金子小姐？她也不會看上我的。而金子說的是，大姐開玩笑了，帥哥哥哪裡看得上我們這小島的人？

大姐說，金子，聽到了嗎？夏先生有點自卑感呢。你這句也不像真話哩！

金子沒想到偶然的打招呼，走進這家大姐的店，也順便滿足夏遜想瞭解金門家庭的變化和滄桑，卻是被大姐大大地欣賞之後，然後是一系列善意的玩笑。

雖然當今的年輕人，感情的表達不同於舊年代，也有別於五十至六十年代，但也不是全部都十足自由和開放的。一樣米養百樣人，戀愛觀五花八門，感情的表達方式也千奇百怪。像眼前的夏哥哥，就屬於比較沉默內向，感情表達含蓄、但一發聲往往一鳴驚人的一族。“我哪裡配得上金子小姐”一語就含蓄地向她輸送秋波了，難道她還不清楚？而自己的那句“帥哥哥哪裡看得上我們這小島的人”，誰也明白只是應酬話和應付語罷了，用“我們”而不用“我”，是複數而非單指，撇開了一時被大姐開玩笑的尷尬，巧妙用馬虎含糊法敷衍過去，金子這時候大大欣賞自己的急才，為自己的智商比夏哥哥高而暗暗自我喝彩。

夏遜繼續著他的對白，大姐家在金門嗎？

大姐回答，我老公在臺北做事，一個女兒在高雄讀大學，一個兒子在臺北工作，他們一個月最少都有回來一次。

哦，那生意怎樣呢？

大姐搖搖頭道，賺吃賺吃罷了，不做也沒事的。阿兵哥在金門駐守時期，他們會三三兩兩進來買點東西，十萬大軍撤走了，比較冷清，偶爾有外地遊客進來買點而已。在金門我們是不愁吃，太閒空你大姐也不習慣。

明白。夏遜說，看到老街看店的，年紀都偏大，才有此一問。

大姐說，知道，如今有些年輕人遠走高飛，不願意留在金門，像金子小姐這樣立志服務金門、為金門爭光的好姑娘已經不多了，百裡挑一啊！

是的，是的，我們全團的團友都欣賞她。

兩位不要猛讚了，搞不好本小姐都分不清東南西北方向了。

外地的人來金門都充滿了好奇，比如，前線、戰地的金門，怎麼那麼快搖身一變，那麼快就客似雲來了。大姐說。

是的，了不起、太了不起！小金門就是一塊世外桃源！

這時，大姐將金子要的小手帕包好，金子掏出新台幣給她找贖，大姐硬把錢退給她。一塊手帕沒有多少錢！拿去用就是了！

啊呀，大姐，這怎麼可以，我以後都不敢在你這裡買東西了。

妳買幾萬塊的東西另當別論，這小手帕妳還跟我計較！我阿女小學時期英文和數學不好，你天天來給她補習，一分錢都不收！

好了好了，謝謝大姐，你太客氣了！

告別時，金子和夏遜走到門口，突然，大姐向金子招手，金子走回店，大姐將她拉到最角落裡，耳語一番：

金子，我老實告訴妳，你身邊的這個姓夏的真不錯，人帥之外，也老實，妳千萬不要錯過了，我知道妳條件高，做大學女生時，追的男生排隊追求，被你一一審查淘汰了。一直到現在誰也沒看上，才蹉跎了歲月那麼多年，真不要錯過了！現在時代不同，大把女性變大膽起來，愛一個男人，很快連身體都送上。妳不要走另一個極端！

我考慮我考慮。

不好再考慮喔。我看得出妳很喜歡！剩下主動一點罷了。

好了好了，我快遲到了呢。

記得，戀愛成功馬上結婚！

哈哈哈！金子大笑。

店裡還留下金子笑聲的餘韻，她已經跑出門口，對夏遜說，走吧！

夏遜不知道女性與女性之間會說些什麼秘密話？當然不會問，只是感覺金子的人緣實在太好了，整條老街的人幾乎沒有不認識她的。她一一主動熱情地打招呼，她繼續上前喧寒問暖，走了一圈，大半小時也消費掉了，眼看還有時間，夏遜正要將金子請進一家咖啡室，不意聽到後面有人在大叫：

金小姐！夏哥哥！

原來是鍾大姐和她的同房團友手持零食，追上來。鍾大姐的腳好很多了，但還是一瘸一瘸的，需要借力於拐杖。趨近時，金子和夏遜才看清她們手上握住的是一袋子蚵嗲。我們多買了，給你們！鍾大姐說。

金子和夏遜不約而同地說，快要吃晚餐了！但拗不過鍾大姐的熱情好意，只好接了下來，夏遜也接了。看看時間還有，就請她們三人走進馬路一側新開的咖啡室喝咖啡。

四個人在咖啡室叫了飲料，夏遜要埋單，金子不允許，說，金門是我的地盤，我做東，等我到廈門做客和旅遊的時候，你們才盡地主之誼吧。

金子的話真有一股威嚴，雖然貌似爽朗活潑，但這一類事情，大家哪怕大男人都不敢違背她，與她爭。

這一團，多數團友是金門籍，少數是廣東人，來自廈門、漳州、香港、新加坡、馬來西亞、印尼，都很滿意這幾天的行程，也對金門產生了極好的印象。鍾大姐和團友知道底下的議論，將訊息“通報”。

滿意就好，金子開心地。

看到妳辛苦地為大家服務，非常累吧。鍾大姐又說。

應該的，都是我做導遊的職責範圍啊！金子說。

晚上看演出？與鍾大姐同房的團友問。

金子說，是的，到文化局大樓演藝廳看。

夏遜問，這也是例牌節目嗎？

不，時間正好相遇。不是經常有，不過，我看別的團有些團友未必喜歡，即使有我們也不一定安排看，他們寧願回酒店或民宿睡覺，我們團，我瞭解、觀察和接觸了幾天，感覺文化素質還是比較高的，與別的團不太一樣，比如這一位夏哥哥，攝影、彈琴等等都技藝高超，大學學歷、琴行老闆，嘿嘿，對演出哪裡會不感興趣？因此安排上了。

夏遜被金子一捧場，不好意思地笑笑，內心卻是樂開了花。

給張名片啊。鍾大姐和她的房友馬上望向夏遜，向他要名片。

金小姐我都沒給過，也不要只是為照顧我才安排晚上的節目啊。夏遜取出三張名片，派給了三位女性。

她們看了一下，紛紛讚夏遜“厲害”。夏遜搖搖頭說，厲害什麼啦！都是找三餐而已！哪裡像我們的金小姐，為金門爭光，為自己的故鄉服務，那才有意義啊！

鍾大姐問，今晚看節目的幾位？

三十一位吧！有幾位年紀大的，想早點休息，有一兩位不感興趣，也就隨他們去了。金子看看手錶，說，時間差不多了，我們回到泊車的地方集中。開車還要一會才到今晚吃飯的餐廳。

他們沿著老街按來時的方向走，大約是傍晚六時多的光景，有些舖頭關了門，有的還在開，又有不少叔伯嫂嬸見到金子，親切地與她打招呼，金子也熱情地以金門話回應。夏遜非常欣賞和佩服金子的人緣，雖然年紀輕輕，卻是認識的人多。看來大家對她都十分熟悉。

在車上，金子簡單介紹了文化大樓的建築歷史，原來文化大樓是一九九五年落成，演藝廳約莫可以容納八百八十五個觀眾，許多重要的交流演出、舞蹈比賽都在此舉行，成為金門文化界不可或缺的重要場所。今晚大家很幸運，遇上廈門舞蹈藝術團和金門舞蹈團體的觀摩交流演出，縣文化局請當天在金門遊覽的所有旅行團成員免費觀賞。

團友們都鼓起掌來表示感謝。

晚餐時，夏遜一直在找尋金子的行蹤，他的視線掃描，甚至注意到了餐廳的好幾個角落，都不見金子在吃，他的一顆心不免大為牽掛起來了。突然，他看到了司機居然在場，一個人靜靜地在一個角落的小枱悶聲不響地低頭吃飯，忍不住了，站起來走過去，問那司機：

小王！金子小姐呢？

小王不知誰叫他，先吃了一驚，抬頭看是夏遜，才答道，她有事，不吃就走了。

夏遜楞住，又問，她沒說什麼事嗎？

沒有啊，看演出的事她交代給我了。

哦，好的，夏遜退回自己的餐位，鍾大姐看他神不守舍的，似乎窺破他的心事，問他。金子小姐怎麼啦？突然不見影蹤？

夏遜道，嗯，我也不知道，剛才還看到她第一個下車，在車下照顧大家下車，一溜煙工夫就不見她的人了。

會不會家中有什麼事，趕回家處理？

也有可能吧！夏遜回答。

夏遜扒了幾口飯，食之無味，也不關心上的是什麼菜餚了。鍾大姐正好坐在他右邊，不斷給他夾菜，他也獨自想事出神。聽到旁邊有人勸他“菜都冷了，夏哥哥，快吃吧！”他才驚覺，如夢初醒。

好的，好的。夏遜不好意思地看了看鍾大姐，想掩飾心中的秘密。但還是給經驗豐富的過來人鍾大姐瞧破，她笑笑，想金子妹妹了吧？

哪有、哪有。夏遜否認。

要不要我做做媒？鍾大姐一不做二不休。

我自已來，自已來……夏遜慌忙中說錯話也一直沒發現。

哈哈，哈哈，鍾大姐打了右邊的同房團友林雲雲的大腿一下，承認了！夏哥哥真喜歡金子哩。

夏遜今晚不知自己怎麼了？幾日來，也許都見著金子，連在夢中都有她，這一刻晚餐時間，她的消失令他那麼不習慣，神情心思都被過來人看出！是不是很出醜了呢。唉！中學時期，他對某某小女生產生愛慕之情，就會暗戀她。那種感覺有點甜蜜，也有點苦澀，感覺就像今晚，對金子的消失，很是鬱悶擔憂。啊，好幾年過去了，他對女性總是那樣內斂，那樣慢火，那樣含蓄，也許這樣的性情害得他蹉跎歲月，多少美好的機緣都從身邊飄逝了。

很想發微信給她，問她在哪裡？又怕太唐突。

手機從褲帶裡取出，猶疑了好一會，又放了回去。

上車了。

司機站在大家上車的位置交代了幾句，他說，金子小姐今晚有事，托我講幾句話。大家好！一會我把車子開到文化大樓附近，我就不進去了，散場時會來接你們。不看演出的就不必下車。一進文化大樓的樓下門口就會有那裡的一位職員帶你們進場！

夏遜與大家一起進場，再上階梯，終於坐在演藝廳裡，心情有點激動，也有點失落。激動的是，首次坐在家鄉的劇院看演出，五、六萬人口的金門有這樣規模的設備真是不錯！失落的是，仰慕的人沒有出現，不能和她一起欣賞，唉，要是大美人坐在自己的身邊該有多好呢！

大約有五、六個旅行團的團友也進場了，有些小學生和中學生也由老師帶領進場了，八百餘的觀眾座位約莫坐了五分之三。聽說廈門歌舞藝術團來金門交流演出好幾場，今晚是專場供特別觀眾欣賞。

開始了，連縣長、文化局長和對方的團長都先後講話了，一派和平溫馨的一家親的內容和用詞。廈門的採茶撲蝶全新演繹，漁女歸帆、布袋戲、獨唱、補鍋過獨木橋、新郎騎驢迎新娘……都在水準以上，有趣好看；兩岸小島的節目交錯上臺演出，精彩紛呈，高潮不斷。金門的蚵女唱晚、學生現代舞、獨舞表演、小合唱、愛拼才會贏獨唱演奏等等，實在令團員們看得如癡如醉。第一個節目是由金門合唱團和國樂團聯合的《番薯情》大合唱，上場時，幾乎全場觀眾起立，十分轟動，拍爛手掌，不僅是陣容強大，震懾人心，而且曲詞優美動聽。演員約有五十名之眾，分三個層次，先是約二十名穿黃色綢長衣褲、胸腹繫上類似圍裙的漂亮花邊紅色菱形兜兜的少女排在第一排，她們看來都是金門的高中女生吧！長相娟好，體態嬝娜，一股股荳蔻年華的青春氣息飄灑開來，令人沉醉，霎間都會感到日子的美好！她們手上拄著白色紅字燈籠，異常矚目，看清了，燈籠上的大紅字，一邊寫著“浯島”，一邊寫著“源遠流長”。少女一列排開後，舞臺下緊接著約二十名看似九歲十歲的小女生走上台，服裝和第一排的相似，排在第一排之後，最後是約十位穿中山裝的男士押後，排列在最後面，也即貼緊大佈景。這個排列法令夏遜愕然了好一會，一時猜不出其中深意和奧妙，當然憑他的藝術頭腦，他也想到了如此這般，但未敢截然斷定。最讓他和團友們震撼的是這《番薯情》的曲詞，一股濃得化不開的金門鄉情，親切溫馨地飄散開來，彷彿嗅聞得到金門泥土的氣息，心兒顫抖不已，不知誰的倡議，歌詞以字幕映現在舞臺左右的白牆上：

小漢的夢是一區番薯園
有春天啊有風霜
番薯的心是這樣軟
愈艱苦愈能生存
故鄉的情是一滴番薯奶
尚歹洗啊尚久長
番薯的根是這爾深
愈掘愈大摜尚好種
感情埋土腳
孤單青春無人問
夢想穿炮彈
滿山的番薯藤切袂斷
阮是吃番薯大漢的金門子
黃種白仁心赤赤
咱是靠番薯生活來疼生命
著愛一代一代傳過一代聽

在歌詞之前，還對曲詞作者李子桓簡要介紹：“李子恆，1957年生，台灣音樂人。《番薯情》為1999年應金門縣政府

88年度文藝季烽火歲月番薯情所作。”

隨著令人感覺無比溫馨親切的閩南語演唱開來，夏遜聽到三種聲音，女生之音、童稚之音和男生雄渾之音，真是悅耳動聽，忽然恍然明白了三類人組合的微妙盡在此矣！

就在觀眾聽得入神時，夏遜眼睛一亮，不相信舞臺上出現的是真的，還以為眼睛花了，此時此刻，就從舞臺左側舞出三位演繹《番薯情》的女子，比那第一排的高中女生稍微年長，服裝雖然和唱者大體一樣，但頭上圍了頭巾，褲子捲到膝部，體態顯得更加成熟豐滿。啊！中間那位，笑容如花，望著台下觀眾，多麼熟悉，多麼嬌美清麗，她，不是金子，還有誰呀？夏遜激動極了，此時，坐在前一排的鍾大姐突然激動地站起來大叫，金子！金子！這一情不自禁的舉止，令周圍安靜的觀眾都驚訝地看著她，黑暗中幾百雙責備的眼光猶如利箭一起向她射過來，令她恨不得此刻鑽入腳下的地洞裡，如果確實有地洞的話。她羞澀得趕緊坐下來，低頭看地面。夏遜對正好回頭看他的鍾大姐發出會心的微笑，然後繼續目不轉睛地全神貫注舞臺上金子的表演。換上金門農女服飾的金子，也許舞衣太小，以致穿上去顯得有點緊繃繃的，倒很充分地展現了她曲線玲瓏的美好身材。平時她穿的是較為寬鬆舒適的導遊上下衣，看不出什麼，但舞臺上此刻的她，8字型的小蠻腰和渾圓豐臀，夏遜看了很久，才驚覺自己臉兒發熱，深責自己的眼光太過貪婪太過罪惡深重了，但又不住地安慰自己，他其實也不邪惡，有一半也充滿了健康的藝術審美啊。當他忍不住舉起照相機，對準金子，不斷地捕捉她優雅動作的一瞬間優美時，他相信那確實是可遇不可求的藝術造型，多麼自然、何等悅目。她們三個配合番薯情合唱節奏跳舞的女性，以金子跳得最為專業，看得出是有相當深厚的基礎的，她情緒快樂，舉止活潑，模樣嬌美，舞技嫻熟，將金門人和番薯一個世紀以來的情意結都一一生動細膩地表演出來，也很完美地演繹了李子恆的歌詞。這難度實在太高了！這種揉合了芭蕾舞技和現代舞動作的舞蹈，將《番薯情》的完美和成功推上一個頂峰，效果委實無可匹敵。太精彩了，太美了！夏遜一邊在內心深處讚賞不已，一邊緊張抓拍，照相機像機關槍“掃射”一般，鏡頭裡的都是金子，大特寫、全背景的金子！三個舞者的合影總其量只是那麼幾張。當表演結束，台下全場起立，掌聲經久不息。

想不到的是，《番薯情》節目後，輪到廈門一方的節目，之後的第三個節目即金門女子現代舞，八位美少女中，領頭的赫然又是金子！現代舞表現的是力、美和速度，表演者的身材都經過鍛煉，沒有贅肉，相當健美，苗條高挑，為配合舞蹈的節奏，穿的都很緊身，從另一種角度把女性的渾圓玲瓏曲線都清晰地勾勒出來。在緊張的節奏中，她們快速、整齊、劃一、活潑，體現了健美和活力，散發出青春美好的氣息，其中也是金子跳得最好最標準。這現代舞足足表演了十五分鐘，好看悅目，振奮人心，不覺其長，只覺其短……

金子今晚兩度出現於舞臺，給全團帶來的驚喜，夏遜相信，不僅是在金門這幾天的日子會給大家帶來豐富的談資和美好的回憶，而且相信會永遠成為他往後歲月裡最難忘的記憶，他相信，他生命裡會有一位形象完美的舞蹈女神，永遠地舞著舞著，給他一種勇往直前和向上的勇氣。

漫步太武山

一早，金子在車上談及當日的行程，並沒有提及昨晚她的精彩表演，如同什麼事都沒有發生。

她說，今天安排到金門的太武山遊覽參觀，給大家兩個多鐘頭時間，有興趣的可以慢慢爬上去，不想上去的可以在山底下的太武公園遊覽拍照。

有團友問太武山公園有什麼？

金子簡單加以介紹：太武公園主要由太武山公墓和忠烈祠組成，歷次的戰爭，有不少軍民傷亡，集中在此安葬，在此設立了一個紀念碑，由蔣介石題寫"國民革命軍陣亡紀念碑"，而忠烈祠前設計成公園形狀，有荷花池和拱橋。這太武公園因為有戰爭的元素，拱橋、紀念碑以白色大理石構築，顯得和一般公園不同，氣氛比較莊嚴肅穆，感覺沒那麼輕鬆。

大約還有十五分鐘才抵達太武山下。

金子問問大家還有什麼問題？沒有人提出。

那麼願意跟我爬上太武山的請舉手。金子又說。

結果數了數，約有十五名團友願意跟著金子爬太武山。

就在此時，金子笑了笑，說了一句，不好意思，昨晚獻醜了。事前沒有跟大家說，主要想給大家一個驚喜；也可以說，我是想低調處理，因為我自認為表現會很一般，因此就晚餐也來不及吃，偷偷趕著彩排去了！

金子說完，車上大部分看過昨晚演出的，頃刻間“騷動”起來，議論紛紛。

金子的大粉絲鍾大姐率先激動地發聲，我看金子小姐的表演非常精彩，我給一百分！同意給一百分的請舉手！

所有看了演出的都舉了手。

金子開心地笑，謝謝大家的鼓勵。其實還可以更好，這一陣子忙於帶團，沒時間練習，不然一定會跳得更自然，更熟練。《番薯情》這首歌大家覺得怎麼樣？

幾個團友齊答，太棒了！能否把曲詞給我們呢？

金子說，有現成的、灌錄好了的唱碟，我會每人送一張。

金子又問，大家覺得好聽嗎？

又是一陣太棒了！

哈哈，八年前我們縣舉辦金門建縣九十週年慶暨世界金門日，首次在這樣的場合演出，十分轟動。我覺得太有氣派了，把金門最濃鬱的鄉情推到頂峰，感人至深！由於這鄉情的美好節奏，我也跳得比較盡力，但是否好看，我就不知道了！

聽到這裡，昨晚攝影無數的夏遜，已經按捺不住了，不怕“嫌疑”地舉起脖子掛著的照相機，說，我拍了金子小姐大特寫差不多一百多張！嘿嘿！

金子熱了臉，看了夏遜一眼，嬌嗔道，那麼多啊？很醜的一定要刪！

張張美！夏遜道，哈哈哈，最美的動作一瞬間，都拍下來了。

夏遜回憶昨晚回民宿後，洗了澡躺在床上，一邊看手機裡的數十張舞中的金子動作美態，一邊對她的仰慕情感不斷升溫，最後，終於壓抑不住，開始發微信給她，他將自己認為最美的她調亮、剪裁，連續發了五六張給她。然後問：

可以嗎？

金子回覆，很美，謝謝你。喜歡！

其他的遲些給你。照相機裡的要等回去後才弄了。

慢慢來。

沒想到我們的導遊金子多才多藝，也是大才女、大美人！太令所有團友太驚艷了！

哈哈，沒有啦，業餘愛好而已。

還謙虛什麼呀。

真的一般。

以後我們琴行發邀請。請妳做我們的客座舞蹈師，好不好？

別開玩笑了，我哪裡夠資格？

完全夠。我一直覺得昨晚沒看演出的是大損失啊。

言重了！夏哥哥。哈哈，今晚我準睡不著覺了。

昨天晚餐時妳失蹤，我好擔心，以為妳家出了什麼事。

是嗎？

是啊！

呵呵，怎麼會那樣？一定是你想多了吧。

金子寫道。寫者無心，讀者有意，夏遜一時不知如何回應，為自己的小心態不好意思。撇開話題，問，照片妳覺得拍得如何？

很美。謝謝夏哥哥。

我也比較滿意。人美，怎樣拍都美。

金子發了“害羞”的表情。

夏遜還想用文字聊下去，金子發來“晚安”兩個字，還有小公仔睡覺的圖案。

遐想中，車子已經停在太武公園外的空地上，大團兵分三路活動了。留在車子上或到樹蔭下休息的、只在太武公園看荷花活動的、跟著金子攀爬太武山的。

只剩下七、八個人進入植物公園了，兩邊的濃鬱樹木夾著斜斜而上的小徑，最多的是修長的竹子，有點凌亂，假以時日，公園工人剪裁修整，一定會是很美的公園。一路走上去，夏遜不時看到水池，出現在綠樹叢中，流水潺潺，水上漂著片片五色繽紛的落葉。最特別的是舊日的碉堡，居然還在，矗立在隱蔽處。據說有的還準備“轉身”做各種“展示館”。

那麼多碉堡？有多少？夏遜好奇地問金子。

金子說，整個植物公園占地面積約26公頃，碉堡多達三十個。將它們全部保留，和植物公園共存在，形成了金門這植物公園的最大特色，相信在世界上也是獨一無二的！在這裏可以參觀溪流展示區、天然展示區、碉堡展示區。

夏遜很感興趣，站在一座碉堡前，讓金子給他拍照做紀念。幾位團員走來，也要金子為他們拍。

金子拍過，說，植物公園正在收集華南地區和金門各種植物的種子，將來會是一個比現在更有參觀和研究價值的地方。

夏遜感覺四周安靜極了，聽得到鳥雀啁啾，溪水潺潺。十分悅耳。

他驀然記起了南北朝詩人王籍的那首《入若耶溪》，全詩是

“艅艎何泛泛，空水共悠悠。陰霞生遠岫，陽景逐回流。蟬噪林愈靜，鳥鳴山更幽。此地動歸念，長年悲倦遊。”

此時此刻，真有那種意境。他能記住的詩詞極少，但王籍成為千古名句的“蟬噪林愈靜，鳥鳴山更幽”他很喜歡，背得很牢，從而也就將整首詩詞大致記住了。

那幾位團友走得快，走到前面去了。小徑上剩下金子和夏遜並排走著。腳下踏著的是凹凸不平的石子路，夏遜的膽子有點大起來，內心產生牽牽金子的手的想法，但幾次猶疑，都鼓不起勇氣，到了勇氣有了，伸出的手，卻抓不住她擺動得很快的手。金子似乎有所覺察。

做什麼？

牽妳，路不好走。

我自己可以。

我的手反正空著。

哈哈。金子笑了，說，牽手，一般人看來比抱抱都大膽。

是嗎？

前面有團友，我怕他們回頭看到。

夏遜說，那妳走得小心些。

金子丟下一句意味深長的話，令夏遜這一次永遠忘不了了——假如有緣，總是有機會的。

將植物公園走了一圈，他們開始走出來，攀爬登山之路。

有多長？夏遜問。

三點五公里。太武山海拔不過262米，只是登山的路斜斜的。慢走就不大吃力。也許要半小時到一小時吧！

在起步點夏遜看到了白色的寫有“玉章路”的牌坊，頗為壯觀。上面有屋蓋，鋪上了綠瓦。金子向夏遜介紹牌坊的來龍去脈，原來劉玉章將軍1953年到1957年曾經擔任金門防衛廳司令，曾經建築到太武山東公路，還發動軍民挖了很多的地道和坑道，大大減少了八二三砲戰的傷亡。牌坊和公路的命名就是為了表彰他在這方面的貢獻。

一路走上去，他們看到了一塊高十餘丈的勒石，上面有四個大紅字“毋忘在莒”。夏遜的歷史知識不怎麼樣，知道那是有典故的，但不知是出自何處。金子解釋了一番，說是蔣介石總統於1952年巡視金門所題，意思是不要忘記“復國大業”，有關典故是，相傳戰國時期齊國被燕國連續攻下七十二城，僅剩即墨、莒二城為最後城池。齊國以莒城為反攻基地，在五年的艱苦歲月後逆襲成功，收復了失地。後以毋忘在莒比喻收復國土。

夏遜聽了沉思了好一會，說，今日形勢不同往昔，今天兩岸和緩，和平……

金子點點頭道，那也是的。

他們在不遠處，又看到了蔣經國先生寫的“梅園”兩個大字。從“毋忘在莒”巨石走上去不遠，就看到建於宋朝、迄今已經有700多年歷史的海印寺，寺前有鐘樓與鼓樓。據說那大銅鐘有750公斤重。一種肅穆的氣氛氤氳在寺廟上空，金子說每年農曆正月初九為“天公生日”，金門的善男信女，都要到此燒香膜拜，盛況空前。

金子又說，在八二三砲戰時期，這兒的建築估計也遭到了一些破壞。

她陪夏遜在海印寺周圍漫步了一圈，夏遜看到四周沉靜，渺無人影，心境有些落寞。想像著農曆新年人山人海的熱鬧情狀，可惜，自己那個時候不一定能再來，不然可以看到如同金門迎城隍慶典那樣的規模浩大的活動。

從海印寺慢慢步下山，夏遜方覺既然是金門島制高點，怎麼沒看到海？金子一愣，也認為自己疏忽了，就在剛才有條小路可以爬上去，忘記先上那兒。看看腕錶，時間還有，就催夏遜走快一點，那條小路很陡，大都是花崗石鋪就的階梯，但不很長，兩人氣力很足，好快就到了制高點，天地頓時開闊起來，海風呼呼刮得猛烈，晨早的太陽並不太熱，彷彿被海風吹涼了一般。金子站在風大之處，微褐色的秀髮在風中飄散，她嬌美豐滿的身材令夏遜看得心顫和喜愛不已，金子沒有覺察。

金子手指西北方向的陸地說，那就是古寧頭。著名的古寧頭大戰就在那裡發生。看到嗎？

夏遜接著說，看到。1949年12月，到今天也有半個多世紀了啊。

他愣愣地望著那突出的海洋的陸地，彷彿聽到半個世紀前的炮聲從遙遠的那方傳來，海水從淡藍色慢慢變成粉紅色，再從粉紅變成深紅，最初只是海中某一點，漸漸擴大、擴大成一片海洋……

風開始大起來。

他聽到金子在下面幾個階梯間喊他，趕緊走下來。

剛才喊了好幾聲，你沒聽到？

是的，不見一起上來的團友？

他們很快下去了。

時間到了嗎？

還沒有。

金子在自己的前面走著走著，夏遜不知怎的，又癡癡地想起那晚金子出色的演出，實在精彩！快樂的金子表現出她藝術天賦的一面，好性情、好品格、好人緣外，還有一副好身材、好舞技！

想到這一次參加旅行團遊覽金門，不久就要離開，無法很快再來，心中有很多的不捨，最不捨得還是前面走著的、他心愛的金子姑娘；第一次來金門見識和體驗金門的三大文化，收穫很大，除了瞭解自己祖輩的家鄉原來是這樣美外，最大的收穫和滿意，就是金門島乾淨、整潔，猶如世外桃源般的安靜、清純脫俗，但還有最大的收穫，也就是與金子這樣的女性相遇。她的陽光樂觀性格很是吸引他，他覺得遇見她之前的那些歲月，比起現在，蒼白得令他羞愧而不堪回首，而生命的意義，應該從遇見金子開始有更深的領悟吧。原來，女性居然是人類的寶貝、上蒼贈與大地子民的禮物和藝術品；沒有女性，世界會如同沙漠一般枯燥。他生命的色彩，自從和金子相遇，才開始閃光了。

她其實是知道他的，從言語，從為她拍攝那麼多，從老街賣手帕店鋪的老闆娘，到團友裡像鍾大姐那樣的團友，誰沒有開過她和他的玩笑，認為他們是龍鳳配、是絕配？是的，她是知道他的心意的，他，只是少了公開的表達而已，可是現代男女哪裡還需要那種傳統的卿卿我我呢？他也是開始知道她的，只是考慮中？帶團太忙不便有正式回應？他不愛那種愚蠢的少女；再笨的女子也不會笨到男人對她獻殷勤、有情意而麻木沒絲毫知覺！那麼，是礙於雙方的家庭背景？她有一位國民黨的父親而他有一位共產黨的父親？那麼，是在等著他說“我愛妳”這樣的表達？然今日今時，這樣的戀愛方式已經非常老土了……

金子依然在前面走，夏遜好喜歡她的美麗的身材，很想有一日能與她酒吧共醉，然後走一條寂靜的石子小徑，送她回家，藉著一點醉意，從她後面緊緊抱著她，緊緊吻她的櫻桃小嘴，永遠不要再分開。微微的醉意畢竟有客觀的合法理由，現在那樣光天化日，眾目睽睽，那是何等不合時宜啊。

對了，那樣重要的事怎麼忘了跟她說。

金子！

夏遜加快了腳步，與金子並排了。他們已經走到玉章路段半途，回程是“下坡”，自然沒有來時上坡吃力。

金子回頭。什麼事？

夏遜道，還記得你發給我的有關你祖父金勝昔在黃埔軍校拍的那張照片嗎？我早就轉給我老爸和阿母看。昨天他們已經有回音了。我老爸和阿母翻箱倒櫃，終於在我祖父夏磊的遺物——一大盒舊照片裡找到了與妳給我的同樣的一張，真是太巧了！我老爸還把那時祖父在照片背後寫的字拍攝給我看。我現在就轉給你吧。

金子聽到咯噔一聲，手機有圖文發進來了。

那張黑白舊照片比起金子一家擁有的那張更殘舊，多了幾條折痕。

還有背後幾行文字說明：

1943年2月我（右二）與同班同學金勝昔（右一）等同學，黃埔軍校十八期畢業，攝於成都北校場。

這時，兩人都停止了腳步，興致勃勃、緊張地觀看和研究夏遜剛剛轉給金子的照片和文字。夏遜和金子的頭，差不多碰了在一起，靠得是那麼近。炎熱的夏季，金子穿的紅色T型背心敞開了兩顆鈕扣，胸部膚色皙白無瑕，飽滿的兩團將上衣撐得繃緊，一種來自女性的體香煽動著夏遜的鼻子，一時間癢癢的，想到了深處，心兒狂跳不已。內心裡又狠狠地罵自己，我真該死！我真該死！

你祖父和我祖父竟然是黃埔軍校的同班同學！金子感覺很意外地說，真沒想到！

夏遜愣了一會，回過神來，說，真是太有緣了！妳祖父有跟妳說他過去的事嗎？

金子說，有啊，只是大略，詳細的我也不知道。我老爸最清楚呢。

夏遜說，我也得問問我老爸，老爸什麼都知道。我在大學讀書很投入，畢業後又忙於工作、創業，老人家的事我就關心得少，真是慚愧啊。

金子道，我祖父金勝昔很早結婚，一結婚母親就懷孕，第一年就生下我父親金不換。

夏遜道，舊年代都那樣，不奇怪，而且都是父母之命，媒妁之言。

金子道，1949年5月上海國軍戰敗，幾十萬人從上海乘船到台灣，我祖父就是其中一員。那年他才約二十五、六歲呢！而我老爸不過才兩歲。

夏遜佩服金子什麼都記得，他想等旅遊結束，回到廈門，再問問父親，過去了的往事到底是怎樣的？上一代又有著怎樣的故事？

不料金子問，夏哥哥，你祖父、老爸什麼名？你再說一次，我老爸還健在，喜歡話說當年，也許知道一些情況。

夏遜道，我祖父叫夏磊，1995年去世了，不過七十五歲。老爸叫夏鋒，剛從部隊裡退休下來。目前是六十八歲。

金子說，我老爸金不換現在六十五歲，比你老爸小三歲，也剛剛退休了，從部隊。

夏遜說，同樣是部隊，不過，你爸是國民黨部隊，我爸是共產黨部隊。

金子大笑，一樣的都是中國人、黃皮膚的中華民族。

談著、笑著，不覺將玉章路走了五分之四，快到太武公園了。

夏遜接過金子的話，繼續說，希望像抗日前夕一樣，為了打敗日本侵略者，國共再次來個大聯合！

金子驚異地望著他，問：大聯合？再次？

夏遜笑著，你我就是代表人物。

金子佯裝嬌嗔道，哦，我知道你說什麼了。你急什麼呀？

夏遜知道他的求愛暗示成功了，大為開心，感覺對方完全不反感，自己就有可能打贏這男女愛情的“硬仗”。估計目下太忙了，她沒時間兼顧談情說愛，相信旅行團解散後，她假如沒有緊接著的第二個帶團任務，給她時間，她一定會認真考慮，對找男朋友也許和他一樣，也是萬分投入的。那時，他就要和她，哼，不談則已，要談，就談一場轟轟烈烈的、纏纏綿綿的戀愛！想到此，他內心一片輕鬆，相信愛的田地，由他這隻牛勤奮耕耘的話，一定會長出茁壯的莊稼的。

上車了，夏遜想到了接觸金子多日，終於讓她明白自己的心意，情緒大好。

今天還遊覽了榕園、迎賓館等幾個地方，有團員要求購物，金子說，八二三展示館距離榕園不遠，帶他們先參觀八二三展示館，最後才到小型的商店去購物，團員們都聽話。

八二三展示館建成於1988年，開館時正是“八二三”三十週年，記得那年祖父金勝昔還健在，曾經帶老爸、阿母參觀過一次。

那時，聽祖父的介紹，是不太明白的，後來，靠看書、看資料、看展示館的圖文，才漸漸明白那是一場兩岸的戰爭，在對岸的廈門和家鄉金門展開，主要的武器是砲彈，雖然不像古寧頭那樣，在金門的古寧頭有一番刺刀見血的肉搏戰，八二三只是砲彈在空中的“穿梭”，但砲彈落地是要炸死人的，肉體之軀會粉碎會開花，會成為可怕的血淋淋的肉塊和斷肢……那時，她就不喜歡了戰爭，不知道為什麼在相對的和平時期，竟然還會發生那樣的大型砲戰，斷斷續續迴響在時空幾乎二十年。是不是因為金門距離中國大陸最近，台灣寶島距離金門很遠，廈門那裡，也就是共產黨也要拿下金門呢？她幼稚地問老爸金不換，老爸大笑，不是吧！哈哈哈，你大了就會明白的！就會明白的！

不久，她參觀了展示館，才弄明白了許多在她童年時期沒有弄明白的事。

展示館是白色花崗石的仿古建築，佔面積有一百七十坪，紅色柱樑，翠綠屋瓦，大門外兩邊刻有在砲戰中犧牲的五百八十七位官兵的名字，外面的空地上還展示當年的主力炮、戰鬥機和戰車；展示館用了不少圖表、實物、文字、遺物、文件、圖片、標本、模型等等演繹和展示了砲戰的始末。

金子最初每次帶團來，都認真從頭看一次，邊看邊解說，對台灣本島的民眾來說，他們對金門的歷史生疏，自然很感新鮮，聽得很專注，還問東問西；但對來自海外各地的團友來說，成分複雜，也不怎樣過問政治，一般都跟她走，多數馬馬虎虎地聽講。她猜測他們心中想的多數是"中國人打中國人，真是悲劇，要統一還是要怎麼樣，不是可以坐下來在桌面上談嗎？"對來自中國大陸的旅行團來說，常常內裡包含有幾個小官員或知識分子，他們不太出聲，但金子讀出他們那種不解和驚訝的表情。那好像在說"這是真的嗎，是不是宣傳而已？""啊，有這樣的事啊，怎麼我們都不知道呢？"據說，別的團，還發生了導遊和一些團員爭執的事情。從此，如果是大陸來的團，旅行社一定在事前問清楚，你們這一團想參觀八二三展示館和古寧頭展示館嗎？夏哥哥這一團，團員來自好幾個地方，沒有異議，就安排參觀了。

站在八二三展示館的門口，金子將展示館的內容和有關時代背景講解一番，就讓大家自由參觀了，一小時後集合。

就在這時候，手機響了。

金子一看，是老爸發來的微信，

現在走到哪裡了？老爸寫道。

金子回覆：帶他們參觀八二三展示館。

八二三砲戰的迴響

炮聲轟隆！

硝煙四起！

一聽到“八二三”，金子老爸金不換就有一種本能的生理反應，眼皮會一跳，渾身會抖一下。

他本來半躺在床上，欣賞著這兩天金子發來的幾張旅行團的大合照，還有夏遜個人的照片。他想，這金子是怎麼啦？發了幾張夏遜的照片，可是一字都沒寫。是不是有意思了，要我們做最後的表態？還有一兩張經過古寧頭北山聚落所拍攝的北山古洋樓殘牆的照片。

炮聲轟隆！

硝煙四起！

他想起了父親金勝昔跟他講過的故事：1949年5月從大陸上海撤退到台灣的父親，很快被派回家鄉駐守了，堅守的地方就在北山古洋樓一帶。在古寧頭大戰時，那座如今仍然看得到彈痕累累的北山古洋樓就一度被對岸的共軍佔領，還作為臨時指揮所，經過激烈的槍戰，才奪回來。那時他才十歲大，不知道發生過那樣激烈殘酷的戰事。幾十年後，他帶女兒小金子來看北山古洋樓，那幅被無數子彈穿過的牆，令女兒小金子感到好奇，問他，老爸，怎麼那麼多蜜蜂窩？

不是蜜蜂窩，是子彈和砲彈的孔！

小金子繼續問，子彈是什麼，砲彈是什麼？

他說，那是打仗用的東西。

小金子又問，為什麼要打仗？

孩子，妳長大自然就會明白。

1958年的八二三砲戰，這個北山古洋樓又遭炮轟，彈痕、炮窿又新添，難得的是儘管歷經槍林彈雨，屋頂禿了，殘牆花了，始終沒有倒塌成為一堆瓦礫。那時，父親依然堅守在這北山一帶，而他剛剛高中畢業，與母親躲在防空洞裡。

幾次戰爭都過去了，北山古洋樓就有意保持原貌，原汁原味地作為幾次戰爭的見證，也是古寧頭戰事最典型的標識。

1988年，八二三展示館落成，金不換就帶一歲多的小金子來參觀。

此刻金子說，她帶的團走進八二三展示館，金不換又想起了父親金勝昔說的故事和他帶小金子參觀當時剛剛落成的展示館的情景。

炮聲轟隆！

烽火連天！

那是另一種炮聲，日本飛機轟炸我大好河山的聲音。

金不換的老爸金勝昔回憶戰爭歲月時，跟他講過這樣的故事：

我的大同鄉夏磊與我從金門同安渡頭一起到廈門謀生，當時我還沒結婚，老夏結婚了，生了兒子夏鋒，他半開玩笑、半認真地說，我們來個患難婚姻好不好？如果你生的是女兒，我們兩家就結為親家，如果生的也是男孩，那就算了。沒想到我們金家，生的也是男的一就是你老爸金不換。第二代沒有緣……

我和夏磊各奔東西，我們在不同的地方都入伍了，但一直都沒能相遇，那麼巧，後來一起進入了四川成都的黃埔軍校，成為同學，而且讀兩年，一起在1943年2月畢業——當年同是第十八期的畢業生。記得我給你們看過一張黑白相片，可是老爸不知道藏在什麼地方去了？站在我左邊的就是夏磊。舊照片你們要找出來喔。

炮聲轟隆！

戰地沸騰。

老爸金勝昔繼續說下去：

那是以美國為首的盟軍飛機的大轟炸，那是國軍前進的炮聲。

日本人節節敗退，已經成了強弩之末，投降已經成為定局。我和夏磊被派到不同的戰場打日本，從來沒想到會在湖南的芷江匯合！真是太巧了啊。我們當初的心願，是在不同的戰場打敗日寇，保衛我們大中華！在不同戰場獻出自己的力量，就問心無愧了，見不見面都沒關係！誰都沒想到會在湖南芷江見面。那是1945年的8月21日，侵略我國土的日軍副總參謀長今井武夫一行八人到了芷江，與我國民黨陸軍司令部洽降事宜，陸軍總司令何應欽受降。我和夏磊雖然只是小小的兵，沒有資格見證那莊嚴的儀式，但卻在芷江那小地方重逢。見了一面又匆匆分開。

而後是國共陷入內戰的時期。聽一些戰友說，夏磊在一次和共產黨部隊的戰鬥中為對方俘虜，改造成解放軍，從此我們就沒能再見面了。1949年5月上海快要被他們拿下，我國軍戰敗，與數十萬人跟著大撤退，從上海搭船到了台灣，又輾轉被派到家鄉金門。

炮聲轟隆！

海浪激盪！

那是1949年10月從北平傳來的禮炮聲，那也是不到三個月，於當年12月從古寧頭戰役傳來的炮聲，從12月24日到27日三天三夜激烈的戰鬥，不斷傳來的激戰聲。我那時的職責就是在北山地區駐守。我真擔心遇見黃埔軍校同學也是老鄉的夏磊，萬一來一個赤膊相見、刺刀見血怎麼辦？誰活誰死？

幸虧歷史很有情，沒有讓他們刺刀見紅，子彈交錯。

……

這就是老爸金勝昔給他講的故事。

金不換想，這夏遜如果真是夏磊的後代，那也是天意，那真是太有緣了啊！

他想到這裡，已經忍不住，發了微信給女兒金子：

金子，阿公和夏磊是黃埔軍校的同班同學，沒有什麼疑問了。他們終於找出他們阿公的遺物，找出了那張老照片，和我們的一模一樣。這位對妳有好感的夏哥哥，應該沒錯了，正是他們的第三代。

金子回應，真沒想到。兩邊的阿公是鄉親，也是世交，還是同學！

金不換寫，最近我和妳媽商量好了，你們第三代的婚姻大事，自己決定，我們已經決定不插手。自由戀愛萬歲！

金子讀到老爸這一句，發出會心的微笑，嘿嘿，沒料到老爸竟然也會與她開玩笑。

哈哈哈，金子一連發了三個笑臉。

妳是不是也愛上他了？金不換進一步探索。

金子還是沒回答。

你不怕他是共產黨的兒子？金子反問。

哈哈，怕什麼。

金子又寫，老爸和阿母覺得他怎麼樣？

老爸寫，女兒喜歡，我們也喜歡。

金子又發了幾個笑臉。接著寫：我還要考慮考慮。

＊ ＊ ＊ ＊ ＊

夏鋒這一天終於也找出了老爸夏磊遺物中的黃埔軍校老照片，後面的文字說明重讀幾次，都令他和老伴驚喜萬分，感覺到世界上的事迷信的說法，是冥冥之中似有神明的安排；說得哲學一點，歷史潮流是滾滾向前的，人的命運是和大時代緊緊相連的，不可阻擋；文藝的說法是，無巧不成書，假如有天意，一定會讓美好的事成為現實。

這一晚已經是上床熄燈時分，但夏鋒的手中握住白天找出的老照片，興奮不已，對老伴說，阿公在世時，我印象中看過這張照片，就是不知道照片背後寫了字。更不知道照片內有乾坤！

老伴說，原來我們阿遜的阿公和金子的阿公竟然是同期畢業生。

夏鋒說，記得老爸也提過有個鄉親兼世交，沒想到他去世後，才有後續的故事。記得老爸那時還說過，還差一點指腹為婚哩，但生的都是男孩，沒結成親家。

老伴說，結果將在第三代身上應驗？

夏鋒哈哈大笑，上次我們討論過了，我們如果不怕再來一場政治運動，就不介入阿遜的戀愛和婚姻，讓他們自由選擇，自由戀愛。

老伴道，你想開就好。反正最後我都跟著你。你再次被揪出來鬥，我陪你，就做你的陪鬥娘吧，哈哈！

夏鋒苦笑道，罪名？

和國民黨結親家，娶了國民黨的女兒做媳婦！

聽到老伴這麼說，夏鋒大笑，道，我們都是行將就木的人，豁出去什麼都不怕了。未來畢竟是他們年輕人的未來啊！

說的也是。

如果訂下來，早點結婚，我們也會看到孫子的出世，那麼老了，都還沒嚐過抱孫子的滋味呢。

妳也太悲觀了，妳現在有多老啦？我擔心的是萬一文革又來一次而已。五八年老爸參加了八二三砲戰，在廈門打了炮過去，自己也受了傷，1968年文革，還是抓出來白天鬥、晚上鬥，要他交代為什麼以前參加國民黨的事，他說因為要抗日呀。七四年父子分開鬥，他被挖老底，我是因為藏了那張老爸留下給我的十八間的照片，罪名是“留戀舊社會的生活”、“準備翻天”，我們父子被戴上“反動父子”的帽子，一起遊街。

老伴嘆了一口長氣。

夏鋒說，阿遜什麼時候回廈門？

老伴掐手指算，快了。

夏鋒說，回來我們問問他的意思。

老伴說，還要問？我看他對金子滿意得不得了！

手續方便的話，我們過金門看看金子，順便遊遊金門。

現在比以前方便很多了。老伴說。

讓夏遜下次把金子帶到廈門也可以。

那也是，婚後，她可以協助夏遜的琴行，多一個授舞蹈的項目課程，請金子當舞蹈老師。老伴說。

想得美妳，只怕人家愛她導遊的專業，不願改行，那怎麼辦？夏鋒道。

老伴說，到時也不強迫她，由她自己決定吧！

哈哈，八字都還沒一撇，妳說到哪裡去了？睡覺吧！現在說得天花亂墜，到時金子面前，看你敢不敢出聲！

＊ ＊ ＊ ＊ ＊

夏遜在館裡轉了一圈，拍了不少他需要的照片，覺得如果真要瞭解一件歷史大事的來龍去脈，單憑參觀一次館裡的資料是遠遠不夠的，現在網絡發達，金門縣政府也印備了不少資料，就匆匆走馬看花，此刻見金子站在門口，就走出來，趁機和她說話了。

我阿公當時在廈門參加過打炮，也受過傷。他無奈地笑，對著金子說。

我阿公當時駐守在北山一帶，也受過傷。金子說。

真沒想到，他們四十年代還是黃埔軍校的同學。金子說。

1945年日本投降，聽老爸說他們在湖南的芷江見最後一面，從此天隔一方，沒有再見面。夏遜說。

金子問，我阿公金勝昔，1998年病逝，七十五歲。你阿公呢？

夏遜說，我阿公夏磊，也是七十五歲去世，不過他1995年就走了。

金子說，如果他們長命些，說不定會有機會見面。

夏遜說，或者兩岸早點三通，兩岸的人可以自由往來，那也是有機會見面的。

夏遜又嘆了一口氣，道，金門那麼美，留下不少戰爭的遺跡，看了難免心中沉重。

金子說，就是特別保留一些過去的遺跡，讓後來者，看到戰爭的殘酷，有空我還要帶你看看北山古洋樓被打得千瘡百孔的那堵牆。

夏遜說，這一次來不及沒關係，旅行團解散、我回去後，處理處理一些堆積的工作，如果沒事，短期我還想來啊。

金子望著他，驚訝而有點不信地問，真的啊？

夏遜反問，不歡迎啊？

不是。

那麼是……

遇我空檔才來比較好。

為什麼？

傻小子。

為什麼？

夏哥哥，你真不明白？

不懂。

我沒有帶團任務的日子，不是可以陪你嗎？

啊，妳真的要陪我啊？

大驚小怪的。

只帶我一人團呀？

不可以嗎？

我馬上給你叩頭啊。真受寵若驚。要不要收費用？

你別跟我開玩笑了。偶爾請我吃幾餐飯就可以了。

金子笑，雙頰酒窩現。很美。夏遜感到一種意外的收穫，好想捧起她那濕潤的櫻紅小嘴狂吻一番，表達他內心萬分的喜悅和感激。可是，現在光天化日之下，一會就有人走出來，如果以後有機會兩人行，那和現在的大團行是完全不同的，兩人行自由得多，可以隨心所欲，不像現在，時間、行動都受到不少限制，眾目睽睽，顧忌多多。

知道了什麼時候有帶團任務？

還不知道呢。

我倒是有點急了。

急什麼呀！

越快越好啊。

我們溝通好時間。

我們兩人行，就不能稱妳“導遊”了，妳成了我的“旅伴”是不？夏遜好半天才精選出這樣一個詞，面有得意之色。

哈哈，隨便你怎麼說啦！金子哈哈大笑，道，旅伴！好聽！親切！

說到這兒，團友們陸陸續續從展示館走出來。金子看看腕錶，時間都差不多了。也就和夏遜慢慢走到旅行車泊車的空地上。

金子問團友們看了展示館有什麼觀感。

車上一片沉默。金子相信大家看了那樣的內容，一定有許多複雜的感觸，只是一時不知道用怎樣的語言表達出來。她又耐心地等了好一會，還是不見有人出聲。好一會，不知是哪位鄉親說了一聲：

四十八萬發砲彈，打了四十四天，厲害，也太可怕了！

接著議論起來了：

我們金門遍體鱗傷！不可想像呀！

金門沒有被炸沉，好了不起啊！……

金子說，我那時還沒出生。我老爸阿母認識後，是八十年代結婚的，很遲才生育，一直到1987年才生下我。不過，八二三砲戰是金門人不滅的記憶，如今老人家談起來，還是談虎色變，心有餘悸，我們兩岸的老百姓都希望不要再發生那樣的事了！

是的！是的！

都是黃皮膚的！都是中國人！都是用方塊字寫字，有什麼天大的問題，不可以坐下來談？……又有好幾位團友發表議論。

＊ ＊ ＊ ＊ ＊

中午，吃飯的時候，夏遜匆匆吃過，神色有點緊張地手持手機，走到還在吃的金子。

不好意思，有事請教。

那麼急？

不會打擾吧？

不會啊，我也差不多了，你說。金子笑吟吟道，哪怕在吃飯，也不失美麗優雅的儀態。

我把一些南洋的美食給你看。夏遜把手機的一個大特寫給她看。

金子一看，說，上次你在得月樓展示館拍攝的吧。

啊，記憶力怎麼那樣好？

想知道什麼呢？金子問。

夏遜說，我上次把照片發給我廈門的小妹夏芬芳，她感興趣，來問名稱和製作法。金子聽了，不但一點都沒有不耐煩，而且還很願意似的，說，你問我其他的，我不一定懂，問這個，我以前有點研究，也有好幾樣試試製作過，有一些心得，知道多少就告訴多少吧。不過，現在時間那麼緊，南洋美食又那麼多，哪裡說得完呀？

太好了，也不是全部，南洋尤其印尼的菜餚、點心，種類花款那麼多，也不可能全部說得完和做得完，只是請教幾種而已！

好的。

夏遜開始按妹妹的要求求教金子。金子頭頭是道的回覆和解說令夏遜驚喜也萬分欽佩，知道了“一樣米養百樣人”，世界上的有本事人多，有時她的聰明程度，令你只好歸結於“天賦”，當然，“天賦”還需要“勤奮”去不斷誘發和挖掘，金子就屬於女性中的奇才。比如下列的滔滔不絕又一清二楚的解說：

呵呵，這一種叫“糯米雞肉卷”，雞肉是用煮熟的雞肉剁碎，糯米先如一般煮飯那樣煮熟。然後按照約三、四口吃完的規格，取糯米放在手心，再把適當的碎雞肉放進去做餡，最後將糯米捏成橢圓形狀。在印尼，是取一點香蕉葉條，稍微圈住，使其不致散開，也不粘手，可以稍微快速蒸一次，使其餡可以黏固。

這一盤歷史也比較悠久了，可以視為印尼的沙律。在印尼，如果用他們的叫法，就是"加多加多"。非常受印尼老百姓歡迎。加多加多的材料主要都是蔬菜，如菜豆、豆芽、空心菜、青瓜、豆腐、馬鈴薯等，除了青瓜直接切片不必蒸之外，其他都蒸熟，切細或切塊，如果需要加飯糰，那飯糰就得另外做，這樣還不行的，還需要以花生醬來攪拌，花生醬的做法比較複雜，現在印尼都有現成的賣，搗碎按分量，加熱水攪拌到均勻，煮一會就可以了。其成分主要是碾碎的炸花生仁、紅糖、醬油、紅蔥、辣椒少許，攪拌去煮，煮成糊狀就可以了，然後適量淋灑在那些雜菜上。

這一碟叫馬鈴薯餅。做法是先將馬鈴薯去皮，以水煮熟，然後搗成泥，加一點生粉，裡面的餡用熟的牛肉碎，捏成像雞蛋那麼大，不過是偏扁型。最後是放在油裡油炸，直至其外面變焦黃為主。

這是印尼炒飯，各地放的料不同，可以放蝦仁、雞蛋、辣椒、紅蔥等等，如果喜歡刺激，也可以放點當地人比較喜歡的蝦醬。這個東西有現成的，不然製作起來也很麻煩的。

……夏遜翻了手機好幾張美食大特寫，從名稱到製作材料和步驟，金子無一不知曉，夏遜最後搖搖頭道，少見那麼完美的一個女性。什麼都懂！

金子差一點噴飯，道，這個以前我感興趣，做過功課！巧合而已，不是什麼都懂啊。

浯島美食小館及其他

哥哥這幾天就要回來了！夏芬芳一邊在廚房裡忙著，一邊嚷嚷。

緊鑼密鼓籌備中的“浯島美食小館”大門緊閉，幾個工人在髹牆鋪地板，幾個工人在安裝座位，地上都是木屑、裝油漆的膠桶，一片正在裝修期間的狼藉。廚房倒是按照老闆夏芬芳的要求，率先完工，可以“實地實習”了。按照夏芬芳的計劃，她要辛苦一段時間，要把學到手的廚藝全部掌握，才可能授藝給主廚和副廚以及幾個女助手，他們熟練掌握之後，自己就可以抽身而退了。

老爸、阿母呀，味道怎麼樣？夏芬芳問；老爸、阿母坐在廚房隔鄰一間特別開闢的“賞味間”，專門被請來品嚐女兒夏芬芳製作的點心。大盤小碟裡盛著新鮮熱辣的馬鈴薯牛肉餅、糯米雞卷等美食。

妳也要感謝妳哥哥的詳細手機傳授，不然怎麼做得出來？阿母說。

夏芬芳笑道，那當然啊！已經謝謝他不知道幾十次了！不過，也不要忘了最大的功勞，還是我們未來的大嫂金子！她是最大的師傅呢！

阿母說，說得極是！這樣的空中傳授，一定比看書快！何況，食譜有時候還沒有呢！

老爸插嘴，金子實在是奇女子也！長得美之外，人品也是一流的，還那樣能幹，性情又樂觀陽光！世界上真找不到第二個呢！

阿母感嘆道，能夠做妳的大嫂，是妳的福分呀！可惜不知道他們之間怎麼樣了。老爸也問女兒，有消息嗎？有給你透露什麼嗎？

女兒在廚房將最後兩個蚵嗲撈起來，結束今天的"實習"和"備戰"，之後，親自端了炸好的蚵嗲出來。她對倆老說，試試這個，也是從金門那裡傳過來的，照哥哥微信上寫的做。上次我與他開玩笑，我說，哥，怎麼樣了？我們家庭有三票了，就等於全票通過了，全力支持你！剩下你自己了！開始進攻了嗎？我問他，他說，沒那麼快！零星的槍聲是時斷時續的有，不敢一下子用機關槍，哈哈。

老爸搖搖頭大笑，你們年輕人也真是！多麼可怕、不恰當的比喻！

阿母也附和道，機關槍還不把人掃射死啊？

夏芬芳也哈哈大笑，哥哥說金子長相和我有點像，我看金子比我好看很多。

阿母看了一眼，道，啊啊，你聽你聽，金不換！你女兒那麼謙虛啊。

老爸笑笑道，都繼承了我的性格。呵呵，如果夏遜和金子的好事成，我們就請金子也介紹一個好男子給你。阿母接著說，最好她也有個表弟或堂弟什麼的。

夏芬芳正色道，金子有個弟弟叫金贏！雙親聽了不約而同地大叫，真的啊？怎麼我們不知道？沒聽過阿遜提起。夏芬芳說，也許哥哥提過，是你們忘記了。老爸點點頭，可能。阿母說，太好了！我們只是說說而已，想不到她真的有一個親弟弟！長得怎麼樣？有相片嗎？夏芬芳說，正好有！老爸笑起來，什麼“正好有”？哈哈！一定是我們的小女也喜歡，愛上了，什麼都珍藏起來，自己慢慢欣賞？老媽說，說得是！妳應該像美食、點心那樣，也讓我們“品嚐”，是太鹹或太甜，就會把我們意見告訴妳，給妳參考參考，才由妳最後決定！

沒想到就在這時，夏芬芳，將手機點到一張照片，遞給她阿母老爸看，阿母叫起來，你看你看，芬芳什麼都有！金贏的照片也有！現在才給我們看！夏芬芳也大聲解釋道，不是的，金贏的照片也是哥哥剛剛在今天發來。老爸好奇地問，哥哥怎麼會有？芬芳說，是金子給他的。金子說，我有個弟弟長得蠻帥的，你給介紹介紹女朋友。哥哥就說，啊呀，我有個漂亮的妹妹，跟妳長得有點像，我把照片先給我妹妹看如何？就這樣把照片發來了。阿母說，原來如此，那麼巧呀。老爸問，妳覺得怎麼樣？夏芬芳說，看照片不會準，感覺是很帥，但帥有什麼用？人只是憑一張漂亮面孔，以後是要吃虧的啊！老爸問，這位金贏是大學生嗎？讀什麼科？夏芬芳說，他在台灣讀營養學，剛剛畢業，給一家公司打工。老爸聽了，輕輕地捶了女兒臂膀一拳道，又是天意！你開餐廳，他學營養學！哈哈。

夏芬芳搖搖頭道，不要玩我了。只是看照片，不要說八字沒一撇，連半撇都沒有呢！阿母說，我們都不迷信，都不講究看雙方八字，只要你們相愛，彼此喜歡對方就可以了。當然，年齡相當最好！大家都是金門鄉親，太難得了！夏芬芳雖然給兩老搞得啼笑皆非，但其實內心歡喜。在廈門幾年，追求她的人已經可以排至少十幾個人的隊伍，但都沒一個被她看上眼；一年年也就這樣過，她只比金子小一歲，和金贏同歲，小金贏幾個月。今天，哥哥從金門發金贏的照片過來，她第一道目光投視，心兒立即怦然一跳！他的悅目，不在於普通帥哥那種好看，那類千篇一律的帥哥，有的只是繡樣枕頭，供擺設而已，真實的人有時邪裡邪氣，有的溫弱不能幹，金贏的帥，帥在正派，國字臉屬於與哥哥同一型，帥在男子氣概，不像韓劇裡的所謂帥哥，十有其五都是女人湯丸，太奶氣了，像女人，卻又沒有女性美。正想到“有緣千里來相會”那句話時，阿母出聲了，道：芬芳，以後如果金子來廈門走動，我們也請金贏一起過來吧。

芬芳說，他人在臺北打工，不是說要過來就過來那樣簡單。

好久不出聲的老爸說，就不知夏遜和金子談得怎麼樣，能很快確定下來最好，順帶也讓金贏和夏芬芳見見面。想到兒子的性格，阿母說，你哥哥啊，就是那樣，太內向，對女孩子膽子太小，怕嚇著人家，內心一股熱情，雖然女孩子可以感覺得到，但如果沒有公開表示，人家都可以裝傻的。

芬芳說，哥哥雖然平時沉默寡言，但一出聲，都是一鳴驚人。他屬於儲滿智慧才出擊的人，可以以一當十。有的女孩子也很受落的。

阿母道，這，我就不懂了。芬芳安慰母親道，妳不用擔心的，現在的女孩營養豐富，荷爾蒙滿溢，大多數敏感，男孩不必說話，她們看行動，看男孩眼睛，都會知道是什麼意思，哈哈哈。不像我老爸追阿母妳，多麼辛苦，很久才追到手，把我阿母緊緊抱在懷裡怕飛掉。是吧，老爸。

夏鋒尷尬地笑，那些糗事都是陳年老賬了，不過說得也沒錯。我們那年代保守傳統，哪裡像現在年輕人那麼快，一跪二抱三吻四進房間五上床。

夏芬芳大笑，老爸，你太誇張啦，人又不是動物。你們放心，我相信哥哥會贏。我感覺金子對哥哥也蠻好感的。她什麼都知道的，只是忙帶團，不方便談情說愛。你們談戀愛長達兩年，他們才那麼幾天啊。

老爸笑笑，兩年，嗯有兩年吧？老爸看了阿母一眼，都怪妳阿母折磨妳老爸，妳阿母就是久久不願表態。

芬芳笑笑，阿母害羞嘛。今天請你們來品嚐“浯島美食小館”的點心蚵嗲、糯米雞肉卷、馬鈴薯牛肉卷……馬上就要在我們開張後賣了，都還沒聽到你們好壞的議論，倒是議論芬芳和金贏議論得津津有味。哈哈哈。

我各吃一個了，覺得不錯。阿母說。老爸也說，我還多吃了一個金門式的蚵嗲。太飽了，好吃！晚餐都不必吃了！但我很擔心，一些美食可能也有版權的，像這幾樣點心，兩樣來自印尼，一樣來自金門，會不會被人家控告侵犯版權呢？夏芬芳搖搖頭，不會的，不用擔心！這事我也問過哥哥，他說，很多美食，流傳開來，成為一個民族的共同財富，時間久了，早就沒有版權問題了。哥哥看過一些資料，其中一篇說到印尼第二大城市泗水，也早有人售賣一種叫OTE OTE的點心，裡面的餡大部分一樣，只有兩三種有變化，你們說，連名稱都那麼近似，究竟是誰抄襲或翻版誰呢？

老爸點點頭說，有道理。好吃，大家一定喜歡吃。

阿母問，開張日期定了嗎？

夏芬芳說，我想再和哥哥商量一下。也要等小館全部裝修好。

老爸問，妳哥琴行那裡怎樣？妳這裡又那麼忙。有人主事嗎？

夏芬芳說，我忙這裡的事，就交代一個主任，姓蔡，女的，蠻能幹，每天工作照樣進行，不受影響。

阿母問，什麼日子開張？日子定好了嗎？

夏芬芳回答，我得和哥哥商量啊。

一桌子的美食吃得差不多，但因為製作了不少，也還有剩下，看到老爸阿母胃口不錯，那麼喜歡吃，就到廚房取了塑膠盒子打包給他們帶回去。

她將剩下的蚵嗲、兩種印尼點心一一裝好，就說，小館有特色，我有信心可以立足。阿母說，資金有問題，我們可以支援，不算入股。夏芬芳說，不需要，哥哥有一點股份呢，我們本錢足夠的。

老爸說，我們祝福餐館客似雲來！

＊　＊　＊　＊　＊

乘著晚上沒事，金子又惦記著家裡雙親，團友們吃過晚餐回到民宿之後，她發了一個短訊給家裡，說要回家一下，看看阿母和老爸。倆老回覆她，他們好好的，沒什麼事，如果金子工作忙碌，不必回來也可以，來回奔波也很辛苦的。但金子執意要回家看看，也就領受她的一番心意吧。

回家看看也好，給妳一個驚喜。阿母說。

什麼驚喜？她問。

老爸說，既然妳要回來，回來就馬上知道了。

金子跨上摩托車，在金門平坦的公路上飛馳。什麼驚喜呢？想了很久，沒能想出來。回到家，約莫是晚上八點鐘光景。爸媽為她開門，她抱住阿母親了她額頭，然後也輕輕地抱了老爸一下，拍拍爸爸的背部，倆老又回到沙發上坐。

幾天功夫，妳都忙瘦了！阿母懷著憐愛的心情。

金子一邊反問道，有嗎？一邊走到浴室，站在洗刷台的大鏡子前照照自己的臉，自摸幾下，大叫，媽！我感覺不會瘦啊！就這個時候，她從鏡子裡看到藍色的浴簾裡傳來了蓮蓬頭噴水的聲音，大駭，驚問，誰呀？裡面沒回答，她迅速從浴室奔出來，大聲叫，嚇死我了！浴室怎麼會有人？是誰？倆老掩著嘴笑，阿母說，還會有誰？你小弟呀！

啊！金贏回來了？什麼時候回來？金子再衝進浴室，對著金贏說，怎麼不關浴室的門？金贏說，家裡又沒其他人，我不是拉密浴簾了嗎？我擔心老爸小解急要進來呢！金子嬌嗔佯怒道，你在浴簾裡靜靜不出聲，要把我嚇死啊？金贏道，我本來還想悄悄地，赤身裸體地從妳背後撲過來哩！金子搖搖頭道，老天！想法那麼粗魯可怕，怎麼給你介紹女朋友呀？金贏哈哈大笑起來，開玩笑！開玩笑！不要那麼認真好不好?

就在這個時候，那本來拉得密密實實的浴簾，伴隨著金贏一句“我跳出來了”突然“且”一聲響， 嚇得金子趕緊掩住臉，別過去，逃出浴室，大叫，瘋漢來了！瘋漢來了！她往沙發就是一坐。

小弟怎麼變得那樣瘋狂？金子說。

阿贏跟你開玩笑而已，阿母為兒子辯，金贏是文明人，不會不穿衣服裸跑的。

哈哈哈，金子咯咯咯大笑，這個我知道。都到了找女朋友年齡啦！不會老長不大！

姐，我先換好衣服，馬上出來跟妳聊聊。你今晚不回去了吧？

你回金門老家都不打個招呼？

金贏弟一會就走到客廳，站在金子跟前仔細端詳姐姐金子。然後在金子對面的沙發坐下來。

姐，妳越來越漂亮了！工作那麼忙那麼累，一點疲態都沒有！一年三百六十五天都是大美女一名！

金子開顏，兩頰的酒窩綻開。她喜歡弟弟的讚美。被讚的女性，就像晨早的花兒，有了露珠的滋潤，顯得分外嬌豔。

要是找到的女朋友有姐姐美的一半，就感天謝地了！

嘿嘿！你那樣捧姐姐的場？快樂得我分不清東南西北了呀。怎樣嘉獎你呀？這樣好不好，給你介紹一位酷似姐姐的女孩。

金赢露出孩子般好奇的表情，真的啊？有嗎？

怎麼沒有？金子將手機的相簿很快拉下，找到自己需要的，然後對著弟弟揚了揚，說，這還不有些像？

金赢霍地彈起，走過來道，我看！哇哇！也有這樣的，不是有些像，而是很像！我還以為是姐姐呢，她的額頭寬寬的，很像姐姐，只是笑容不太一樣，姐姐笑起來很甜，她笑起來也美，只是少了一點甜。

這樣啊？金子笑得前俯後仰，你多買糖仔給她吃呀。

哪裡人？姐姐。叫什麼名字？

夏芬芳，人在廈門，與你同歲。你大她幾個月吧。

姐，人家哪會要我？

金子搖搖頭，怎麼這年代生產的都是比較膽小的男生？仗還沒打已經繳械投降。難怪剩女越來越多。這也是原因之一喔。

姐怎麼認識夏芬芳的？

阿母聽到走過來說，你姐帶團認識的一個男生的妹妹。那男生不斷給你姐拍照，對你姐挺好感的，姐也沒有拒絕他。雖然還沒公開說你歡我愛，關係已經很曖昧。

阿母的一番形容和總結，聽得金子咯咯咯大笑，覺得她這個阿母真可愛，也頗有趣。

金赢一聽夏芬芳是廈門的，當場心涼了大半截，覺得遙不可及，非常洩氣。老爸見他的表情那樣，說，有緣千里來相會，現在金門廈門兩地來往非常方便，可以跟著姐姐到廈門看看她。

老爸，誰說女兒要過廈門了？金子說，我只是跟你們透露一點消息，不過還沒確定，不要隨便外傳啦。

什麼？阿母最先走過來，老爸接著和金贏也趨近金子，父母坐在她左右，弟弟彎腰在她前面，三個人洗耳恭聽，情緒興奮中有點緊張。

夏哥哥他在這次旅遊團隊行程結束後，很想自己一個人再來。金子很平靜地說。老爸和阿母聽了，都“啊”一聲，然後不約而同地說，真的啊？那好啊！

暫時還不知道我們公司有沒有新的團要接，不過即使有，我們也有好幾位導遊可以輪班和輪休。最好是沒有，這樣我好安排。不過也沒關係，再接一兩個團最好，他回去也要休息一下，安排好他琴行的事，總不能馬上再來，那也太急了。

太好了！太好了！阿母說，只要有機會再見面，再在一起，那就大有希望了！

那時，就可以請他到我們家吃餐便飯了！

老爸說，在家覺得拘束的話，我們也可以到外面餐廳去吃。

金子沒有出聲，只是雙頰起了紅暈，感覺一陣陣灼熱。以後夏遜來金的日子，一定是單槍匹馬；她陪夏遜再遊金門，不再是一個女導遊帶一個旅行團的行程，而是一個女的和一個男的兩人世界的愛的故事了。

儘管活在二十一世紀的新時代，她認真說來，還未曾和一個陌生的男子拍過拖。從她接觸中，她都感覺到，夏遜大她那麼多歲，可是對女孩，完全沒什麼經驗。他內心的對她感情的火熱，其實她是感覺到的，如果她不是裝傻，不是大智若愚，她也過早投進去，兩人早就焚燒得剩下灰燼了啊！幸虧，雙方都適當地克制，以致下來還有餘裕進行一場又一場的充滿期待的男女接觸高潮，共唱一首愛的神聖禮讚。

想得深了，自己發笑。突然聽到金贏問她，什麼時候過廈門？結伴同行好不好？金子說，我也不知道，要看工作空隙，要看機緣，看需要，目前很難說呀。金子反問，那你在金門幾天？什麼時候回台灣？金贏說，這一次金門假期五天。主要就是探望老爸阿母。金子說，看來即使我們過廈門，也沒那麼快吧！你假期到期，還是要先回臺北一趟。

就在這時，突然客廳裡的人聽到了按門鈴的聲音。

金子看看牆上的鐘，八點半。晚上這個時間，會有誰來訪？

阿母動作快，起身走到門口，將門打開，一看，原來是金子任職的旅行社的王經理。阿母說，請進。王經理問，老金在家嗎？阿母說，在呀。

客廳裡的金子見到上司，大吃一驚；王經理見到金子，也很驚愕。

王經理！金子打招呼，真稀客呀！

金子！怎麼在這裡見到妳？不是和團友住在珠山的民宿嗎？王經理對機構職員每天的工作安排瞭如指掌。

金子回答，平時是的，今晚回家探望爸媽，那麼巧，一年沒見面的小弟也從臺北回金門看爸媽。

說到這裡，站在一側的金贏和王經理握握手，算是打招呼。由於生疏，金贏說了句“你們談”就進房間去了。

我來，不好意思，那是無事不登三寶殿，王經理哈哈一笑，但沒想到妳在場！

我需要迴避嗎？金子問。

王經理沉思了好一會，說，也沒必要吧。

究竟什麼事呢？金子觀察王經理的表情，似笑非笑，嚴肅中露幾分笑意，輕鬆裡卻又有一種不易察覺的認真，想秘而不宣卻又似乎勢在必行。

妳的問題很嚴重！王經理打開了公事包，取出了裡面一疊厚厚的文件，往沙發小幾就是一甩，不過不是“重重”那種，而是不徐不急地。

這些資料都是有關妳的！我們旅行社創立十年了，還未曾出這樣的事啊！

聽到這裡，金子的老爸和阿母倆人都同時“啊！”了一聲，都呆了！

金子聽到這裡，沒有出聲，只是微微笑著，睜大了眼睛，望著王經理。

惜別水頭碼頭

再長的旅遊行程，也有最後一天；再不捨的心情，也得彼此道別和分手；再密切的真摯友情，也要揮手；再甜蜜難忘的相處或再深刻的默契期待，也許沒有接吻的證明，還達不到愛情的深度。

午後三點多，金子已經在水頭碼頭給大家派票。看著一頭汗、長髮束成馬尾的金子，一臉笑容，帶點跳躍的輕快步伐工作著，一人單幹，沒有助手而效率奇高，誰都欽佩她。

吻別是最好的禮物。

夏遜很想擁抱她，吻別。

可是他不能，周圍那麼多人。不過，檢票和進安檢前，團友們除了幾個大叔不好意思外，男男女女，都一一擁抱了金子。男的擁得輕，彼此拍拍肩背；女的抱得比較緊，親親左右兩頰；最熱情的是如鍾大姐這樣的粉絲，彼此抱成一團，沒有空隙。啊，終於輪到夏遜了。兩人站在約半米遠。

金子望著夏遜；夏遜也望著金子。深情、猶豫。

見夏遜沒敢，金子趨前，盛開雙手抱了他，左手攬腰，右手伸向對方的背部。夏遜高度高過金子約八釐米，雙手抱住她的背部。彼此用的力都很輕。時間關係，很快放開。

在相抱的一瞬間，夏遜聽到金子的聲音在他耳下響，好像螞蟻在鳴叫，我知道那最長的意見書是你寫的。

啊？什麼？什麼？

沒什麼。金子不透露來源。

什麼時候過來廈門？他問。

你不是還要來一次金門嗎？

是，一言為定。

我做你導遊。

好！就這樣定。

金子看到夏遜眼眶下有淚滴；夏遜看到金子眼睛裡也盈滿了淚。

雖然沒有吻別，只有禮儀上的抱別，也是別離在即算情深了。當然，最好是吻別，只是團裡沒人如此，如在大庭廣眾下如此，雖然金子不會如初見那樣象徵性地給他兩記輕輕的耳光，但眾目睽睽又何苦呢？

從安檢處過了關，夏遜約十步一回頭，第一次回頭看，金子還在外面的候船處向他揮手；第二次回頭看，金子仍在外面的候船處向他揮手；第三次回頭看，金子仍在外面的候船處向他揮手……

然後，當他的視線給一堵牆擋住時，他就看不到她了。他不知道她還站在那老地方不，也不知道她還向他揮手不？只覺得一陣嚴重的失落感向他襲來。

夏遜在以往的生命歷程中，從未被一位少女如此深情送別，一時感動得好想哭，至此才明白這個世界無限美好，也明白為什麼令人如此眷戀了，大部分人都希望多活一些日子。人與人的感情有時就是這樣的可以意會而無法言傳，特別是男女之間那種愛慕的感情，常常只是從一個動作，一個表情就勝過了千言萬語。他好嚮往那種境界，在無言語中表達和完成最深刻的愛情告白。

夏遜一個人坐在候船處的長椅上，周圍都是團友，可是他渾然不覺，朦朧眼花間彷彿看到金子坐在他對面的長椅子上，一手抓手機，一手在看他發給她的、他為她拍攝的照片。當他想喊她的時候，她突然一溜煙地不見了，聽到的只是，乘三點“和平之旅”號的旅客排好隊，準備上船啦！他再次感到失落感，好像有什麼寶貴的東西留在金門了，仔細一想，那是他的一顆心，對她的心，留在金門了。

他猶如行屍走肉地排在下船隊伍中，思念金子的情緒猶如一縷縷強韌的絲線網捆住他，令他渾身乏力。有人說這就是相思病了。

他上了船，望著船外的海水在波湧發楞。渾渾噩噩中，手機響，有人傳微信進來。一看，是金子的。精神頓時一振。

船開了嗎？

剛剛開，妳真準時。

在做什麼呢？金子問。

沒什麼，好想念一個人。

沒有回音。對方只發來三個公仔表情，前兩個是笑臉，第三個是睜一眼閉一眼的表情。

夏遜也回以三個公仔表情，三個都在流淚。

金子寫：哈哈！又是一個微笑的公仔表情。接下來寫：不是還要來金門嗎？

就是還不知道什麼時候。

等大家都空的時候。金子說。

剛才妳說什麼知道最長的意見書是我寫的？

啊呀，夏哥哥你還裝傻呀？

越說我越一頭霧水了。

金子把那晚她拍攝的“意見書”發給夏遜。

此刻的她已經坐在所屬旅行社的辦公座位上。隔著玻璃不遠處，就是經理室，裡面坐著王經理。金子剛剛給夏遜發出那張她匆匆拍攝的照片，回想起那晚王經理到她家裡的情景，原想背著她給金子的父母親表揚一下金子這次帶團隊表現的，萬萬沒想到金子竟然在家，只好將計就計地改變了初衷，覺得這是大好事，早點讓金子知道也沒什麼，也許還更好，對她積極工作有利。金子最初心情有點兒緊張，因為王經理其人平時缺乏了幽默感，真沒想到用一種開玩笑的方式將事情始末告訴她。那晚的情景又如電影畫面一一掠過——：

……妳的問題很嚴重！王經理打開了公事包，取出了裡面一疊厚厚的文件，往沙發小幾就是一甩，不過不是“重重”那種，而是不徐不急地。

這些資料都是有關妳的！我們旅行社創立十年了，還未曾出這樣的事啊！

聽到這裡，金子的老爸和阿母兩人都同時“啊！”了一聲，都呆了！

金子聽到這裡，沒有出聲，只是微微笑著，睜大了眼睛，望著王經理。

王經理彎身趨前將二十九份“資料”又抓回，遞給金子說，妳坐下來，慢慢讀，那樣的好事我們公司從來沒有發生過……金子抬頭看了王經理一眼，心中有了一種預感。

王經理說，這也不是什麼秘密了，給妳看沒關係。你一份一份地讀，然後我把好消息告訴妳。

好的。金子迫不及待地將那近三十份的團友“意見書”——實際上是“表揚書”放在腿上，一份一份閱讀起來。表揚信有的寫的很簡單，只有幾行，有的比較長，那份短的：

金子小姐太好了！太棒了！是我參加旅行團到海內外最稱職的導遊！

這一份是沒有實例支持的，有的沒有太多誇獎的話，只是一兩句，但真摯發自肺腑，令人相信當時那個場面是很特別，也很罕見的：

那天晚上，雨很大，團友鍾大姐腿疾發作無法走，金子背起她衝進大雨中，那個場面很多團友都看到了！真感人啊！金小姐太偉大了！

最多的文字是這樣的：

金小姐為行銷金門、推薦金門不遺餘力，為金門爭光，是金門好女兒！

這樣的建議，讀來不能不心跳：

建議公司應該給那樣完美的導遊晉級加薪，為她加油！人才是個寶，我們應該好好珍惜！

最後讀到的六七百字，比較起來算最長了，寫得非常詳細。不但讚美金子將金門的幾乎所有景點“溫習”“備課”得很好，而且讚美金子待團友非常友善，如同自家的親人，讚美金子性格陽光、開朗而樂觀，品德上佳，談吐絕對正能量，正面影響著團員每日旅遊的好心情,助人為樂（舉出帶生“蛇”的八十歲女長者到衛生所，並協助回程；大雨中背起腿突然出問題的鍾大姐等等具體例子），還欣賞和表揚金子的能幹，多才多藝，業餘文藝演出，讓大家大開眼界，藝術分享，甚至連金子的美貌、得體外表都一一毫無顧忌地讚美了！……

這樣的“意見書”（表揚書）用打字打印出來，真是十分認真，用心良苦，不是那個有心人夏哥哥，又會是誰呢？

當時看到此處，她就問王經理，可以拍下來嗎？

可以啊。

以後我們公司只是需要一份副本，其他原件全部送給妳做紀念。

她由於激動，只是拍攝了這份最長的。而且拍得不甚清楚。當全部看完，金子滿身的熱，一股又一股熱浪衝擊著她的心，雙頰泛紅，上衣有點濕了，眼睛彷彿起霧。

王經理接過她看完的表揚信，對她說，這件事妳完全不知道嗎？

她說，不知道啊。那些黏死封好的我們旅行社問卷，我明天準備交給公司呢，沒想到公司提前收到了這些意見書。

王經理說，大約下午時分，你們遊覽我們旅行社附近的景點的時候，旅遊巴司機送過來的。

金子說，哦！這樣啊？

王經理問，妳帶的團明天結束吧？

金子說，嗯。

休息一兩天，到公司我辦公室來。

有事？新任務？

不是有團友替妳想得周到嗎？——晉級加薪。

真的啊？

金子激動地站起來，彎腰握住王經理的手，後者不好意思，也站了起來。

在長沙發上一直坐著看局勢的緊張氣氛漸漸峰迴路轉、變成喜劇收場的金不換和老伴，剎那間也霍地站起來，伸出雙手，握住王經理的手，連說，謝謝，謝謝！都是王經理栽培得好啊！

……金子想到此，正要再發一個訊息給夏遜的時候，夏遜把一篇文字發過來了。那是一個文字檔。金子點開看，約有六七百字，正是那晚她拍攝的唯一一張。原來，夏遜的表揚信正是用手機打字，然後讓一家餐廳的老闆傳到電腦打印出來的。現在夏遜傳給了金子，下面附了他寫的一行字"給妳做紀念"。

金子發出會心的微笑。

這時，王經理從玻璃窗看到笑著的金子，從他的辦公室打電話過來：笑得真開心。不忙的話現在進來一下。

＊　＊　＊　＊　＊

從金門的水頭碼頭到廈門的五通碼頭，不過半個多小時的海程，夏遜從"和平之旅"號踏上五通碼頭，覺得金門之旅彷彿在一瞬間就結束了，感覺非常失落。一步步走，彷彿還在金門的水頭碼頭走著，看到金子在向他揮手。那個情景可能會一直延續到歲月的永遠和生命的盡頭，猶如淡褐色的木刻橫在他眼前：

從安檢處過了關，夏遜約十步一回頭，第一次回頭看，金子還在外面的候船處向他揮手；第二次回頭看，金子仍在外面的候船處向他揮手；第三次回頭看，金子依然在外面的候船處向他揮手。美麗的微笑綻開在風中……

金夏假期

炎夏過去，進入涼涼的秋季。

夏遜居然為廈門琴行業務事情多、又開了一個分行、協助妹妹夏芬芳“浯島美食小館”的開張而忙得團團轉，無法很快踐約到金門一趟。

金門的金子自夏遜那個團走了後，又馬不停蹄地帶了九個團，期間只是休息了兩次。那些團友有從台灣島臺北和各小城鎮來的，有從香港、馬來西亞、印尼、文萊等地來的，時間上從兩三天到四五天不等。

夏遜和金子一直用微信保持聯繫，一直未能確定夏遜再度來金門的時間。兩人都喜歡用文字聯絡，文字畢竟涵義豐富，留有很大的想像空間，也容許對方想清楚了才回答；不像電話直來直去，不容停頓和思考太久，雖然對方的聲音可以釋下自己平日久積的思念，但缺少了文字亙久的回味。

坐在辦公室的夏遜愣愣地望著牆上數字大大的日曆。

日子在一張張的日曆被撕下中飄逝。

不斷有女職員敲他的門，遞上學琴小朋友的申請表。如果看了資料和照片覺得合適，他會喚屬下將報名的小朋友和家長請進來。

一對母女走進來，坐在他前面的兩張椅子上，他問了幾句，打了勾，說，錄取了，下週開始上課。母女歡天喜地走出去，就在這時，一條微信打進來。

夏哥哥，忙了三個月！十月沒有團，老闆可以給我放大假，你那邊呢，有沒有什麼特別的事？如果有空，你可以過來了。

夏遜大喜，說，太好了！十月，我可以！

金子說，那你可以申請簽證了。

好的。

老闆從上個月開始，給我加了底薪，昨天還正式提升我做導遊部的主任。

那太好了，祝賀金子，發財又高升。公司給你開慶功會了吧？

拖到昨晚才開，不是慶功會，是表揚會！在一家酒樓請了兩席，公司二十幾個職員大部分都到齊了。

一定非常熱鬧，發幾張照片來看看。

金子發了大合照、敬酒、三五好友合影的照片給夏遜。夏遜一會發了大拇指（稱讚）和鞭炮、一盆鮮花的表情圖案過來。金子發雙手作揖（表示感謝）的表情給他。夏遜回覆用文字：我到金門再好好為你慶祝一番。

好，我先忙，再聯絡。夏遜又說。

金子回想昨晚公司為她開的表揚會，真是熱鬧，激動的心情一直到現在都還未平復。任職的這家旅行社，開了不過十年，就未曾嘗試過為表揚一位導遊而那樣隆重其事；當然，根本上，旅行時也未曾有過一次收到近三十封表揚某一位導遊的信，這必然給旅行社帶來極大的榮譽。金子身體力行，做出表率，對公司是有極大正面影響的。昨晚，老闆還請來報館的一位女記者，她對金子的事蹟進行了人物專訪。金子的謙遜低調令那位記者對金子印象特別好。採訪報導今天未見刊出，估計最快也得明天吧！

* * * * *

“浯島美食小館”開張這一天，夏芬芳和夏遜足足忙了幾天。開張這一天八折酬賓，所有賣的，都被掃得精光。

十點打烊落下鐵閘門後，夏遜、老爸、阿母還在小館內協助收尾工作。阿母幫忙夏芬芳數錢，幾個請來的店員，正在掃地、拖地板，一會就要換下工作制服，下班了。

夏芬芳數完錢，嘆了一聲，道，每天這麼多人就好了！夏遜道，有招牌貨，也有大眾化的簡餐，而且不斷地更新，一定會保持比較穩定的食客的。

夏芬芳說，哥，你厲害啊，琴行最近又開了一家分行！夏遜說，我們缺乏好的老師。目前只開了鋼琴、小提琴和吉他的班，如果金子以後變成你阿嫂，我想讓她擔任舞蹈老師授課，那我們琴行的業務就更加蒸蒸日上、如虎添翼了！只是不知道她的意向如何？夏芬芳說，是啊，她導遊做得出色，也許會不願意放棄呢？她舞蹈真的跳得好嗎？夏遜說，太棒了！不會輸給專業人士啊！

夏芬芳聽到“阿嫂”兩個字，頓時感起興趣來，問夏遜道：究竟談得怎麼樣？有眉目了嗎？夏遜說，沒有啊。我不敢太急，她一看到我比較熱情的用語，便匆匆巧妙地躲過。不做正面回應，常常把話題扯到別的方面去。

夏芬芳笑道，真的很怪，你們都那樣小心翼翼，為什麼？

夏遜說，沒什麼，也許覺得淡淡的更能耐久耐磨，感覺會更好吧！

夏芬芳大笑，你這裡已經你阿嫂、你阿嫂地志在必得，她和你又完全未確定，情節究竟會如何發展的呢？

十月之行，就可以最後分曉。我過去玩，進一步接觸瞭解，估計問題不大。將來她也可以約台灣的弟弟金贏到廈門一趟。金贏的情況上次都跟妳說了，可是為妳度身訂造的！

去！什麼度身訂造啦！哥量過？

哈哈哈！

時間不早，夏鋒和老伴站起來，一起拍拍夏遜的肩膀說，我們支持你去，能和金子將事情定下來最好，你年紀也不小了，大她七八歲呢，不好再拖下去了。沒問題的話，就快快把事情辦了！

* * * * *

秋季，樹上的枯葉開始飄零的時候，夏遜心頭上的春花漸漸鮮豔起來。

簽證早就辦好了，隨時哪天走都可以。臨近動身那一周，他的內心一片朗天麗日，每天都出太陽。他當然希望一周的行程，不需要像大團那樣太趕，最好是慢節奏一點，帶度假的性質。金子明白他的心意，草擬了一個簡單的計劃，重點就走一走他沒去過的地方，她可以每天陪他。

計劃看了，很好。妳辛苦了。

夏哥哥，不辛苦。你為我做了那麼多，應該的。

依然住民宿吧！夏遜說。

是的，已經替你訂好了，靠海邊，依然在金城區。

那很好啊！妳辦事，我放心。

本來，可以住我家的，就怕你拘束。到時再找個時間來我們家，看看我的老爸和阿母。

好的！

沒有帶團、沒有旅遊雜務煩心的金子，心境顯得一片安寧，說話口氣很溫柔。夏遜感覺她似乎多了一份矜持。只是不知道是否因為對他才如此？

一會，金子問，你看要不要給你這次的金門度假計劃一個命名？

妳看就叫《金夏假期》如何？

金子看著微信上的這四個字，頓時兩邊臉頰發熱，不出聲。

夏遜再寫：有意見嗎？妳做我導遊，就該寫上。

隨你吧！後天我到水頭碼頭接你，幾點鐘的船到時提前通知我。

好啊！

這一夜，簡單準備行裝後，匆匆洗澡，夏遜躺在床上，想到不到二十四小時，就要見到闊別三個月的朝思暮想的金子姑娘，幾乎失眠了。在幾個月前她帶團的日子裡，她那種若即若離的態度痛苦地折磨著他的心，有時，還在有意無意間化大為小，化整為零，那才叫他著急。外表快樂開朗的金子，誰會想到對愛情如此謹慎呢？那樣好的金子，如果追不到手，真是他人生的一次大失敗。他在內心鼓勵著自己，加油，努力，絕對不要放棄。也許金子喜歡的就是和風細雨式的，而不是快刀斬亂麻式的。啊！自己真沒用，活了三十幾年，什麼困難都不怕，怎麼就會敗在一位比自己小八歲的美少女手中？越想下去，夏遜越是不甘心，就不相信比人家遲了十幾年才真正追女孩的他，白白地延遲了日子，一切都付諸流水，白費了光陰？三十四歲的他才看上非常滿意的一位叫金子的金門女孩，上蒼難道有意捉弄他？大學時期，他看到同學都是一雙雙一對對的，好壞都被選光了，自己喜歡的只有暗戀的勇氣，一直希望有一天他的勇氣令他從暗戀的狀態變成大膽追求的狀態，結果那位他屬意的女孩的男朋友假期從外地來找她了，給他深深的一擊。不過，老天也很公平，等了那麼多年，給他遇上的金子，那麼完美，將以前見過的女孩，哪怕是顏值很高的大學校花都比下去了。雖然沒有任何調查，他完全明白她周圍是沒有追求者的，即使有，也被她一一拒於千里之外了。如果自己勇氣足夠，他完全有信心打一次漂亮的勝仗。他也相信，她對他絕對不反感，甚至會給他一次又一次的機會，接觸考驗，看看他的誠意和表現。如果他已經盡力，這一次失敗了，暫時不再找了。金子是他心目中的天使，捨她還有誰足堪媲美？當睏意襲上來，他在迷糊中看到金子笑吟吟地向他走來，喊著親密的稱呼，夏哥哥、夏哥哥……

金門那邊廂，在同一個午夜，金子躺在床上，也無法很快入眠。明天，喜歡、深愛著她的夏哥哥就再度踏上金門的土地。她已經答應做他一個人的導遊，這已經是一種重要的表態，如果不喜歡一個人，大概可以回絕的。一個人的導遊，不收一分錢的費用，那是不把他當遊客的意思，完全當他是朋友，甚至是好朋友看待。在她三年的導遊生涯中，何曾答允過、做過一個人的導遊？如果認真細究起來，一個人的導遊就有點曖昧的味道，難道不是。這，他難道也不懂嗎？就不相信一個男子在追女孩子當中智慧會那麼低？這也很難說的。有的男子就是患了愛情的遲鈍症。不過，他的老實，還是需要進一步考核的，乘著這一次的再度來金門，我非要好好考他不可。還有，三十四歲沒有對象，就很令人懷疑和困惑！是沒有女孩要他，還是他的要求太高？尋找完美的女孩？我金子，可能就是他心目中的標桿？妳金子認為他怎麼樣呢？金子想到此處，臉龐發熱。啊，答應做他一個人的導遊，而且有至少一周的時間，會給他製造多少機會啊。

* * * * *

三個多月前金門水頭的依依惜別，還在腦海裡盤旋；三個月後的再見會是一種怎樣的情景？金子到水頭碼頭接夏遜的時候，在家對鏡子著實細緻地打扮了一番，可以說比平時多花了一倍的時間。最重要的當然是臉部。做一個團的導遊的時候，她為了方便，是將頭髮束成馬尾的，嘴唇不敢塗抹得太厚太紅，臉上敷上的粉也只是薄薄一層，但今日已經不必面對三十幾個人了，她想怎樣都不必顧忌了。於是，嘴唇塗得比往常紅了，臉上的粉也比平時厚了，差不多完成了，她不放心，又多次照照，似乎有看不過眼之處，思索很久，才發現了鏡子裡的女孩不像她！這個問題很大的，平時的金子人人都說很美，一旦不是金子，那還可以叫美嗎？還是還原成以前的金子比較好吧！何況要見面的人不是一般的人，是很有心追求她的人呢？她趕緊以紙抹掉嘴唇那過分的紅，輕掃臉蛋上的粉。鏡子裡的她又恢復成以前淡妝的她了。她挑了條白綢上衣加粉紅長褲，覺得有點俗氣，開衣櫥挑選了很久，最後選了一條連衣花長裙。花長裙很特別，每一塊不規則的色塊都好似縫接，實際上連線都是印上去的，樣子新穎，長度過膝，典雅大方。配上解放的、散落下來的、帶點波浪的深褐色柔柔長髮，實在不同往日了，在浴室的半截大鏡子前照，照不到下半身，最後走到大客廳一側的落地長鏡站住，左轉轉，右轉轉，看瘦腰，看圓臀，覺得控制在理想中，也覺得整個形象都會令人耳目一新，點點頭，OK。既然已經看得出夏哥哥想和我談一場未必轟轟烈烈、但一定要甜甜蜜蜜的戀愛，我就要把最好的形象給他吧。

在廈門的家裡，凌晨，夏遜起得很早。頭髮是半個月前理的。這個時間理髮正是時候，日子不長不短，頭髮也不短不長。頭髮太長，像希癖士、長髮飛；太短，像土八路、傻大叔，他都不喜歡。見面的十幾天前理髮，就可讓頭髮保持在適當的長度。除了頭髮外，他在臨走這一天早晨也才發現，唇上和下巴的髫鬚全然因為工作忙，竟然沒刮！髫鬚這玩意，有人長得很有型，特地留下，打造成性感類型，像他那樣長短濃稀不一的，必須“斬草除根”，否則太噁心。再說，也許有機會和金子接吻呢？太堅硬的鬚刺豈不是要刮傷和刺痛金子嫩白的臉嗎？他抓起電動剃髫鬚器，很快地在唇上和下巴轉磨了一圈，被剃之處，很快留下了一片青。他自摸了一下，像被硬刷子刷過的感覺。好在我剃了，不然她一定會被刮痛，完全抵消了被吻的舒服感覺。哈哈，夏遜罵了一句自己，不害臊啊！膽子那麼小，還談得上吻到她嗎？不過，如果我夏遜不怕被打巴掌的危險和恥辱，就不管三七二十一用強的來了！在碼頭接我的金子會是怎樣的打扮，在那兒等我呢？

船在他的遐想中還是慢慢地向水頭碼頭靠岸了。夏遜的心情驟然有點不安和緊張起來。當他走到入境大堂，視線已經飛越那些海關人員，看到金子在外面的空地上向他揮揮手。他也激動地向她揮揮手。一會怎樣是合適的見面禮，怎樣的第一類接觸，怎樣的肢體語言，已經容不得他去預想，一切都是隨性，都是順其自然。說前一次的離別情景仿如昨日，那是印象很深；說三個多月的離別像三年那麼悠長，那是因為有所思念，沒有她在身邊的日子，每一分鐘都變得那樣索然無味。凡事經歷過，才覺得要珍惜；凡人接觸過，才覺得重要，在生命裡不可或缺，金子堪稱他生命中的天使，激活了他第二次生命的所有細胞，清除了他所有的軟弱和死氣沉沉的元素。只是天使不知道罷了。

他笑著、極其興奮地向她走來了。

金子也笑容如花地迎了上去。還有約十米遠。怎麼辦？只是一般的握手嗎？未必太生疏吧。都知道彼此的心意，陌生的

握手，不是太生分了嗎？那麼讓他來擁抱自己？他必然缺乏那樣的勇氣！一般男子都會很顧忌女方，生怕女方的不喜歡。何況夏遜是那樣內斂的男性，太擅於控制自己。那麼，還是由我主動，輕輕地擁抱他一下，比較好啊，也符合三個月來無數微信來去的熟悉氣氛，好的，就那樣辦。就在夏遜有點手足無措的時候，金子已經撲進夏遜的懷中，雙手向他的身體做出了環抱的動作，頭部就依靠在他胸懷上，她的頭髮就剛好抵到他的鼻端。他索性將半張臉斜放在她頭部，嗅聞那香草的氣息。他的手，一隻繞過她的小蠻腰，輕輕攬住；一隻伸過她的背部，輕輕地拍著，金子柔軟的肉體雖然有一層衣服隔著，但背部有一大塊裸露著，夏遜的手擱在那上面，一時心顫不已，有一種叫“胡思亂想”的念頭猛然襲來又飄逝而去。沉浸在突然幸福泉水中的夏遜知道美好的瞬間不珍惜不抓緊，很快就要飛逝，閉著眼睛享受的時候，也時刻留意金子身體的異動和拿捏，她一旦想睜開和結束，他就放手。這種天作之合是驚人的默契的，於是，兩人就在同一秒裡鬆開了。

彼此站著，對視。

夏遜看得癡了，稱讚道，今天特別美。

真的嗎。金子禁不住喜悅。

和平時不同呢。夏遜又讚。

不是一樣嗎。

是不是因為做一個人導遊的關係？

也許吧，沒那麼多約束嘛。

不見有三個多月了，我算了一下，整整一百天呢。

一百年才好呢。

什麼意思？夏遜問。

我的意思，一百天那麼短，你能等一百年才好呢。

哈哈，一百年小兒科，我可以等妳一萬年呢。

那時，我們都升天做仙人了。金子大笑，咯咯咯很悅耳。

水頭碼頭說再見，真的又再見了。金子又感嘆道。

不說再見最好，不說再見必然是天天在一起，天天相見了。

相抱一幕如預料的那樣，周圍沒有人驚訝好奇，他們都當這是普通的見面禮節，西風東漸，已經屢見不鮮，再說，也有相愛中的情侶久別重逢，事屬平常啊。再說，男女摟抱有很多種，他們進行的是最一般的，連左右貼頰都缺。此刻，他們已經走到碼頭外的馬路上了。

金子說，摩托車把頭髮吹得像一撮亂草，還是車子好。我今天駕車。時間還早，我們先到明清老街看看，然後再到陽翟老街走走。

金子駕車，夏遜坐在她右側，胸中藏著萬般激情，彼此壓下千言萬語，反而一路沒話。

車子終於在金門城（舊金城）北門的空地上停住。

從明遺老街到陽翟老街

石頭砌成的城牆，如今依然站立在那兒，慢慢爬上去，不高，俯望古厝紅磚綠瓦，靜無人聲；四周青草萋萋，再遠處，田野阡陌，種植著一些農作物。

有多久了？夏遜問。

金子說，以前東南西北都有隘門，年久失修或遭到破壞，都修補重建過。

夏遜說，想不到金門的歷史也蠻久的。

金子說，下面這條明遺老街有六百年的歷史了，兩邊的房屋少說也有四百年的歷史，被稱為“台澎金馬第一街”，那也不簡單啊。

夏遜問，有多長呢？

金子說，很短，只有一百三十五米長。

他們下了城牆，開始走明遺老街。一條古街，兩旁都是相連的店屋，大都已經沒有人居住。夏遜在這空無一人的古街上走，彷彿時光倒流六百年，走在明朝的街道上。他想像著那時候，這條街道必然十分熱鬧，漁獲、農產品、各種各樣的商品都集中在這裡交易，被老百姓稱呼為“賣菜街”，熙熙攘攘，一片熱熱鬧鬧的景象。

他把他的想像和猜測敘述出來，問金子，是不是這樣的呢？

金子笑道，你太厲害了，還真的給你描述對了！

後來為什麼沒落了呢？

金子說，說來話長，金門城當初是明太祖朱元璋1387年命令江夏侯周德興建造的，因為形勢險要，他就題了“固若金湯，雄鎮海門”八個大字於城門，這就是金門名稱的來源。從一條交通要道變成商業中心，到了清朝康熙年間，因為天災人禍，舊金門損失慘重，總兵陳龍就以損壞嚴重為理由，將政治中心轉移到後浦，這兒就從商業區變成了住宅區，民國五、六十年代，人口外移的多，這兒就更加冷清蕭條了。

夏遜慢慢走，有些房屋，他還走進去看了看，他發現這些矮房子都相連而建，一間連著一間，就問金子，怎麼會那樣？好特別啊。

金子說，金門和廈門一樣，常常鬧風災，掀屋拔樹，非常厲害，這樣連建，就會比較牢固。

夏遜大讚，有道理，古時候的人就那麼聰明。

金子問，怎樣？喜歡這樣的地方嗎？

穿梭時光六百年，感覺不錯。我們走在這樣的古街就成了歷史人物了。如果我們在那時候認識也是不錯的，省得現代那麼多煩惱。

什麼煩惱？

表達。夏遜說，我在這條古街走著，迷糊中好像看到有個古代女子在前面賣傘，突然間，大雨來了，有個男子跑上去，要跟她買下她籮筐裡的最後一把傘，那女的說，我只剩下一把呢。怎麼辦？我說，這樣吧！不用買了，就一起用吧！我就撐著傘，送她回家，再後來……哈哈。

笑什麼？

那女的就是你，男的就是我，那時候，他們不需要任何表達的，不是嗎？

輪到金子笑，夏哥哥，你好會想像哩。但，那時候賣的是油紙傘，那裡有現代的縮骨傘方便？

我的意思，他們不需要用語言表達，就明白對方了。

原來如此，其實，你已經表達很多了，我都一一記得。

有嗎？

不知不覺他們一路談，一路看，一百三十五米的老街就走完了。

金子問，還要走一次？

夏遜道，好的，十次都不怕的。

屋子都空空的，沒什麼好看，不會悶場嗎？

哪會？看和你一起走的是什麼人。

好的，你喜歡，多少回都可以，我陪到底，呵呵，只是，我們還要到陽翟老街看看，那是"金夏假期"行程裡列出要去的老街，太遲去，天就黑了，天一黑，什麼都看不清楚了呢。

好的。我們在此再走一次就可以了。

金子想到了什麼，說，這老街一般遊客很少來，主要他們看過更古的東西，已經不覺得稀罕了。但其實金門是小島，歷史這麼古，比較特別呢。

整條街沒人，秋季的涼意從附近一些樹上飄落的葉子感到，從田野吹來的風感到，從身上沒有汗的感覺感到，夏遜忽然感到這樣各走各的，好像反而有點兒不自然，他也好想學人家那樣牽牽手，真白活了三十幾年，除了作為親人的母親和妹妹，他就未曾牽過任何陌生女孩的手，他突然下決心今天一定要實現他的"處女牽"，暗暗地希望金子也有默契，配合他完成這男女關係的大突破。偏偏金子與他並肩走著，雙手不時插進衣服的口袋中，若無其事。他如何順其自然地完成這美麗的經典動作？實在苦苦思量，煞費苦心，手掌幾次有意無意間碰撞到她的手腕，她都似乎沒有察覺。其實心領神會的她那裡會那麼傻？大智若愚的她早就發現了他的異動，只是不動聲色而已。她覺得在這沒有人影的六百年古街，有點不合時宜，難道是要做給歷史看？歷史的烽煙已經消逝在偏遠的角落；那麼，做給古代的人看，他們早成為紙面上的人物。牽手在現代社會，成了比見面擁抱還親密的一種男女關係的象徵，從這點來看，有點非同小可。不需要那麼急吧！金子想了很多，又想到我既然已經稱呼他夏哥哥，那麼也不要讓他太失望，我可以將手扶放在他的手臂部，這可以解讀為扶持兄長的意思嘛。

一不做，二不休，金子將自己的手從口袋裡抽出，把左手掌伸進夏遜的臂彎，就輕輕地抓住他的手臂。對他說，這樣不是蠻好嗎。

夏遜沒有料到她有此一著，頓時感到有一種親人的感覺像血液那樣輸送到心間，令他感到從來沒有過的暖意。這種感覺完全與妹妹和媽媽小時候給他的不同，說不出的感動和喜歡，多麼希望這只他朝思暮想的手永遠不要移開。

這樣好，這樣好。夏遜說，走起來我們倆都不會跌到了。

一百三十五米的明遺老街來去終於走了四趟，似乎只是幾分鐘間。

上車了，徑自往金沙鎮的陽翟老街開去。

金子說，你看到、走過的老街五、六百年了，如時光可以倒流，歷史可以複製，我們就可以看到明清時期的市井老百姓走來走去。

夏遜說，我們也就成了古人。

金子說，那你編造的故事就可以參加表演。

夏遜問，什麼節目？

不就是《賣傘》，或叫《共撐一把傘》！

《共撐一把傘》好！

你當大主角，我做你的小配角。金子說。

金子姑娘才是呱呱叫的大女主角！夏遜大聲叫，不容金子謙虛退讓。

金子咯咯咯大聲笑起來，等時光真倒流再說呀！

汽車在金門平坦的柏油路上行駛，兩邊的蒼翠的樹木不斷地向後倒去。秋季了，風呼呼地在耳朵旁掠過。

夏遜看金子衣服似乎有點單薄，還袒露兩臂，關心地問，冷嗎？

不冷。金子笑笑地看了他一眼。

我給你披上？夏遜就要把剛才自己脫下的外套給她披上。

不用，真的，我要駕車，不方便的。金子又說下去，一會我們要去的老街，也曾作為金門前線的大後方，熱鬧一時，現在也非常冷寂了。相信沒有人希望時光倒流到那最熱鬧的時候。

為什麼？

仔細想就明白的，因為時光倒流到最熱鬧的年代，也就是兩岸戰事最頻密的年代。那時，十萬阿兵哥駐守金門，到處都可以看到他們的行蹤。砲戰結束了，阿兵哥撤出了，這兒作為休閒地帶功能也消失了，金門成了今天一塊淨土，不是很好嗎？

當然好啊！

看你很睏的樣子？昨晚一夜沒睡？睡一會吧，到了我叫你。

不睏，昨晚確實沒睡好。

為什麼？金子問。

激動、興奮呀。

為了什麼？為了再次來金門，還是為了再次見金子？金子也不客氣，非常有把握地單刀直入地問他，看他怎麼回答？

金門美，如果沒有人情美，就不會令人那樣想念。金門因為金子的存在而令我日夜在想念中。不敢說謊，為了再見金子多一些。

聽到夏哥哥一本正經地好像在念詩一樣，金子又是咯咯咯笑個不停，讚了他一句，夏哥哥你真老實啊。

沒一會，陽翟老街到了。正是秋季，下午的太陽光正在鬆軟無力地斜照在這一條沒有人影的老街，地面上乾乾淨淨的，但給人一種久久沒有人氣的感覺。印象最深的還是那街道兩旁許多店鋪插著的青天白日旗、蔣介石的頭像和“反攻大陸”的標語。非常矚目，也遺留下當年戰爭期間的種種印記和痕跡。那些已經空無一人的老店鋪，那些老招牌，那些陳舊的用詞和文字，都透著舊日的濃厚氣息，發出過時的氣味。例如，什麼龍陵浴室、陳清吉洋樓、第一郵局、理髮店、照相館等等，都是半個多世紀前的簡陋、殘舊格式和模樣，最妙的是細細觀察櫥窗，還有日本的“KODAK”膠捲，躺在厚厚的灰塵上。不少商品廣告就直接繪畫在商店的殘牆上。

夏遜和金子走著走著，不時看到了不少店鋪，敞開著門，但裡面已經沒人，最有歷史味道的就是商店的外觀，和五十年代的南洋、廈門大小城鎮的那種簡陋外觀和裝飾並無二致。他們一間一間地進入，又很快出來。

金子說，當年阿兵哥休息期間，就愛到這條街理髮啦，看電影啦，買東西啦，有的阿兵哥因為長期服兵役，長期過戰爭的生活，沒有什麼娛樂，沒有接觸過女性，聽說在這條街也有一些“特約茶室”開設，他們需要排隊買票的。

夏遜好奇地問，“特約茶室”，名稱好別致！就是像日本的慰安婦一樣的嗎？

也不盡然，她們是半自願的。

啊，真是長知識了！金門真坦白，什麼都可以展示！

是的，沒有戰爭，這樣的行業也不會存在，那是最好的新世界。

走過陽翟老街，不時看到一些密集店鋪之間的間隙，光線突然一亮，有驚鴻一瞥般的綠光閃入，走進去，居然是一片美麗的青綠色的田野。通向田野的殘牆歷經歷史的硝煙洗禮，倒有一種經典的滄桑美，值得慢慢欣賞和咀嚼。有些老牆，紅磚斑駁，很硬；有些綠藤，很軟，覆蓋在屋頂上，由上垂下來，紅綠對比強烈。走到盡頭，就是一派安寧的農村田野風光了，非常詩意，感覺上甚至還有幾分世外桃源的味道。

再走回陽翟老街，看看店鋪，有的屋頂，繪工精細，一眼就知道是金門縣的標誌；有的老房子可能重修過，但功夫了得，假得真時假亦真。不像一些老街，充滿了商業氣息，重修後看錢份上，嗅出來的不是什麼懷舊味道，而是銅板的味道了。陽翟老街的味道，是戰爭大後方慵懶的味道，荒涼、久遠，彷彿被許多人遺忘在歷史某個不起眼的角落。

感覺到什麼啦？又是一番時光的倒流吧？金子問。

今天大半天就從明清穿梭到民國六百年。乘了你的時光快車。

好的，收穫不小啊！我們再到金東電影院看看吧！

好！夏遜回應一聲，金子見他還在專注停住腳步看一家商鋪的內裡，似乎被什麼所吸引而沒有較大的反應，就進來拉了他的手道，我怕天快黑了呢，快走！這時候，夏遜感覺到有一支柔軟的手觸及皮膚，觸電一般震了一下，回頭望望金子，她很不在意，自己卻有點小氣地珍惜，也不客氣地很快地回握她那隻晰白、暖呼呼的小手，趕緊出了鋪子。那金子急中沒計較，兩人就很自然地牽手到了金東電影院外十幾米遠的空地上觀看電影院的題字。在那一刻中，夏遜感覺成了世界上最幸福的人。他牽過金子的手，不過是十次有十次都在夢中；現實生活裡，這是首次。

好看嗎？

真好！五個字很有型，很有風格。

知道誰寫的嗎？

于……

于右任先生。

電影院是1960年臺北的張祥傳議長捐款興建的，目的是為了慰勞官兵，常常有電影放映，也請過康樂隊來表演……每次都滿座。

金子邊介紹，邊問夏遜要不要進去看。夏遜看過資料，大約知道六十年代的電影院沒有什麼特別之處，裡面是平面的長方形，哪裡像近半個世紀後的今天？就說不進去了。

站在金東電影院前空地的金子這時候才發現她的手和夏遜的手牽得很久而且很緊，怎麼會這樣？她遂有點羞澀地將手輕輕扭動幾下，慢慢自他的手掌中抽出了；夏遜感覺到了她的手正在慢慢退場，也不強勉，任由她的動作，自己覺得適可就好，不要過快地運用手去無聲地說話，反而往往欲速則不達。金子是與其他女孩不同的，她性格陽光樂觀開放，但男女關係絕不隨便。他很明白。她的咯咯咯笑聲是各種快樂語言的藝術綜合，她的罕見的沉默卻是深沉的海洋，引人入勝，語彙豐富，不易解讀。

回程天已黑。

他們途中在金城鎮一家小食店吃牛肉麵。吃過，時間還早，金子送夏遜到金城靠近海邊一家民宿，將行李搬進租的房間，跟管理的李姐打了招呼。

民宿環境很好，獨立一棟，有不小的前院，和上次住的有點相似，但不同的是地點靠海邊，前面空曠，海浪陣陣，發出沙沙沙的聲響。夜天漆黑，坐在院子裡就會感覺到海就在附近。夏遜想，金門真美啊，要什麼有什麼，除了那些矗立雲天的摩天大廈。海，就是運用不完的資源。坐在民宿前方露天的院子裡，那靠背的笨重木椅子，雖然舊了點，但乾淨舒適。四周無聲，夜天黑黑，星星眨眼，旁邊只有心愛的人——金子陪同，心事如縷縷亂麻，塞滿胸腹，真不知頭在哪裡，又如何抽出，連接到哪一頭。夏遜想道。金子望望夏遜，看到他頭低低的，若有滿腹心事，知道他又在想她，想表達他內心對她的愛意，其實，無聲的語匯、肢體的動作、眼神的暗示，已經不需要什麼愛的陳詞濫調了。這個夏哥哥比我大八歲，難道戀愛經驗那麼少？那麼愚蠢？估計都沒有什麼追女孩的經驗，今晚不妨放大膽子捉弄他，也藉此瞭解一下他的戀愛史，本女孩雖然既往不咎，不是變態的愛情潔癖主義者，卻也認真講究的，不好有太多的污點，尤其是那些身經百戰的老狐狸，本姑娘最為深惡痛絕。哈哈，這位夏哥哥只是癡長我那麼多歲，不會是那號人吧。好，開始探探他吧。

金子問遐想中的夏遜，在想什麼？那麼出神。

沒什麼，夏遜回過頭來，搖搖頭，彷彿要搖掉表達的苦惱，清醒一下腦袋瓜子。

好像想說什麼？金子又問。

想說，又沒想好該怎麼說。夏遜答，深情地望著她。

雖然在朦朧的夜色裡，彼此面目不甚清晰，但憑第七感，還是感覺到對方的一舉一動的含義。

其實很多話是不需要說的，不少語言在實際行動中失去了比較的力量。

那麼有哲理和深度啊？夏遜回味著金子的話。

比如，你過往的歷史中，有沒有對一個女孩真正說出“我愛妳”三個字呢？

夏遜搖搖頭，確實沒有。

我就不相信囉，高中、大學加起來至少有七年，一般人大學畢業都在二十二歲到二十四歲，夏哥哥在外面工作至少就有十年到十二年，你說最初打工，難道沒有女同事，向你表示心跡？後來自己創業，難道沒有女職員向你獻殷勤、送秋波？哈哈！就不相信夏哥哥那樣清心寡欲，清湯白飯、進入脫俗境界喔！哈哈！

夏遜靜靜地聽，一陣又一陣的內心狂跳，金子首次把話說得那麼長，真是厲害而聰明，簡直是三管齊下，既是一種輕鬆氣氛的開玩笑，又是一種咄咄逼人的追問瞭解，更是多多少少在意他的情史的長短和繁簡度，作為她是否接受他的參考。久久對他釋放的善意不動聲色、沒有表態的金子，原來在這方面不是情感型，而是很認真的。這讓夏遜對她更增添了一番愛意和志在必得的決心。當然，自己一點都不害怕，三十幾年的他，乾乾淨淨地走過來，視女性為水做的，從來憐憫珍惜，不用髒手隨意污染，更何況他愛的金子，更是他心目中聖潔快樂的美麗女神，他自問聰明不如她，但愛情的堅韌和毅力，他相信自己，最後可以感天動地贏得美人歸。既然她發出巧妙的問卷了，自己就如實作答吧。

哈哈，讀高中時期，不知情為何物，只是對女生好奇和感興趣而已。

有“我們一起追的女孩”嗎？金子追問。

夏遜笑道，妳相信嗎？真沒有。暗戀的倒有。

她知道嗎？如果知道，就不算暗戀了。

她一直不知道，後來名花有主了，我也就不再喜歡誰了！只好轉型讀書，幾乎科科第一。

大學期間呢？

大學更慘。那些男生手段都很高強，長相也比我帥！都是近水樓台先得月，長得比較好的女生，一下子就被搶光了！

哈哈哈！我看夏哥哥帥！一定比他們帥！怎麼那麼自卑呀！一定是夏哥哥技不如人，太老實吧！有些女孩喜歡男生哄，夏哥哥可能太真誠，女生就撒不了嬌，於是，你就戰敗了！

金子厲害了！什麼都一針見血！

工作後呢？

這種事真還要講緣分！在此這前，我始終都沒遇上自己喜歡的。

在此之後呢？有目標了吧？金子看著他的臉，只見夏遜的臉慢慢轉向她這邊，久久不語，反問她，不是說行動才重要嗎？

看過韓國片、許秦豪導演的《八月照相館》嗎？

夏遜搔搔後腦勺，搖搖頭。

金子說，才出品沒幾年，我是在臺北看的。男主角是韓石圭，不是太有名氣，女的是沈銀河，好漂亮。

也許我們廈門沒放映？也許放了，可是我沒留意。有影碟嗎？

我有，我找一下。不過，你在民宿，不方便看。或者，哪天到我家吃飯的時候，就在我家裡看。

這樣好！

金子簡要地把電影劇情介紹了一下，特別強調，那部電影的對白很少，都是靠畫面說話，電影的男女主角沒有向對方表情達意，但行動就完全很充分地讓對方知道自己的心意。自從看了這部電影，我知道，真正的愛情是不需要對白的。金子感嘆地。

太經典了！夏遜點點頭大讚。

月華微弱地斜照下來，給大地鋪上了一層朦朦朧朧的銀色。夜涼如水。

夏遜看到椅子那邊的金子今天穿了沒有袖子的連衣裙，臂膀袒露著，走了過去，將還拿在手中的男裝長袖從背後給她披上。

我不冷，習慣了，最愛這種秋季氣候。金子說，不過沒有拂逆夏哥哥的好意，任衣服披著。

這時門兒響了一下，是李姐從民宿走出來，端了兩杯黑咖啡。

晚上可以喝嗎？李姐怕他們不習慣。

金子說，我們都可以的，謝謝李姐。

對了，你的故事還沒講完哩。金子說。

夏遜搖搖頭道，不是講完了嗎？

打工時期和自己做老闆時期，難道都沒有看上的，或者沒有女孩追嗎？

哈哈，怎麼說才好？我看上的，人家不要我；追我的，我不喜歡。夏遜說。

金子咯咯咯大笑，真有趣，好像捉迷藏呢。

你喜歡的，有沒有向人家表示？金子又問。

沒有，都是暗戀。

啊呀！你這個怪人！不表示人家怎麼會知道呢？

夏遜一時無語，覺得男女之間的事有時好麻煩的，也許參加戀愛學習班一年也未必會掌握這一門特殊技術呢。

夏遜反問，妳的故事一定很精彩？一部長篇吧？

金子說，哈哈哈，哪有呀？短篇都不是。我的故事太簡單，幾句話就結束了。在金門讀中學的時候，周圍總是圍著幾個對我好感的男生，我都沒理睬。

大學呢？

在臺北讀大學時，一心要把觀光學系讀好，心無旁鶩，果然，天不負我，我以最優異成績畢業，我也沒有理睬那些獻殷勤的男生。何況，一個拒絕的回合，他們就舉械投降，耐心大大不足，追女孩哪裡會追成功？

原來如此！真沒想到妳身邊竟然是一個空檔！

哈哈哈，你想繼續說，給某人留下了大好機會，是嗎？

原來妳不傻，而且大智若愚哩。

你我故事都講完了，我們下去到海邊走一圈好嗎？金子說，現在才八點呢。

好！要不要跟李姐說說？

金子說，不用，她大門沒鎖，金門治安好，夜不閉戶，沒事的。

金子牽著夏遜的手，說，這兒下石階、石頭小路，都有些凹凸不平，不好跌倒，你跟我走。夏哥哥心生感動，覺得這

雖然是安全的牽手而已，但距離愛情的牽手剩下一步之遙了，喜孜孜地伸出去，一旦握住對方，就不再輕易放手。握住女性的手不是小事，尤其是金子的手儘管做了那麼多事，依然柔軟滑膩，猶如抱住了她的身體，感受了她全身脈搏的跳動，夏遜感動不已。交往那麼久，這一刻算大突破了。

秋夜，海風漸漸大起來。沙灘的白依稀可以辨識，海水在遠處波湧，黑夜將海平線和天際模糊了界限，近處遠處都渺無人影，樹木成了黑黑一團站在海岸線一邊。金子牽著夏哥哥的手，慢慢地下了二十幾級石階，走在沙灘上，站在某處，金子對海那邊指指點點，說那方向是什麼，那另一個方向又是什麼……秋季，真的有點涼意了。金子的手鬆開的時候，她左側的夏遜，就將右手掌搭到她裸露的右肩膀上，本來感覺有點兒涼颼颼的肩膀被夏遜厚實有肉的手掌一覆蓋，頓時大為溫暖，她也就沒有移開它。

夏遜彷彿覺得受到了鼓勵，在續走的時候，膽子也就漸漸大了起來，手慢慢滑倒了金子柔軟的腰肢。金子感覺很好，也就任由夏遜不必言語的表白。

此時無聲勝有聲。

他們走了大約來回兩公里，就上到一個木頭蓋的四方小亭。夏遜的手依然毫不鬆懈地環攬著金子，金子接受是因為夏遜剛剛說，熟悉路之後，輪到我來守護妳了。但也許傍晚剛剛下了雨，地面上一片潮濕，金子走著，不慎一滑，就要四腳朝天的時候，夏遜眼快動作更快，彎身搶先抱住了金子，於是金子整個腰部就倒掛在夏遜有力的手臂上，那驚險卻又美妙的動作簡直就是不必彩排的《亂世佳人》中的白瑞德摟抱費雯麗飾演的郝思嘉的經典姿勢，在那一剎那間，兩人都驚愕半響，四目對視，有心醉心疼的感覺如電光火石碰擊，夏遜在朦朧中看到了一尊聖潔的女神眼睛含情地等待著他，他沒有猶豫，緊緊地抱住她的上半身，就將頭俯下，嘴唇對準著她的小嘴緊貼了下去。

天旋地轉、地轉天旋。時間啊，可以定格在這一分一秒不要再走了好嗎？

那一刻也不知道有多久，幸福的夏遜感覺人已經在時間之外，既然豁出去了，他也不怕金子的反應怎麼樣了。

她沒有掙扎，任他瘋狂。夏遜也將原來的半跌姿勢慢慢地調整成正常的站位，驚喜地感覺背部似乎有兩條滑滑的蛇爬了上來，有所摩擦有所摸索，竟然是被他吻著的金子的雙手。她也抱住了他。

也許有十分鐘之久？

金子的聲音像從遙遠的天際傳過來，我快窒息了。

夏遜鬆開金子，看她散亂的頭髮，有一股歉意。

金子嬌嗔道，你很大膽呀。

不要生氣，我太牢記妳的金句了。

什麼？

真正的愛情是不需要對白的。

金子羞澀，一拳捶在夏遜的胸部，撲了過去，雙手環抱住他的背，大叫，夏哥哥壞！夏哥哥壞！欺負金子！

單車暢遊美麗故園

久違了，單車！

久違了，單車！

夏遜真沒料到這第二次踏上金門的土地，會有那樣好的節目！她很感激金子特殊的安排，令他能和她一起在這后湖海濱公園騎單車度過幸福的“金夏假期”的其中一天！撿拾回消逝很久了的青少年時光！在廈門讀初中時，他曾經騎單車上學，但沒多久，就換上了摩托車，再後來，工作了，自己開車　……誰料到有一日，竟然會和心愛的人，享受這裡的慢漫時光！

這金門西南方的后湖海岸線，多麼綿長，萬頃晴沙鋪天蓋地，據說夏日這兒還有沙雕節和音樂會，此時此刻，沙灘上冷冷寂寂一片，天地只有他倆，好像雙飛燕，穿梭在海灘邊的小小單車路上。

金子就在一側，和他同一速度騎車，陽光明朗，海風將她的寬鬆的粉紅色上衣吹得鼓鼓的，束成馬尾的長長柔髮隨風飄舞，從側面看去，好美啊！夏遜多次從不同角度為她拍照。每拍好一張，都讚她很美，讚自己拍得好！

金子都很配合。輪到拍兩人的合照，夏遜就會當導演一一設計好，把自己騎的單車拉到金子單車右側，單車並排，單車上騎著的人也並排，當夏遜將左手搭在金子的左肩的時候，金子也很自然地將右手從夏遜的腰部伸繞過去，挽緊他的右腰部。然後，夏遜抓住手機自拍。可惜，幾次都沒拍好，不是人變形、角度不好，就是其中一人，臉部佔手機螢屏面積太大。

我們叫人拍吧！夏遜說。

夏遜看看單車道有沒有人經過。

金子也在望望單車道有沒有人經過。

在萬分失望的時候，竟然有一個男人騎單車從遠處過來，終於被他們喊住。他為她們拍了好幾張特別好看的。

那人走後，夏遜一直保持那樣的姿勢。他喜歡金子伸過他腰際的小手，希望永遠停留在那裡。

不要放下，他對她說。

為什麼？我們再倒回騎幾趟吧。

固定這樣好。

你想凝固成雕像？

是的，或者，時間停留在這一刻。

金子開心地笑，咯咯咯的朗笑聲響在半空。夏遜癡癡地望著她。怎麼她對昨晚的事不提一個字，若無其事一般？難道那麼健忘？

昨夜，夏遜失眠了。睡夢裡全是金子的影子。一會兒，是他在後面追金子，金子永遠在他前方跑，他在後面緊追不捨，無論他跑得多快，就是永遠也追不上她，就這樣，他追了一萬年。一會兒，他看到她腰部掛在他有力的臂彎中，整個上半身靠在他懷中，他低下頭像公雞啄米那樣吻她的臉，愛憐地不住地說親親她、緊緊地親她！她恨他乘人之危吻了她，送了他熱辣辣的兩巴掌，一會兒，他看到了那昨晚的情景，全不是那樣一回事：被他吻了很久，放開後，金子羞澀，一拳捶在夏哥哥的胸部，撲了過去，雙手環抱住他的背，大叫，夏哥哥壞！夏哥哥壞！欺負金子！

夏遜的腦際被這些真真假假、虛虛幻幻的映像、場景輪盤佔滿，無法入眠。只好翻身坐起。看看牆上的鐘，午夜三點。他走到落地長鏡前，再次百憶不厭地回味著昨晚在小亭裡抱著金子接吻的“亂世佳人”白瑞德擁抱郝思嘉的經典姿勢，一邊回味，一邊再次溫習起來，非常滿意。他怕不夠像，就抱起床上的枕頭，假設那就是金子，一次兩次三次地做模仿示範，他感到此時此刻成了世界上最幸福的人了！

那夜，金子也失眠了。睡夢裡老是出現大雨滂沱中，她和他共用一把傘的情景，還出現夏遜擁抱她親吻的情景……她不知道自己為什麼竟然乖乖地、靜靜地讓他隨心所欲，一點掙脫的意思都沒有。他對這樣的事本來很羞澀的，也比較保守，一點都不隨便，怎麼就在昨晚，她的處女吻就那樣失去給他了？真有點突然啊！也許夏哥哥正是她所喜歡的類型？也許感情的事，隔離她太久了，蘊藏在內心深處的那種對男性氣息的渴望，擋也擋不住？下意識地抬起頭，終於如噴泉噴發了？

再考驗他吧！雖然事情其實已經那麼明朗了，那就順其自然，看他下一步會做什麼？

久違了，金門后湖海濱公園！

久違了，金門后湖海濱公園！

讀小學、做女生的年代，她曾經在此和童年小玩伴、同學玩沙、堆沙堡，可是到台灣讀大學後，直至工作帶旅行團，已經快十年沒有來這后湖看看，真不知道原來后湖的沙這麼白，海灘線這麼長、這麼美啊！如果不是做夏哥哥一個人導遊的這一次，她會辜負后湖的美麗更久啊！此時此刻，正當秋季，天高雲淡，沒有一個人影，大地彷彿剩下她和他在此！這時候，他在前面騎，好快，一下子把她拋得很遠，她就努力地追，自己也覺得很奇怪，為什麼要追？追不上耿耿於懷？還在三、四個月以前，他完全是一個陌生人呀！有時候，自己騎得很快，輪到她遙遙領先，她不斷回頭回望他是否追了上來？她為什麼那麼關心他？生怕他因為久違了單車、騎術已經生疏而跌倒，還是生怕他迷失方向找不到她？唉！人與人的關係真的很奇怪！男男女女的緣分是很難解釋的。從模範街的意外、她跌在他懷中、他差一點被她被動地吻、他挨了她兩巴掌，到昨晚她又再次滑倒在他手臂中、他主動擁抱她吻她，而她默默接受，世間，真有這樣奇異萬分的事！

唉，有哪一位專家可以好好教導她下來該怎麼做？她的心很亂。從來沒有過一個男子那樣闖入她的心啊！可以說，經驗是遠遠不足的。以往，那些追她的男子都被她的冷漠和高傲嚇怕了，其他方面她是親善大使，唯有愛情，神聖的氣場強大，很多好感者在氣場外就被震懾了，無法進場搗亂。卑鄙者只好自慚形穢，掩面逃遁。唯有這位夏哥哥努力加油，對她不屈不饒，貌似笨拙，其實心比金堅，不獲全勝，決不罷休。她無法不感動，願意奉陪他啊。

秋季，海風吹來，渾身生涼。在一番你追我趕的較量後，此刻的夏遜正和金子並排著慢慢騎單車，速度驚人地快慢有度，達到一種默契，彷彿成了一種四輪雙座位的馬車。這樣的速度就便於交談，不像單槍匹馬時往往就在腦子裡放映回帶的電影。

這后湖海濱公園的秋季單車遊，實在太悠閒啦。金子和夏遜無所不談，從彼此的童年趣事談到彼此所居城市的變遷，從金子做導遊帶團的故事談到夏遜廈門琴行的發展、妹妹夏芬芳開的浯島美食小館的生意，從金子老爸阿母的每年一度的台灣寶島遊到夏遜老爸的藝術建築圖書的編輯出版……唯獨兩人都似乎有意避開感情的事，生怕尷尬。尤其是海邊小亭的擁吻，成了他和她的共同親密回憶，卻一直放在腦海裡回味，不便拿出來討論，彷彿那兩個男女只有身體是他們倆的，頭和上半身不是他們的。

最後的話題叫夏遜意想不到。

金子說，今晚我爸我媽請你到家裡吃餐便飯。

啊？真的？那麼客氣呀？

還騙你？

怎麼知道我來？

夏哥哥這麼大的人物來金門，來前一個月我們全家都知道了。

開玩笑。我都有點害怕呀！

你怕什麼？我們一家都跟我一樣是快樂人，每天都笑嘻嘻的，不會吃了夏哥哥的。

我要帶點什麼？夏遜問，金子還沒回答，夏遜自己又說了，對！我差點忘記，我老爸阿母知道這次來一定會拜訪你的家人，都托我帶了禮物，我自己也帶了。到時可不要見笑啊。

什麼好寶貝？

先保密吧，到時給你們一家驚喜。對了，給妳的也有，一會拿給你。

太客氣也太周到了，你這樣就很見外了，都是自己人啊。

夏遜聽到“自己人”，特別看了金子一眼。普通的客套話，如今處於敏感時期，夏遜聽來也覺得別有涵義。他們單車已經騎到夏遜所住民宿附近，將單車還回原處，就一起出外午餐。附近有不少小食店，兩人叫了牛肉麵和煎餃，慢慢吃，慢慢聊天，不覺到了下午三、四點光景，又到民宿無所不談。

金夏假期結束，新的團馬上來，我又得大忙了。金子說。

什麼時候比較閒？過廈門幾天？我和妹妹會好好招待金子，我爸媽也歡迎妳，他們對妳的熟悉不會差過自己的家人。

都是夏哥哥不斷美言我的結果吧。

也不是吧，妳那麼出眾，每次他們看我們上次的團體照或其他照片，都會稱讚妳的燦爛的笑容，說是全團裡長得最美的，笑容也是最甜的。

是嗎？金子咯咯咯地笑，再忙三個月，我過廈門玩玩，我還沒去過，順道探望叔叔阿姨。

太好了。一言為定！夏遜伸出手，與金子勾手指。

談了一會，夏遜覺得周圍環境很美，背面是紅磚古牆，還有石板小枱，幾個綠色小盆栽點綴著單調的空間，天井露天，隱約看到一些彩繪的老厝屋頂翹角以及秋季裡的天高氣爽、偶然的飛鳥飛越……對金子說，我們一起拍照吧？

誰給我們拍啊？

我帶了相機和三角架，我可以放自動。

好的，就在這裡？

妳坐過來，我們並排坐。

夏遜進房間取相機和三腳架，將它們放在兩米遠的沙發小圓枱上擺弄，金子就過來坐在那張漂亮的古色古香的長木靠背椅上，夏遜弄好，就趕緊跑過來，坐在金子右側，將左手搭在她左肩上。金子很主動地配合，向夏遜挪了挪臀部緊緊靠攏。看鏡頭！

一連拍了三張。

秋季的午後，外面的風不知從哪兒竄入，輕輕拂動，吹得人渾身沁涼，睡意頓生。金子渾身舒服懶慵，不想再起身，就坐在原位無法自控地，眼皮耷拉下來了，開始進入渾沌的睡夢境界。夏遜走過來，看到打盹的金子，一頭微褐色的長髮像小瀑布那樣鬆開下來，半覆蓋在她那動人的微微起伏的雪白的胸脯上，隱約可見的雙高峰在斜陽光下均勻地起伏，上移，看到她出眾的臉部輪廓，眼睫毛是真的，不太整齊地垂蓋著上下眼皮，有一種自然的美態，反而比假的更悅目，鼻子略挺，但不尖得刺人，雙頰白裡透紅，最誘人的是那雙小嘴唇，唇膏只是淡淡地抹，大半天過去，已經大部分褪盡，但那肉紅色依然非常吸引異性的探索勇氣，多少崇拜者還沒能踏上這高峰，早在途中丟盔散甲了，他何其幸呢，交流過一次。此刻，她的頭靠在長椅的頂部，微微向他坐的方向略側，還稍稍仰著頭，一張小嘴兒翹起。坐在旁邊的夏遜正是體內青春荷爾蒙大氾濫的時刻，那裡忍得住這樣強大的迎接姿勢？一剎那間他五味雜陳，在腹內大震盪大翻騰，想到了女性的與男人不同。大部分女性，重感情，喜歡上一個男人，很快就會連身體都巴不得馬上奉上的，偏偏在平常的日子裡，她們又是那樣重情而輕性的。此刻，真是不可理解，金子既然那樣矜持，為什麼在睡夢的狀態下，她的嘴唇又是那樣下意識地翹翹，好像在等待著他呢？他抱著勇士身懷炸藥匍匐著前進的絕大勇氣，不成功就成仁的決心，側著身，迎了上去，輕輕擁抱著金子，將自己的嘴唇對準她的小嘴覆蓋了上去，然後用力壓，慢慢地擦磨，沉醉不已，索性將金子緊緊抱在懷裡，無限憐愛地像呵護千年一傳的稀世女幼嬰，金子沒有醒來，好似沒有感覺，只是發出嗯嗯的聲音。

夏遜吻了她約十分鐘，雖然彷彿偷窺了她所有的青春秘密，有點滿足，卻也自感羞愧，因為沒有她的同意，好像就私自闖入她在熟睡的房間一樣，有著難言的某些卑鄙。看看時間差不多了，他站起來，將要帶去金子家的禮物一一裝進背囊。

再回到天井時，看到金子已經甦醒過來，正在整理散開的頭髮。

妳睡得很熟。夏遜說。

這個是送妳的禮物，但願妳喜歡。

什麼呀？

自己拆吧！

禮物不太大，裝在一個紙盒裡，外面還用花紙包著。

金子很有興趣地拆掉包裝的花紙，再開了那個包裝的方盒，打開，是彩繪的男女孩瓷器小擺飾品，他們並排坐在一起，男孩正在偷偷吻女孩的臉頰，女孩開心地笑，笑得見牙不見臉。

金子端在手上欣賞，說，樣子好可愛。

再仔細看看。

金子再次仔細看，不禁紅了臉，那女孩的臉，神情酷似她，而男孩的模樣，也有八成像他。看來是叫人特別製作的。

喜歡嗎？夏遜問金子。

喜歡。

妳知道這擺設品的名稱嗎？夏遜問。金子搖搖頭。

就叫《無聲勝有聲》。

＊　＊　＊　＊　＊

踏進金家，與金子的父母親握握手之後，他們將他引到客廳。收拾得整齊、乾淨的客廳，櫥櫃都是深褐色的，纖塵不染，散發出一種木質的氣息，顯得典雅高貴。夏遜剛剛在沙發上坐下，一位酷似金子的美少年主動欠身來跟夏遜握手，他心想諒必是金子的弟弟金贏了，怎麼沒聽過金子提及他要從台灣飛來？

美少年說，聽我姐說，夏哥哥最近會再度來金門，我特地昨天飛來金門，特地要來看夏哥哥的。

太客氣了，也太不好意思了！

那麼，我是稱呼夏哥哥好還是未來……？

金子聽他“未來姐夫”就要脫口，趕緊打斷他的話：夏哥哥好！

夏遜也說，叫夏哥哥好！

金不換和老伴已經在飯枱旁忙著，端菜、擺筷子、湯匙、盛飯，還有一瓶金門酒哩。夏遜突然想起帶來的禮物，就從背囊裡取出來，將包得方方長長扁扁的一包禮物遞給金不換，說，我爸比金子爸大三歲，我應該稱呼金子爸為叔叔，但還是很生分，就跟著金子稱呼你們老爸、阿母好嗎？兩老聽了，哈哈大笑，咯咯咯笑得見牙不見眼，連說，太好了！太好了！金子沒想到夏哥哥平時似乎傻傻的，關鍵時刻一點都不含糊。綿裡藏針是厲害，套近乎那樣地自自然然，這是聰明。

對了，老爸、阿母，我廈門的老爸阿母沒有什麼特別的見面禮，剛好我老爸有一家出版社給他出版了一本算很厚重的書《閩南建築藝術古今探索》，裡面有不少有關金門的部分，還特別感謝金子和你們的協助。這書就送給你們做紀念。

金不換接過那十六開的精裝書，沉甸甸的，少說都有一公斤，哇了一聲說，飯後再拆來看，好好欣賞，代我們謝謝夏鋒兄嫂！

好的。還有，這是我送給你們的，小小意思。

夏遜把禮物遞給金不換，他很興奮，馬上拆了包裝紙來看，盒子裡是公仔陶瓷，一對老夫婦，非常恩愛地坐在小提琴形狀的長椅子上，牽握著手，樣子非常親密。金不換點點頭，好！非常有意思！

我們公司限量版製作的，祝願老爸阿母恩愛三世，白頭偕老！

大家就座！金子妳不要傻傻地站在那裡，多照顧夏哥哥吧，妳招呼，他就不會那麼拘束了！哈哈。老爸說。

金子的阿母太熱情了，不斷地給夏遜夾菜，夏遜的碗，菜肉堆得如山高。倆老最感興趣的是問及家庭狀況以及所從事的行業，儘管已經從金子那裡知道不少了。飯後，坐在沙發上，金不換從書房搬出兩本大相冊，都是過去的黑白老照片了，有金不換和老伴早期的生活照，一家人的全家福，最珍貴的是和祖父母拍攝的大合照，也有現代的彩色生活照片，夏遜翻著翻著，金不換就拿出父親金勝昔在黃埔軍校成都分校幾個人合拍的照片，指著右邊第一位，說，這是金子的祖父金勝昔。夏遜說，我知道，金子上次發給我了，我手機儲存了。夏遜指著第二位說，是我祖父夏磊！

金不換說，真沒想到啊！他們居然在七十幾年前是黃埔老同學，一起抗日，一直到去世前都沒見面！也真沒想到他們的第三代結上旅遊緣！

希望還不止旅遊緣啊！阿母說。夏遜笑著，他留意金子假裝沒聽到，站起來將廚房的電鍋端出來，問誰還要添飯。

老爸阿母金贏都在看金子的臉，可是她自顧自低頭扒飯、夾菜。但夏遜默默留意到她紅了臉，沒喝酒像是喝了酒。一直到下半場，老爸才記得還沒給大家斟酒，就叫金贏為大家服務，各倒了一小杯。

金子不敢喝，說一會還要駕車送夏哥哥回去啊。

夏遜說，就半小杯，好嗎？別掃大家的興，覺得不行的話，我也可以開車的。

金子拗不過大家的一味規勸，只好也舉起酒杯和大家乾。好玩調皮的金贏開玩笑也不敢太露骨，只是說，金姐姐和夏哥哥一定要乾！一定乾！理由是，夏哥哥不僅是金子三年導遊生涯第一次結交的旅行團團友，也是第一個來他們家吃飯的大陸朋友！金贏想說下去，老爸使了一個顏色，他才煞住。

吃完飯時間還早，才七點四十五分。金子老爸沖了茶，阿母收拾完飯枱碗筷就呆在廚房洗，金贏切了橙端進來。老爸說迫不及待要欣賞夏鋒的書進書房去了，金贏說有朋友約他喝咖啡騎摩托車走了，阿母洗好碗盤，說她要打幾個電話入房去了。真是一個個都很識相，都想讓金子和夏哥哥有二人世界的空間。

金子臉部微紅，看起來猶如兩朵桃花。夏哥哥頭部感覺有點漲感，幸虧還有不少定力。金子記得上次答應過他放影碟《八月照相館》來看，就問夏遜的意思，夏遜也感興趣，金子就將影碟入機。

金子和夏遜並排坐在一張長沙發上，長沙發不長，只能坐兩人，因此必須坐得近，坐得密。

看到中途，金子酒力發作，小睡過去。頭斜斜依在夏遜肩膀上。夏遜的幸福感再次蔓延上來，那雙紅唇，像一對小人兒在向他揮手，他幾次想把嘴唇緊緊印上去，像上次一樣，可是擔心周圍的家人突然出現。他懊惱失掉了那麼好的機會，又為自己的偷襲念頭羞慚不已，罵了一聲自己，你算什麼男人！什麼好漢！

很快金子醒來，繼續看。

電影的對白果然很少。但女主角濃濃的愛意始終貫穿在淡淡的電影情節裡，最後，女主角沈銀河看著櫥窗裡照相館老闆為她拍攝的照片，字幕出現“生命有長短，但妳的美麗在我的心目中是永恆的，永不會磨滅”字眼，金子眼眶都濕了。夏遜取紙巾為她抹擦了兩下，金子說，我自己來。

看完電影才九點半，向家人告辭，金子送夏遜回民宿。

行不行？如果覺得還有醉意，就讓我開車。夏遜說。

金子說，金門的路你還不熟悉，不行的，我可以。

一路上金子的話突然顯得比平時多得多，問夏遜對她父母親的印象如何，問金贏長得像不像她，問他覺得她的家會不會很亂，問今天父母為他準備的菜餚好不好吃，最喜歡哪一種，還問夏哥哥對她印象如何，是不是真喜歡她……

夏遜來不及回答，或他的回答還沒說完，她的第二句就追上來了，才驚覺，她的表現與平時大大不同，是不是醉了呢？

在民宿前的空地上，金子下車，夏遜問她進去一會嗎？

金子瞇著眼，聲音小到彷彿來自天際，不了，明天我們還得玩一天。

我擔心妳一個人回去，看來妳有點醉意了，我再送妳回家，好嗎？

咯咯咯，金子笑得前俯後仰，那你怎麼回家，我再送你回家？

我自己開車呀！

不行的，你路不熟，夜裡又不如白天，我擔心你撞到路旁的樹木。再說，明早我要開車過來呀。

那好。兩人已經站在民宿的正門口。

突然，金子雙臂環繞過夏遜的頸脖，令他嚇了一跳，只見金子仰起頭，閉起了眼睛，夏遜感情激動，沒有猶豫，迎了上去，緊緊擁抱著她，熱烈地吻著她。金子也把雙手下移到他的背部，壓向自己，十分用勁。

這一吻和纏綿不短於半小時，真是天昏地暗，天旋地轉，時間的流程已經被摒棄在外。

分開後，金子一頭的散髮，深情地、半含笑半羞澀地望著夏遜，月光下，猶如一尊美麗的雕像。她的頭髮、背部都鍍上一層銀似的。

然後她與他揮手，轉身，他仍舊癡癡地站在原地，目送她的背影漸漸小去，突然意識到什麼，小跑了過去，搭著她的肩，為她開車門。

小心點。

會的。

剛才沒有醉吧？

沒有。

明天見。

明天見。

看著金子的汽車消失在黑暗的小路盡頭，夏遜依然傻傻地猶如木樁釘在泥土上一動不動，回味著剛才疑幻疑真的美好夢境，不知道這突然降臨的大夢境為什麼會發生，是不是真的？是否金子用這種無聲的方式應允了他的苦苦追求？

路短情長夜後浦

金城鎮的後浦老街，在夜裡真美。

老街兩邊的密排店鋪門口一律懸掛著寫了“後浦老街”的紅燈籠，有風的夜晚，它們輕輕地搖曳，搖曳出夜的溫柔；半空中氤氳著東洋的風情，也更多地混融了唐詩宋詞裡的流風餘韻；雖然千年來潮起潮落，褪盡了所有的繁華和鉛華，倒倍顯出燦爛過後歸於平淡的素淨美，少了喧鬧鼓噪，多了一份寧靜、悠閒和淒迷。夜晚獨行，稍一不慎，就容易誤踏時光機器，回到唐街宋巷裡，迷失了無法再回到現代。

金城鎮的後浦老街，非常地古早味。

你會感動於那種百年的承傳和堅守：歷經一世紀的老藥店依然敞開大門，在那無數抽屜裡，依然飄散著濃郁的藥草百味；各種雜貨店的貨色雖然有不少已經很陳舊了、過時了，但老闆娘的真誠笑容永遠是最新鮮的和最真誠的。

夜晚的後浦老街，最宜結伴同行，一邊沉浸在小鎮往昔的故事氛圍裡，一邊輕輕鬆鬆悠悠閒閒談心，從現代站出發，一直到近代站再轉站。

今早，當金子提議先走一趟金城鎮後浦老街時，夏遜馬上同意，而且很興奮。

夏遜知道金城鎮是金門的市中心，而且後浦小鎮更是中心的中心，是金門人和不少台灣遊客心目中最美的小鎮，怎可以不來探訪和漫遊一次？

在總兵署，大燈籠剛剛亮起。金子說，我們今晚就按專家設計的“夜遊後浦美麗小鎮”行程路線走一趟，你就知道金門的歷史有多麼深厚了！前後至少需要兩小時才行。

沒問題的，金子，不要說兩小時，就是兩百小時、兩千小時我都可以的，最關鍵的是與我同行的人是誰。

哈哈哈，我就那麼值啊。金子說，走之前先走一趟老街，看一看那些歷史很久的老藥鋪、老雜貨店。

於是他們就從總兵署那一帶進入，馬上就被那老街深沉的歷史氣息和超越時間的寧靜美所震撼和沉醉了。

怕夏遜夜裡太暗走跌，金子有時將手伸進他的臂彎裡，挽著他，有時會主動牽他，憐愛、友愛的意義大過情愛；秋晚的涼意襲人的時刻，夏遜就會摟她的腰或扶她的肩膀。這一帶熟人不多，偶爾快經過父親的世交前輩開的店，金子會自自然然擺脫這些過於親密的身體第一類接觸，打幾個招呼，說幾句話，介紹身邊人是廈門朋友，就這樣走過去了。

沒走完，來回約半小時，他們回到了總兵署。

夜裡的總兵署大燈籠一字排開，非常壯觀。夏遜隨著金子的介紹，想像著明朝期間才子許獬在此讀書的情景，當時這兒叫叢青軒，直至清康熙二十一年（即1680年）清總兵陳龍治理後埔，才更名為總兵署。金子很快帶他走遍了那一堂二房四廳，還看了院子裡的百年老榕。夏遜聯想到明清期間，這兒一定人頭湧湧，十分熱鬧的吧！

接下來走到北鎮廟，夏遜看了覺得沒什麼雄偉，只是牆面很有些古意，但金子說了其中有趣的故事，倒增加了他的幾分敬意。原來，古時候，北京一位老太太請來了玄天上帝神像，想在此地借宿一宵，沒想到次晨醒來，竟然發現神像牢牢地釘在地上，老百姓皆認為是神的旨意，就在此地興建了這北鎮廟。

一路走下去，經過了將軍第、陳氏宗祠、內武廟、浯江書院、外武廟、浯島城隍廟、陳詩吟洋樓、奎閣、邱良功母節孝坊、靈濟古寺，最後是夏遜第一次來金門和金子“不打不相識”的地點模範街。這些古蹟、名勝或景點，大部分只是駐足看看外觀，金子憑記憶介紹幾句、三五分鐘就走，有的只是經過，夏遜的照相機畢竟不是專業性的，夜裡拍攝效果沒有白天好，也就不勉強自己。金子早就準備了不少紙質的圖文資料給他，他也就不處處都拍了。

依依不捨走完，看看時間，竟然快十點了，夏遜覺得時間今晚怎麼那麼快過去了？金子說，我們今晚走了不少路啊。

金子說，我們今晚是按照專家設計的“夜遊後鋪小鎮行程”的路線走，全程是一千七百七十五米，接近兩公里，連看、停留的時間加起來，總共花了兩小時的時間。

夏遜說，感覺一下子就結束了。如果一個人走，就會覺得很漫長。

金子咯咯咯笑起來，明白了他的意思。

金子說，我知道你想說什麼。

聰明。那是與妳同行的緣故，就會覺得路太短，時間太快過！

金子聽了，內心也蠻佩服這位有時那麼沉默寡言的夏哥哥，不需要太多直接、露骨的表白，有情語卻是蘊藏在每一句都平平淡淡的話語中，完全和她喜歡的那種“無聲勝有聲”非常合拍。

於是，金子說，你嫌路短，那麼我們走路回民宿？

太好了。夏遜說。

一會在民宿坐一會吧。

好的。

不怕太晚嗎？

金門治安好，夜不閉戶沒問題的。反而，我怕在民宿剩下我們倆。

怕什麼呢？

金子在一側，被夏遜摟著腰走在黑暗的小巷中，金子似乎也默默接受了身邊人、單身大遊客夏哥哥的親暱舉動，只是走到街燈下的光明處，唯恐被突然迎面走來相熟的人所看到，才小聲地暗示夏遜把手拿開。當路途又歸入黑暗，夏遜的手又像裝了彈簧似的，又伸過來，有時改換成搭肩。

邊走邊談，世界上還有什麼比這種形式更好？夜的顏色，遮去了表達上的羞澀；夜的安寧，增添了男女間感情的溫柔。

這次就跟我過廈門？夏遜試探。

這麼急啊？

我爸媽好想見見妳呢。

你跟父母說了我什麼？

沒有啊，都是好話呢。妹妹都急死了，真想馬上叫一聲“大嫂”！

咯咯咯金子開朗地笑，好可愛的夏芬芳妹妹，我弟金贏會喜歡！

等我們喜事近，一起讓金贏過廈門，與夏芬芳認識一下！看看時間合不合。

金子以手抓上衣衣角，幾乎揉碎了，沒有出聲，但夏遜感覺到她內心的激盪，可一時沒想好，沒回應。

秋季夜晚裡，雖然海風不大，但涼意沁身，為輸送溫暖，

夏遜又進一步將金子摟得緊緊的。看她小鳥依人的樣子，怎麼也想不到在帶旅行團面前是個大大能幹的女強者。原來，女性的孤獨、寂寞和軟弱竟是在面對她願意接受的男人面前流露。也許是三年多來的工作、奔波和帶團，令她疲累不堪，她需要一堵男性的牆，讓她靠一靠，她的感情也需要找到安全可靠的歸宿。

快到民宿的時候，海風正面地吹，感覺大了起來。他們加緊了腳步。

金子的車子停在民宿外的空地上。在汽車前，金子和夏遜都站住了。

進去再坐一會？夏遜問。

金子久久才回答，還是不了。

為什麼？我沒幾天就要回廈門了。

看到夏遜依依不捨的樣子，金子說，我遲早會到廈門一趟，探望你和家人。

始終覺得我們的事還是很遙遠。夏遜突然有點傷感。

金子問，為什麼那樣傷感？

夏遜說，妳在金門做導遊做得那麼出色，我就不相信妳會跟我定居廈門。

金子笑起來，這有什麼難？金門的好導遊又不是只是我一個。何況，如果我參加導師的行列，給觀光系畢業的準備做導遊的培訓班學員，傳授我的經驗，貢獻不是更大嗎？

啊，真有這樣的培訓班嗎？那太好了啊！

金子說，什麼事都沒有絕對困難的！事在人為！

夏遜感到無比的興奮，說，有很多話想說啊，今晚妳如果可以不回去就好了，我們可以一邊飲咖啡，一邊談，談個通宵。

秋季夜晚的月亮又圓又大，月光映照著金子的臉兒，有一種雕塑美。半明暗中的笑容異常動人，牽動夏遜的魂魄。

咯咯咯的笑聲從她那小嘴裡發出來：可以不可以，是不需要父母決定的，我們又不是三歲孩子了，可以自己決定呢。

那就決定吧！

不了，明天我們還有一天，後天還有一天。

妳睡床上，我睡沙發。

金子噗哧一笑，強調：不是這個問題。

那是什麼問題？

我知道你有時很老實，但有時也很壞的，我都讓你壞了。

夏遜哈哈大笑，連說，對不起，對不起！

金子說，只有兩個人，孤男寡女的，也許什麼事也沒有，也許什麼事都可能發生。我不好把責任都推給你。

明白。我知道了。

知道什麼？

知道妳擔心我變得更壞！

夏遜看到，月光下的金子，臉兒好嫵媚。似乎兩頰都泛起紅暈，太可愛了，小嘴兒閃著光，濕潤濕潤的，好像再次向他發出邀請，他非常激動，失去了理智，又一把將金子緊緊摟在懷裡，金子微微揚起頭，眼睛閉起來，夏遜狂了似的，吻她的

嘴唇，金子渾身鬆軟，整個倒在他懷中……

半小時之久，夏遜鬆開了金子，金子感覺雙頰灼熱一片，整理好頭髮。

人家的無聲勝有聲，很斯文的。金子佯嗔。

我知道，妳要說我既大膽又粗野，是嗎？

我也沒有那麼說。

誰叫妳那樣美，讓我忍不住。

我要回家了。

還是我送妳吧。

別說笑了，金門是我的地盤，治安不會有問題的，我說過很多次。金子說完開門進了駕駛位。

夏遜目送汽車漸行漸遠，在夜的馬路上消失成一個黑點。

緣結兩岸有情人

大約半年後，金子踏上廈門的土地。

夏遜率領包括夏鋒老爸、阿母、夏芬芳妹妹、琴行一職員五人來廈門五通碼頭接金子。

那麼多人，夏遜對金子的親暱舉動不敢太過分，只是輕輕地擁了一下迅速分開。倒是夏遜的阿母和金子一見如故似的，擁抱得緊緊的。

那之前，金子遠遠地就看到夏遜的阿母了，高聲叫，阿姨——金子就半小跑地奔到阿姨面前，熱情地抱了阿母。不要說那樣標誌可人的模樣已經令夏遜阿母喜歡得不得了，那一聲親切如家人的呼叫，就令夏遜阿母心頭頃刻軟酥；當金子飛跑過來，她也迎了上去，多時，她已經疏於和誰熱烈的擁抱了，夏遜兄妹只是雙臂將她環住，哪裡像這位快樂、熱情的金子，除了靜靜抱她，以面貼她的面，還將雙手在她背部來回摩擦，彷彿安撫著幾十年來做母親的辛苦，令她大大地感動，有一種不是親人、勝似親人的感覺。夏芬芳和金子的擁抱，是芬芳率先伸出手來，跑過來，差了五六秒功夫，金子才跑過去，伸出手來。芬芳一看金子的臉就喜歡了，真的酷似自己，只是比自己漂亮，也比自己優雅得多了。做導遊行業的女子，能夠那樣注意自己的儀表，真是非常罕見的；金子一見夏芬芳的臉也很是歡喜，覺得面熟，似曾相識，仔細想想，才恍然大悟，她不就是自己少女時期的“肥版”嗎？自己讀高中的時候，比現在的她重了十幾斤，一些同學戲稱她“小金肥”。當然，不是所有的肥女都醜，有些肥女的臉像洋娃娃那樣可愛，也是很悅目啊！

我的準嫂子，妳太美了！我哥真有福氣！一邊抱抱，夏芬芳一邊興奮地叫。

金子說，太早稱呼了，我都還沒和你哥正式談判。

還談判什麼呀？

金子咯咯咯大笑，道，國共談判呀。

夏遜和他的老爸、阿母站在一側，發出會心的微笑。

金子繼續說，我考驗妳夏哥哥還不到一年，他過關了，才算正式了。

這個時候，琴行的職員張小姐將金子手中的拉桿箱搶過來，擱在上面的大背包則被夏遜提走。夏芬芳對金子的幽默談吐很感興趣，纏著金子問東問西，完全撇開了夏哥哥。

夏芬芳興頭很高，緊靠金子的耳朵，追問，我哥追金子姐，火力很猛吧？

有沒有下跪給你送一束玫瑰花或給妳戴戒指之類的？

這要問你哥哥了。

什麼？什麼？夏遜走在一邊，似乎聽到了她們倆的悄悄密語。我妹很八卦的，要取得經驗哩。可惜金贏沒空來，下一次把金贏也帶來，讓他們自己談。

你們不要轉移目標！哥哥你快交代！是不是不禮貌待金子，一定要把她追到手？或者使用了不光明的暴力手段？

金子大笑，咯咯咯！他沒那麼壞的！他是君子。對嗎？夏哥哥？

金子看了夏遜一眼，半善意的嘲諷。

你們也許是生米煮成了熟飯！我想。看你們飄來飄去的眼神好像是。

金子又笑了，芬芳，沒有啦！妳看我像隨便的人嗎？

車子在平坦的廈門馬路上走。金子驚嘆於廈門的美，被窗外的美麗風光吸引住。夏芬芳一一為她介紹著。夏遜說，我們廈門比較現代，金門比較原生態，各有各的美。

夏芬芳說，本來也很歡迎妳來我們家住，但現代的人啊，都不興住對方的家，再說，怕你們要"二人世界"不太方便，也就替妳訂好了酒店。

好的好的，太驚動大家真不好意思！金子說。

晚上我們給妳洗塵，本來想在五星級酒店為妳訂一席，怕把妳嚇壞，也就改在夏芬芳開的"浯島美食小館"，妹妹代表大家歡迎妳。夏遜說。

太好了，不過也不好意思，夏哥哥來金門我們金家都沒有那樣隆重。

芬芳說，他是不用的！男人是草，女人才是寶呀！再說，金子姐您做他一個人的導遊，他已經興奮到不知道東南西北了，比什麼都好了，其他什麼他都不要了。哈哈哈！

夏遜笑笑道，芬芳妹說的倒也是。

芬芳問，金子姐，在我哥之前，是否專門給過一個人當導遊？

金子搖搖頭，夏哥哥是第一個。

那我哥待金子姐姐好不好？他有沒有欺負或侵犯金子姐。這個夏芬芳剛才問過一次，沒得到滿意的清楚答覆，又問一次。

小欺負倒是經常的，金子說完，佯裝微嗔看了夏遜一眼。

金子也喜歡那種小欺負的，夏遜說。金子坐在夏哥哥一側，舉拳頭捶打他的胸說，亂說！

哈哈哈，我明白了。芬芳說，哥哥和嫂子真好玩！一定是先斬後奏了！

雖然不是在大酒樓、大酒店的餐廳宴客，只是在芬芳當老闆的“浯島美食小館”替金子洗塵，氣氛卻是很熱鬧。夏家全家和他們的好友、琴行所有員工、美食小館的主管、收銀員，都坐滿了兩席。

大家都知道來的是稀客，是一位非常漂亮的、嚴格意義的大美女，而且是來自金門，更是夏遜的準新娘，都非常重視，來得非常早。

當然，夏家和金子來得最早，先在夏芬芳辦公室坐坐。夏鋒公婆倆一刻也不停地打量金子，越看越喜歡，以前是為兒子的遲婚擔憂，現在是為兒子的遲婚高興，要不然哪能和金子結緣？夏鋒還帶了夏遜祖父夏磊當年收藏的與金子祖父金勝昔等人合影的照片。金子接過來看，不住地點頭。

是的，老爸，金子說，當年打日本侵略軍的時候，國共都是一條心的。

夏鋒說，現在大陸的電視劇，青天白日旗、軍帽上國民黨黨徽，都拍攝了，不像以前很忌諱！

金子笑道，那是，那是，我們也不稱什麼共匪了。

夏鋒笑著問，還反攻大陸嗎？

金子說，當然沒有了。

夏遜看看氣氛那麼融洽，說，好！我們不說那些了！談健康、家庭、工作好！金子說，假如我們的事順利，她願意兩地跑！

金子說，我兩地跑的意思是，我在琴行可以教舞蹈，夏哥哥可以在琴行增設一個舞蹈班。我在金門雖然無法再接受密集的帶團任務，但可以在導遊培訓班擔任培訓老師。不需要天天上課。

夏芬芳說，太好了，其實，這樣妳的貢獻更大！剛才，哥哥，你說什麼“順利”，難道你們的事還不太順利？

夏遜看了金子一眼，道，我其實沒有十分的把握。

夏芬芳愕然不解，夏鋒和老伴也聽得一頭霧水。

為什麼？三人不約而同的問。

你們問問金子，她自始至終都沒有正式表態。

金子咯咯咯大笑，夏哥哥真好玩，不知要我說什麼？難道要說：你愛我來我也很愛你？

全場哄堂大笑起來。

一餐飯大家都吃得很開心，沒有一點的拘束感覺。尤其是金子帶來的幾瓶57度和58度的金門酒，最受歡迎。席間多數人對金門酒只知道其大名，但從來沒喝過，當金子打開酒蓋時，馬上一股濃冽的酒香瀰漫在空間，刺激著在座的鼻子，多人都禁不住深深地吸了一口氣。幾個酒力好的，慢酌細嘗，特別喜歡，一杯不夠，再來一杯，慢慢也才發現金門酒的魅力不在那種爆炸力，而是那種持久力，經得起時間的消磨，將不勝酒力的人“擊倒”。夏遜喝一點，已經滿臉通紅，金子不是常喝的女子，本不想喝，但覺得大家替她洗塵，她也不好掃大家興，也就應酬大家喝一點。夏芬芳酒量還不如金子，偏偏很好強，結果開始話多了起來！

你們看！你們看！看到了沒有？金子醉了，兩邊頰好像兩朵大桃花！好美啊！金門酒真好！沒喝過那樣香的酒啊！哥哥和金子什麼時候辦喜事？等得我好不著急！我急什麼，急著叫第一聲“大嫂”呀！哈哈哈！不要生氣！你們什麼時候也給我介紹一個帥哥！真正的帥哥！我不要那種大氾濫的假帥哥！就像到處都是的美女！

哇！芬芳醉了！阿母緊張地站起來，繞一個圈，到芬芳身邊，搶過她手上的小酒杯，說，妳不要再喝了！妳醉了！

我沒醉！可以再喝！

夏遜和阿母扶著芬芳在旁邊的沙發坐下來，阿母說，喝點茶比較好！

幾個朋友和琴行的女職員因為時間晚先告辭了，剩下自己人，夏遜老爸就問他們有什麼打算和計劃。金子沒回答，夏遜說，我們再商量一下，才告訴你們。

金子笑著問老爸，我父親是老國民黨，金子就是老國民黨的女兒了，老爸阿母會不會介意？會不會因為有國民黨媳婦而再度被批鬥？

老爸說，本來我有點擔心，但後來一想，我們到了這般年紀，也行將就木了，什麼都豁出去了，還怕什麼？

阿母說，現在的結婚登記表早也簡化了，沒有再查祖宗十八代！尊重的是年輕人的意願！

金子說，那是，那是的！

老爸說，什麼時候也請妳老爸阿母過來廈門看看，我們包下他們所有食宿！

金子說，謝謝老爸阿母！遲早會的！

晚宴散場，夏遜開車送金子回酒店。上到酒店金子住的房間，在門口，當夏遜想一步跨入房間時，金子在房間門前攔住了他，舉起腕錶讓他看：

你看幾點了，夏哥哥？

兩點。

夜了。

趕我回去？

金子雙手鉤住他的頸脖，拉近他的臉，仰起頭，抱緊，親吻了他的嘴唇，夏哥哥很意外，想再緊些、緊些地深入，可是約莫僅是一分鐘，金子就鬆開了。

來日方長，放你進來，可能你一直到明早才走了。

我不做什麼的，不相信我？

不好，都說了，來日方長。

那好。

夏遜還是很滿意地轉身，摸摸自己的臉和嘴唇，不斷回味。笑了。

金子在廈門大約一周，夏遜放下一切工作，開車帶她暢遊了廈門的南普陀、廈門大學、環島公路、步行到中山路、中山公園、鼓浪嶼、集美學村、陳嘉庚墓地所在地鰲園等，對廈門的另類現代美讚不絕口，對陳嘉庚創辦的集美學村嘆為嘆止，只是對鼓浪嶼遊客太多太擠很不習慣。

金子回金門時夏遜沒有送到金門的水頭碼頭，只是送到廈門的五通碼頭。這是兩人的約定，認為送來送去沒啥意思。

＊　＊　＊　＊　＊

兩人開始籌備，遂有了時間的計劃。那正好又遇美麗的涼爽的秋季，金門正是候鳥從北方南來棲息的時節，廈門也是一片的天高氣朗。

金門那裡，因為是嫁女兒，只是簡單的，象徵性地宴請了兩席，對象主要是親朋戚友，兩方的家人都在，夏遜的妹妹夏芬芳當然也從廈門過來，在宴席上遇到了從臺北過來的金子的弟弟金贏，也算天意和有緣，不知怎的，非常合眼緣，一見鍾情，談得甚歡，還互相發出了到臺北玩和到廈門玩的邀請。這是後話，又結成了一樁共產黨的女兒嫁給國民黨的兒子的婚姻，與金廈之盟——國民黨的女兒嫁給共產黨的兒子"互補"，成為不少人茶餘飯後的佳話。

夏遜琴行生意大好，有能力在琴行附近購置了一棟單層小平屋，大小不過一百五十平米，平屋外有一個籬笆小院，可以種植花草。平屋內兩房二廳，客廳和飯廳。客廳牆上貼著金門島和廈門島的大幅地圖。金子特地來看過，兩人設計了裝修方案。這就是迎娶金子的新娘屋了。他們計劃婚後第三天就飛北京旅遊，然後再飛臺北。前後二十天。

喜事前一天，金家金子的雙親、金贏和準新娘子金子由夏遜過海到金門迎接過來廈門。在廈門碼頭，夏遜的雙親和夏芬芳恭立專候。夏家在五星級酒店包下了三間房間，一間金子父母，一間金贏，一間金子。

晚餐過後，夏遜開車送金家四人回家。

其餘三人有點累，各自回房間洗洗澡更衣，趁早休息了。夏遜和金子都顯得很興奮，明天就是他們大喜的日子。夏遜進金子的房間，金子還要試穿婚紗給他看。婚紗雖然在手機看過了，但夏遜還沒有親眼看過。

尾聲

酒店寬敞典雅，大氣，分成前後兩大部分，前面是客廳，有半圓形的舒適沙發。米色的牆和褐色的沙發，給人一種溫暖感。沙發小茶几是米黃色的大理石面。上面擺放幾本時裝雜誌。說是客廳，當房間門一關，這兒也馬上變成了二人世界的空間。走進去就是很大氣的房間，牆上的裝飾雖然簡單，但藝術感很強，大床上面掛的雖然不是什麼名畫，但流利而變形的線條，勾勒出一男一女相擁的姿勢，非常奇怪的是，你從不同角度去看，就變化成另一種更大膽的動作，近乎性愛。大床比一般的雙人床大，上面覆蓋著厚甸甸的漂亮的淺紫色床蓋。左右有流蘇垂下來。枕頭共四個，床蓋中央有心形的禮盒，裡面有兩塊香皂，金子和夏遜好奇，拿起來看，才知道是送住客的禮物。金子見到那樣漂亮的床蓋，掀開來看。哇，連床褥也比一般的厚了一倍。金子和夏遜對看了一眼，金子臉頰馬上紅了，夏遜的臉也馬上一片灼熱。再看看天花板上的燈和床上的床燈，都造型特別，雪白悅目。他們試試各燈的開關，摸索了老半天，才發現都是可以由暗到亮自由調節的。窗左邊是一張辦公桌，桌子前方是一長形的沖咖啡的、煲水的枱。窗簾比床蓋更大氣，也是紫色，不過有些花紋，製作得像皇宮的窗幔那樣華麗豪氣。夏遜把右邊的拉繩輕輕拉開，才發現是落地長窗，一列排開。夏遜說外面就是大海，附近白色的建築就是廈門大學的建築物，再過去就是金門島，可惜是在晚上，海天都是黑漆漆的，不然在白天可以看得很清楚。兩人看窗外看了好一陣，目光一起移到牆上那特別的心形鐘，晚上十點了。金子走到放行李處，打開了最大的皮箱，將那雪白的婚紗取出，哇，一個大皮箱就只裝一襲裙擺蓬開得很大的婚紗，就怕再放其他東西會把它壓壞。金子取出，先是攤在床褥上，又取起提在手，往洗手間走去，一會又走出來，看著夏遜。他明白，洗手間顯然太小，不方便更換。她要在房間裡換，希望他迴避。

還當我是陌生人或外人啊？夏遜說。

我不習慣。

明天我們都睡在一起了，夏遜說。

明天是明天的事，金子說。

還是那麼害羞啊。那好，我到客廳迴避。坐在窗前的夏遜站起來。也不用，金子想想，有點不忍心，你別過臉可以了。

不用黑布蓋住眼睛？

咯咯咯，不用。

那好，夏遜轉身，面向窗簾，又問，眼睛要閉嗎？

哈哈哈，金子大笑，已脫下身上衣，換好了婚紗。

現在可以轉身了。

夏遜轉過臉，眼睛一亮，霍地站起來，真怕心臟承受不住。他從小見到美麗、美好的女性、事物都會有一種自卑感的感覺，自己感覺不配擁有和存在。這也是他遲遲未敢大膽追求心愛者的原因之一。長大了後，慢慢有所改變。尤其是仰慕金子後，就有一種豁出去的決心，成敗早就不計了！此刻看到的金子是自從認識金子以來最美的一次，高挑、優雅，美麗不可方物。以前參加過無數親友同學的婚禮，總是覺得新娘子將雪白婚紗一穿，模糊朦朧去看，醜的都變美，如今細細欣賞金子，才恍然天使和傭女是大有區別的，以前的庸脂俗粉如站在金子身邊，那種被比下去的程度不知道要怎樣形容才好了。金子棕褐色的一頭柔髮散落在她頸脖兩側，倍顯得她碩長頸項的細白細膩，袒露的兩肩是那樣渾圓柔滑，兩支手臂猶如精雕細刻的蓮藕，雪白均勻，沒有一點兒瑕疵；視線經過金子的胸部時，夏遜心跳得最厲害，那高聳飽滿的兩部分被緊窄的上身衣襯托得更加突出，下來，那腰肢突然收窄，下面慢慢鬆開，看來這就是所謂的蜂腰豐臀了，夏遜癡癡地想。

就在這時候，金子問他好看嗎？他魂不守舍地答以“好”，就看到她轉身，讓他看背面然後諮詢他的意見了。好看，他說。婚紗裙的下擺因為撐開得如降落傘，將女性身體的下圍和中圍形成的弧度曲線美遮蓋了去，看不到令男性常常感到驚心動魄的女性構圖美景象，他雖然有點失望，但還是很喜歡和感動的，男人身體太硬也太直，沒什麼藝術感，但女性不同，弧、圓、曲、彎、軟、柔、滑、白、凸、凹，彈性、舒坦，等等，舉凡藝術的詞彙都合適形容。金子又轉身過來對他笑，笑得嫵媚無邪，純真可愛，愣在原地如木樁的夏遜慢慢走過來，兩人對視很久，那之間有無聲的電光火石激烈碰撞，熱量傳散空間。

金子問夏遜，好看嗎？夏遜說，妳是我見過的最美的新娘！夏遜一步步走近，一顆心劈啪劈啪跳得迅速，他身高約比金子高八釐米，居高臨下，縱然稍稍移開視線，也無法迴避正面的金子那因為大開領而袒露的雪白胸脯，兩邊凸起的柔軟高峰中間是深不可測的乳溝，令夏遜看一眼就馬上感覺暈旋。誰人說過，男人有兩個天堂好去處，一個是百年後，上到天堂後再也不用承擔人間的煩惱，一個就是女人的乳房，這另類的天堂，讓男人回到嬰孩時期，有著被母親呵護的舒服感覺。他禁不住，伸出雙手，緊緊環抱她的腰肢，整個臉就緊緊貼在她的胸脯上，用鼻嘴和面頰去摩擦她那雪白的胸脯。金子抓住他的頭髮，無限憐愛地按住，壓向她自己的胸膛，她禁不住他的刺激，仰起頭，閉起眼，輕聲呻吟起來。約有十分鐘之久，夏遜才離開天堂。

有一個問題，我想了很久，始終不明白，想問妳。夏遜抬頭問。

說。

從在金門認識妳那天起，尤其是在模範街汽車上妳跌在我身上那天起，我對妳就一見鍾情了，也多次暗示我對妳的追求，為什麼妳始終沒表態呢？

咯咯咯、咯咯咯，快樂的金子此時發出爽朗的笑聲後說，有一種沉默叫芳心默許，難道你不知道？你幾次吻我，我都知道的。女孩被人喜歡，內心會有感覺，哪有馬上表態的？何況夏哥哥始終也沒有正面表示，我也不好自作多情。後期你吻我，我都給你吻個夠。

啊？是嗎？

還有一種愛意叫耐心。

太高深了，我太愚蠢，不明白呀。

金子說，大學期間，好幾個男生追我，我一回絕，就打退堂鼓了，這樣沒有意志力和耐心的男生，叫我怎麼接受？

原來如此。

夏遜一想，也真的是如此。

我一直在考驗你。

我知道。如果我放棄，真是我一生最大的失敗。

夏遜說完，又再次把頭埋在金子高低起伏的乳溝之間，深深吸了一口氣，站起來，走到金子身後，伸開雙手環抱住金子纖細的腰肢，將身體緊貼在她的背部，金子有反應，也感覺到了夏哥哥緊貼在她背後的身體的下半部分的鋼鐵般的生理變化，仰起頭，閉起眼睛，長長的眼睫毛覆蓋下來，猶如一雙美麗的蝴蝶，夏遜無法不將自己的嘴唇壓在她那誘人的小紅唇上。但只是一下子，激動的夏遜已經忍不住，輕輕地抱著金子，將她放在大床上，自己的身體爬了上去，覆蓋了金子全身。床褥因為承受兩人的重量馬上稍稍陷了下去。夏遜兩手伸到金子皙白的脖子後，開始解她的鈕扣，解了第一顆。下面一對美麗的大眼睛，對著上面一對帥氣的大眼睛，只有一釐米遠，她的鼻子幾乎觸著了他的鼻子。她知道快要發生了什麼事了。當他要解她的第二顆鈕的時候，她輕輕抓住了他的手。咯咯咯得笑起來。

夏遜說，新娘子，提前做，好嗎？

只有一天了，不能等明晚嗎？

還不是一樣？

不一樣。如果給你，明晚的新娘子還新嗎？（全文完）

（注）本長篇小説《快樂的金子》獲得台灣作家、《文創》總編顏國民先生欣賞，全文在他主編的台北著名文學雜誌《文創達人志》第79期（2020年4月號）一次過刊登完，令該刊頁碼徒增299頁。

2019年2月17日～5月5日初稿　5月24日第一次修訂

2019年6月8日第二次修訂

2020年4月20日第三次修訂

後記

東瑞

本書不諱言原是為參加某屆「浯島文學獎」而寫，在這之前，我已經寫了《風雨甲政第》《落番長歌》兩部長篇，連續兩屆（十三屆、十四屆）獲得浯島文學獎長篇小說優等獎。因此，似乎顯得不自量力，落選也就不感到沮喪和意外。從七十年代開始，業餘寫了半個世紀，仍未厭倦，不寫最累。參加比賽無數，入選與否已看淡，重要的是，起了一種將作品寫到自己認為較滿意為止的作用。

《快樂的金子》就是這樣一部作品。沒獲任何獎項，於我來說，創作態度卻是極為認真的。如果不是從二零零四年迄今與瑞芬到金門近二十次，有了旅遊金門的親身體驗，我還真不敢動筆。從對金門完全是一張白紙，到寫成一部十三萬字的長篇，其中困難不少。畢竟我不是在金門土生土長的，遇到歷史事件、年代、典故等問題，就需要經常查閱網絡和各種紙質參考書，以求無誤。我以人物的愛情線索串起金門的主要景點，也可以說把金門這大舞臺作為男女人物活動的場所，有種相輔相成之效。每章篇目綴入金門景點名稱，乃特別的用心。希望海內外讀者或能藉閱讀旅遊愛情小說的興味，也更深入地了解和認識金門。

謝謝台北的顏國民總編於《文創達人誌》七十九期（二零二零年四月號）全文刊載《快樂的金子》，幾乎令雜誌增多了三百頁，令我驚喜，也欽佩顏總的大氣魄；也很感謝福建漳州才女陳興梅老師為本書寫了那麼好的序言；謝謝瑞芬協助校對，創作時還給了我不少靈感。

寫於二零二二年一月三十一日農曆大除夕

東瑞簡歷、著作目錄及得獎項目

【簡歷】

東瑞，原名黃東濤，祖籍福建金門。在印尼度過青少年時代，六十年代初期于雅加達巴中讀中學。一九六零年九月至一九六四年八月在集美中學就讀至高中畢業（46組）。一九六九年國立泉州華僑大學中國語言文學系畢業。一九七二年移居香港。曾任《讀者良友》《青果》編輯。一九九一年與蔡瑞芬女士創辦獲益出版事業有限公司，任董事總編輯。業餘從事寫作。作品多次獲獎。一九九零年以《山魂》獲得香港市政局"中文文學創作獎"散文組冠軍。二零零六年榮獲"小學生最喜愛作家"，著作《校園偵破事件簿》獲選"中學生好書龍虎榜十大好書"及"最受小學生歡迎十大好書"。二零一一年獲中國鄭州小小說組委會頒發"小小說創作終身成就獎"。二零一二年憑《轉角照相館》獲中國微型小說學會主辦的第十屆全國小小說年度評選一等獎。二零一三年五月獲鄭州頒發小小說業界至高榮譽"第六屆小小說金麻雀獎"、二零一六年一年內更獲四個獎項，如"世界華文微型小說傑出貢獻獎"等，而長篇小說《風雨甲政第》《落番長歌》獲得金門縣文化局頒發"第十三、十四屆浯島文學獎長篇小說優等獎"等。自八十年代起歷任各種文學創作比賽評判達百餘次，如香港市政局中文文學創作獎、香港公共圖書館學生中文故事創作比賽、澳門文學獎、青年文學獎、馬來西亞鄉青文學獎、印尼華文歷屆金鷹杯文學獎、新加坡文學評論獎評判等，並曾受邀在大陸鄭州、上海、泉州、港、澳、印尼雅加達、萬隆、泗水、棉蘭、楠榜、牙律、馬來西亞吉隆玻、金寶、新加坡等地大、中、小學和各種文學組織演講文學課題。現受聘為香港華僑大學校友會名譽會長、國立華僑大學客座教授、香港兒童文藝協會名譽會長、印尼華文作家協會海外顧問等；現任香港華文微型小說學會會長、香港作家協會秘書長、世界華文微型小說研究會副會長、香港金門同鄉會副會長等。

著作已出版《迷城》、《暗角》、《人海梟雌》《出洋前後》、《蒲公英之眸》、《天使的約定》、《轉角照相館》、《雪夜翻牆說愛你》、《失落的珍珠》、《無言年代》、《飄浮在風中的記憶》、《為何我們再次相遇》、《走過紅地氈》、《雨中尋書》、《邊飲咖啡 邊談文學》、《流金季節》、《我看香港文學》、《藝術感覺》、《晨夢夕錄》、《校園偵破事件簿》《風雨甲政第》《落番長歌》等近150種（單行本，詳見著作目錄）。

【著作目錄（單行本）】
（至2022年2月截止）

長篇小說

《天堂與夢》（一九七七年十月・香港中流出版社）
《出洋前後》（一九七九年二月・香港南粵出版社
《愛的旅程》（一九八三年四月・香港山邊社）
《鐵蹄人生》（一九八五年十月・中國友誼出版公司）
《小島黃昏》（一九八六年六月・廣東旅遊出版社）
《出洋前後》（新版）（一九八八年四月・四川文藝出版社）
《夜夜歡歌》（一九八九年三月・廣東旅遊出版社）
《人海梟雌》（一九九一年六月・中國華僑出版公司）
《暗角》（一九九二年五月・獲益出版事業有限公司

《迷城》（一九九六年三月・獲益出版事業有限公司
《再來的愛情》（一九九七年六月・獲益出版事業有限公司）
《尖沙咀叢林》（一九九八年六月・獲益出版事業有限公司）
《出洋前後》（新版）（二零一三年六月・金門縣文化局）
《風雨甲政第》（二零一七年一月・金門縣文化局）
《落番長歌》（二零一八年一月・金門縣文化局）
《快樂的金子》（二零二二年三月・獲益出版事業有限公司）
《雙騎結伴攀虎山》（二零二二年三月・獲益出版事業有限公司）

中篇小說集

《瑪依莎河畔的少》（一九七六年四月・香港大光出版社）
《白領麗人》（一九八七年六月・中國文聯出版公司）
《夜來風雨聲》（一九八七年八月・貴州人民出版社）
《珠婚之戀》（一九八七年九月・香港麒麟書業有限公司）
《夜香港》（一九八七年十月・廣東旅遊出版社）
《透視者》（一九九九年三月・獲益出版事業有限公司）

短篇小說集

《彩色的夢》（一九七七年二月・香港上海書局）
《週末良夜》（一九七七年四月・香港中流出版社）
《少女的一吻》（一九七八年二月・香港駱駝出版社）
《系在狗腿上的人》（一九七八年四月・新加坡萬里書局）
《香港一角》（一九八二年八月・廣東花城出版社）
《玻璃隧道》（一九八三年九月・香港華南圖書文化中心）
《露絲不再回來》（一九八五年八月・江西人民出版社）
《似水流年》（一九九三年六月・獲益出版事業有限公司）
《夜祭》（一九九五年十一月・中國文聯出版公司）

《東瑞小說選》（一九九七年八月．香港作家出版社）
《無言年代》（一九九八年十二月．獲益出版事業有限公司）
《匿名信》（二零零一年．獲益出版事業有限公司）
《擒凶記》（二零零一年．獲益出版事業有限公司）
《失落的珍珠》（二零零五年．臺北聯經出版事業公司）

小小說

《塵緣 》（一九九一年九月．新加坡成功出版社）
《都市神話》（一九九二年四月．獲益出版事業有限公司）
《逃出地獄門》（一九九五年三月．獲益出版事業有限公司
《還是覺得你最好》（一九九六年五月．獲益出版事業有限公司
《留在記憶裡》（一九九八年三月．獲益出版事業有限公司）
《讓我們再對坐一次》（一九九八年六月．獲益出版事業有限公司）
《朝朝暮暮》（二零零零年十二月．獲益出版事業有限公司）
《東瑞小小說》（二零零三年六月．獲益出版事業有限公司）
《相逢未必能相見》（二零零八年十月．獲益出版事業有限公司）
《天使的約定》（二零一零年九月．光明日報出版社）
《魔術少年》（二零一零年九月．江蘇文藝出版社）
《小站》（二零一二年七月 ．獲益出版事業有限公司）
《轉角咖啡館》（二零一三年四月．四川文藝出版社）
《雪夜翻牆說愛你 》（二零一三年十二月．河南文藝出版社）
《蒲公英之眸》（二零一五年六月．獲益出版事業有限公司）
《清湯白飯》（二零一七年九月．．獲益出版事業有限公司）
《轉角咖啡館》（二零一九年四月．山東人們出版社、四川文藝出版社）
《愛在瘟疫蔓延時》（二零二二年三月．獲益出版事業有限公司）

少年兒童小說集

《琳娜與喜尼》（一九八四年四月・香港兒童文藝協會）
《一對安琪兒》（一九八五年八月・香港綠洲出版公司）
《再見黎明島》（一九八六年八月・香港綠洲出版公司）
《未來小戰士》（一九八八年四月・香港日月出版公司）
《王子的蜜月》（一九八八年四月・寧夏人民出版社）
《小華游福建》（一九八八年十一月・香港明華出版公司）
《小華游星馬》（一九八八年十二月・香港明華出版公司）
《小華遊菲律賓》（一九八九年三月・香港明華出版公司）
《魔術師的熱水袋》（一九九零年八月・香港明華出版公司）
《不願開屏的孔雀》（平裝）（一九九一年三月・香港新雅文化事業）
《不願開屏的孔雀》（精裝）（一九九一年七月・香港新雅文化事業）
《一百分的秘密》（一九九二年五月・獲益出版事業有限公司）
《森林霸王》（一九九三年四月・獲益出版事業有限公司）
《祖祖變形記》（一九九三年十月・獲益出版事業有限公司）
《燃燒的生命》（一九九四年六月・安徽少年兒童出版社
《父親的水手帽》（一九九四年十月・安徽少年兒童出版社）
《叛逆出貓黨》（一九九五年十一月・獲益出版事業有限公司）
《帶CALL機的女孩》（一九九六年・獲益出版事業有限公司）
《相約在未來》（一九九六年五月・獲益出版事業有限公司）
《怪獸島歷險記》（一九九六年七月・獲益出版事業有限公司）
《笑》（一九九八年三月・獲益出版事業有限公司）
《再見黎明島》（新版，一九九八年三月・獲益出版事業有限公司）
《馬戲團小丑》（一九九八年四月・獲益出版事業有限公司）

《雪糕屋裡的友情》（一九九九年·馬來西亞彩虹）
《相約在未來》（二零零零年·新加坡萊佛士）
《校園偵破事件簿》（二零零四年七月·獲益出版事業有限公司）
《我在等你》（二零零四年七月·獲益出版事業有限公司）
《魔幻樂園》（二零零五年七月·獲益出版事業有限公司）
《地鐵非常事件簿》（二零零六年七月·獲益出版事業有限公司）
《愛的旅程》（修訂本）（二零零六年七月·獲益出版事業有限公司
《屋邨奇異事件簿》（二零零七年六月·獲益出版事業有限公司）
《小強和四方形西瓜》（二零一二年七月·新雅文化事業有限公司）
《小強和四方形西瓜》（二零一三年九月·北京少兒出版社）
《老爸的神秘地下室》（二零一五年七月·新雅文化事業有限公司）

散文集

《湖光心影》（一九八三年二月·香港山邊社）
《象國·獅城·椰島》（一九八五年五月·廣東花城出版社）
《看那燈光燦爛》（一九八五年八月·香港金陵出版社）
《旅情》（一九八六年四月·湖南人民出版社）
《晨夢錄》（一九八七年一月·香港綠洲出版公司）
《籬笆小院》（一九八八年十月·香港大家出版社）
《永恆的美眸》（一九九一年七月·中國華僑出版公司）
《都市的眼睛》（一九九三年五月·獲益出版事業有限公司）
《陪你一程》（一九九三年十一月·獲益出版事業有限公司）
《豐盛人生》（一九九五年五月·獲益出版事業有限公司）
《一串燒烤的日子》（一九九六年五月·獲益出版事業有限公司）

《寫作路上》（一九九六年七月·獲益出版事業有限公司）
《活著，真好》（一九九九年三月·獲益出版事業有限公司
《一天》（一九九九年八月·獲益出版事業有限公司）
《行李·照片·人》（一九九九年八月·獲益出版事業有限公司）
《美文一籃》（二零零零年六月·獲益出版事業有限公司）
《精緻短文》（二零零零年六月·獲益出版事業有限公司）
《談談情，交交心》（二零零零年九月·獲益出版事業有限公司）
《晨夢夕錄》（二零零零年十月·獲益出版事業有限公司）
《甜夢》（二零零一年七月·獲益出版事業有限公司）
《重要的是活下去》（二零零一年七月·山邊社）
《生命芳香》（二零零一年十一月·獲益出版事業有限公司）
《虎山行》（二零零二年一月·獲益出版事業有限公司）
《奶茶一杯》（二零零三年六月·獲益出版事業有限公司）
《雨後青綠》（二零零八年九月·獲益出版事業有限公司）
《雨中尋書》（二零零八年十一月·獲益出版事業有限公司）
《為何我們再次相遇》（二零一一年一月·獲益出版事業有限公司
《走過紅地氈》（二零一三年六月·獲益出版事業有限公司）
《飄浮風中的記憶》（二零一五年六月·獲益出版事業有限公司）
《香港，你好》（二零一七年九月·獲益出版事業有限公司）
《幸運公事包》（二零一八年九月獲益出版事業有限公司）
《緣結東西洋》（二零一九年七月獲益出版事業有限公司）
《金門老家回不厭》（二零一九年八月金門縣文化局）

遊記集

《日本十日遊》（一九八五年八月·香港綠洲出版公司）
《印尼之旅》（一九八六年三月·香港綠洲出版公司）

《印尼萬里遊》（一九八九年四月・與丘虹合著・香港明天出版公司）

隨筆・小品集

《南洋集錦》（一九七九年一月・香港駱駝出版社）
《共剪西窗燭》（一九八七年十月・香港綠洲出版公司）
《爸爸手記》（一九八八年五月・香港金陵出版社）
《都會男女萬花筒》（一九八九年一月・香港麒麟書業有限公司）
《文林漫步》（一九九零年十月・香港現代教育研究社）
《創作手記》（一九九一年八月・香港突破出版社）
《你就是作家》（一九九一年八月・獲益出版事業有限公司）
《你喜愛的作文》（一九九三年一月・獲益出版事業有限公司）
《爸爸手記》（大陸版）（一九九五年七月・四川文藝出版社）

評論集

《魯迅〈故事新編〉淺釋》（一九七九年・香港中流出版社）
《老舍小識》（一九七九年一月・香港世界出版社
《我看香港文學》（一九九五年五月・獲益出版事業有限公司）
《藝術感覺》（一九九七年・獲益出版事業有限公司）
《流金季節--印華文學之旅》（二零零年九月・獲益出版事業有限公司）
《循序漸進》（二零零零年十月・獲益出版事業有限公司）
《流金季節續篇》（二零零六年十一月・獲益出版事業有限公司
《香港文化淺談》（二零零七年六月；獲益出版事業有限公司）
《邊飲咖啡 邊談文學》（二零一二年七月・獲益出版事業有限公司）
《文學不了情》（二零一三年六月・獲益出版事業有限公司）

《致敬大師劉以鬯》（與蔡瑞芬合著。二零一八年七月・獲益出版事業有限公司）

《穿梭金黃歲月》（二零一九年三月獲益出版事業有限公司）

【東瑞得獎榮譽和得獎作品】

1.**《琳娜與嘉尼》**（兒童文學）

香港兒童文藝協會一九八三年兒童小說創作獎季軍

2.**《不沉的舞臺》**（童話）

香港兒童文藝協會一九八六年兒童小說創作獎優異獎

3.**《山魂》**（散文）

香港市政局一九九年度中文文學創作獎散文組冠軍

4.**《夏夜的悲喜劇》**（童話）

香港市政局一九九年度中文兒童讀物創作獎兒童故事組優異獎

5.**《少年小羊》**（短篇）

香港市政局一九九四年度中文文學創作獎小說組優異獎

6.**《校園偵破事件簿》**（中篇小說）

第三屆書叢榜最受小學生歡迎十本好書

第十屆中學生好書龍虎榜十本好

東瑞並獲選為「全港小學生最喜愛作家」

二零零七年全國第四屆偵探推理小說大賽最佳新作

7.**《一雙繡花鞋》**（小小說）

二零零九年獲第七屆全國微型小說年度評選三等獎

8.“小小說創作終身成就獎”

二一一年中國鄭州第四屆小小說節組委會頒授

9.**《轉角照相館》**（小小說）

中國小小說協會主辦、金山雜誌社承辦二零一二年

第十屆中小國小小說年度評選一等獎

10. **《漆紅的名字》**（小小說）

黔台杯・第二屆世界華文微型小說大賽優秀獎

11. **"第六屆小小說金麻雀獎"**

二零一三年，鄭州小小說節組委會頒授(參選作品《轉角照相館》《蘋果》《金廁所和半世紀唐樓》《大獎》《父親回家》《驚喜悼文》《證據》《臭耳人阿王》《小站》《雪夜翻牆說愛你》十篇》)。

12. 二零一三年九月十八日獲香港特區政府民政事務局、康樂及文化事務署局長嘉許獎，被列為**"香港推動文化藝術發展傑出人士"**。

13. **《生命之柱》**（小小說）

二零一四年獲中國小小說學會"文華杯"全國短篇小說大賽一等獎

14. **《秋風初起》**（小小說）

獲中國小小說協會主辦、金山雜誌社承辦二零一三年

第十一屆中國小小說年度評選二等獎

15. **《蒲公英之眸》**（小小說）

獲世界華文微型小說研究會、中國微型小說學會頒發第二屆世界華文微型小說雙年獎優秀獎（二零一四年至二零一五年度）

16. **"世界華文微型小說傑出貢獻獎"**

二零一六年泰國曼谷・世界華文微型小說研究會、中國微型小說學會頒授

17. **《雙騎結伴攀虎山》**（散文）

二零一六年中國北京・中國世界華文文學學會頒

第二屆全球華文散文徵文大賽優秀獎

18. **《風雨甲政第》**（長篇小說）

獲金門縣文化局頒發“第十三屆浯島文學獎長篇小說優等獎”

19.**《清湯白飯》**（小小說）

二零一七年獲鄭州人民廣播電臺、小小說傳媒等聯合主辦首屆「說王」小小說原創大賽優秀獎

20.**《導遊笑眯》**（小小說）

二零一七年獲“紫荊花開”世界華文微小說徵文大賽優秀獎

21.**《落番長歌》**（長篇小說）

獲金門縣文化局頒發“第十四屆浯島文學獎長篇小說優等獎”

22.**《從鐵門縫隙看孫子》**（小小說）二零一八年獲世界華文微型小說研究會、作家網頒發世界華文微型小說雙年獎（2017～2018）一等獎榜首

23. 榮獲世界華文微型小說研究會、作家網頒發**“40年（1978-2018）40位貢獻獎”**。

24.**《血還未冷》**（小小說） 獲“東江書院杯”三等獎

25.**《漣漪》**（小小說）

二零一八年獲“武陵杯”2018世界華文微型小說年度獎優秀獎。

26.**《帶走的大相冊》**（小小說）

二零一八年獲2018年度微型小說排行榜（100篇）

27.**《世家・處方》**（小小說）

二零一九年獲“武陵杯”世界華文微型小說年度獎優秀獎

28.**《咫尺不再天涯》**（小小說）

二零二零年榮獲南通赤子情華僑圖書館首屆“世界讀書日讀書分享徵集活動特別獎”

29.**《鎮江半日遊》**（散文）

二零二零年榮獲2020年南通赤子情華僑圖書館等機構舉辦之“國慶中秋徵文”活動特別獎